花だいこん
山本一力
一力
光文社

花だいこん

山本一力

装幀　芦澤泰偉
装画　山本祥子

一

寛政二（一七九〇）年一月六日、四ツ（午前十時）。

永代寺《えいたいじ》が撞《つ》き始めた時の鐘に押されるようにして、一杯の乗合船が佐賀町《さがちょう》桟橋を離れた。

浅草吾妻橋《あさくさあづまばし》の桟橋まで、上げ潮時なら四半刻《しはんとき》（三十分）で行き着けるのが自慢の船だ。

まだ松の内である。二十人の船客のなかには、正月の着飾り姿も多かった。

「いやはや、暦は大したものだ」

「なにが大したものなんだ」

右舷に並んで座っている隠居風のふたりが、ともに煙草《たばこ》を詰めながら話を始めた。

「今日のこの暖かな陽気は、昨日までとはまるで違うだろうが」

出がけに女中に言い付けて、綿入れではなくあわせの羽織を用意させたと続けた。

「それはそうだが、陽気のよさと暦と、どんな関わりがあるんだ」

応じた方は分厚く膨らんだ、紺色の綿入れを羽織っていた。

「今年の雨水《うすい》は今日なんだよ、徳兵衛《とくべえ》」

呼び捨て方には、長年の付き合いが滲《にじ》み出ていた。

「そうか！」

煙草を詰めていた徳兵衛の手が止まった。

「正月の六日が雨水とは気がつかなかった」

道理で暖かなわけだと深くうなずいたあと、徳兵衛はキセルを煙草盆の種火に押しつけた。

隠居ふたりの隣で、安治《やすじ》・みのぶ・つばきが、横並びで船端に寄りかかっていた。

安治が見上げた空には、早春の天道がいた。ひとかけらの雲もない青空から降る陽光は、まさに昨日までとは違っていた。

一段とぬくもりが増していたのだ。

「こうしてお天道さんの陽《ひ》を顔に浴びてこそ、生きてるてえ気がするぜ」

空を見上げたまま、安治は小声でつぶやいた。つばきも得心顔でうなずいた。

雨水とは、立春から始まる二十四節気の二番目の節気のことだ。雪が雨に変わり、雨水の日から雪解けが始まるとされていた。

乗合船に降り注ぐ陽光も、雨水の訪れを祝うかのように柔らかで温《ぬく》もりに満ちている。安治は背中を船端に押しつけ、上体をのけぞらせて目一杯に陽を浴びていた。

「ほんとうにおとっつあんて、お天道さまを浴びるのが好きなのね」

娘の言い分に、みのぶは顔をほころばせた。

「十二の歳《とし》に見習い小僧を始めてから今日まで、ずっとお天道さまを浴び続けてきたんだものねえ」

みのぶの物言いには、安治に対する慈愛の想《おも》いが満ちていた。

長年連れ添ってこその、連れ合いに対してこぼれ出る物言いなのか……。

みのぶの言葉が、正月からつばきに突き刺さっていた。

店をおてるに譲ったつばきは、去年十一月から深川大島町《おおじまちょう》に住まいを移した。そして安治・みのぶとの、新たな形の三人暮らしを始めていた。

つばきが占有できる八畳間を、大島町では持つことができたのだ。

深川を離れる気は毛頭なかったが、店の近くに住むことは避けた。おてるがやりにくいだろうと考えてのことだ。

大横川《おおよこがわ》に面した三十坪の庭付き平屋は、もとは仲町の大店《おおだな》の隠居所だった。

古希を迎えた隠居を、嫡男夫婦が本家に引き取ることになった。

「縁起でもないと思われましょうが、ご隠居の臨終看取りは本家にてなされるのが、お店により大きな繁盛をもたらします」

出入りの八卦見《はっけみ》はこう易断した。

「遠からず、世の中に大騒動が生じます。ご隠居の引き取りは早き方がよろしい」

当主は易断に従った。

それから半月後に棄捐令《きえんれい》が発布された。

易断よしと喜んだ当主は八卦見の見立てに従い、隠居所を周旋屋に預けた。

「職人の家族なら、店賃はうるさいことを言わずに貸してもらいたい」

当主の注文通りの客が安治一家だった。

店賃は月に銀十五匁《もんめ》（銭一貫文）。

「深川中を探しても、こんな店賃で借りられる家はありません」

あまりに貸し主の注文通りだったため、周旋屋も気を昂《たか》ぶらせたらしい。安治が訊《き》きもしないのに、家の由緒を細かに話した。

つばきは後ろに控えて黙って聞いていた。

店の賃貸談判ではなく、住まいのことである。店賃は負うにしても、一家のあるじに談判を任せようと決めていた。

さすが大店の隠居所だけあり、家の造作は隅々まで行き届いていた。

「ご隠居所に寒い北向きは禁物ですのでね」

濡れ縁は南向きで、夜明けから夕刻まで陽が差す造りとなっていた。

普請の確かさを見極めた安治は、余計な注文は口にせず入居を決めた。

つばきも心底、この家を気に入った。

寛政元年の木枯らしは、いつもの年以上に厳しい寒さを抱え持っていた。

師走《しわす》に入ったあとは、腕利きと評判の高い安治ですら新規の普請注文は途絶えた。

「こんな調子じゃあ、年を越せねえ職人が山ほど出ることになるぜ」

不景気を嘆いた安治だが、幸いなことに配下の職人を抱える棟梁《とうりょう》ではなかった。いっときは安治を慕って下につきたいという若手大工もいたが、安治は断ってきた。

「おれは棟梁てえガラじゃねえ。一匹の職人として、やりてえ仕事を引き受けるのが性に合ってるんでえ」

職人を貫き通したことで、配下の者を養う責めを負わずに済んでいた。

身軽ということではつばきも同じだった。

おてるは生まれつきの才覚があったらしく、不景気風が身に染みる冬になっても、店は繁盛しているようだった。

店を譲り受けて以来、おてるは時折つばきの元を訪れていた。よもやま話を交わすおてるの顔つきから商《あきな》いはうまく運んでいると、つばきは察していた。

「うまく切り盛りできていて、よかったねえ」

みのぶと共に、おてるの頑張りを喜んでいた。

店を譲ったとき、つばきは四百両に届く蓄《たくわ》えを持っていた。

つばきの才覚を見抜いた木島屋《きじまや》の隠居は、かつてつばきを伴って仲町《なかちょう》の両替商近江屋《おうみや》に出向いたことがあった。

佐賀町で一、二といわれる木島屋の隠居が出向いてきたのだ。頭取番頭の利兵衛《りへえ》が応対に出てきた。

「近江屋さんには小粒に過ぎるだろうが、このひとの蓄えを預かってあげてもらいたい」

隠居の口添えで、近江屋はつばきの蓄えを預かり始めた。利兵衛は一年につき一分（一パーセント）の安い預かり賃で引き受けた。

通常、近江屋は一年三分の預かり賃を徴収していた。一分は破格の安値である。つばきが預ける蓄えが少額だったからだ。

近江屋に預けることで、安治一家は盗人《ぬすっと》を案じなくてもよくなった。

「おとっつあんがこれなら引き受けたいと思う仕事と出会うまで、のんびり暮らせばいいじゃないの」

働き続けてきた身体《からだ》への、ご褒美にしてほしいと、安治に頼んだ。

十二月初旬のことである。

安治が小遣いに詰まらぬように、つばきは母親にカネを預けていた。

使いやすい小粒銀で二両分、百二十粒だ。

一粒六十七文相当である。外出する安治の紙入れに、みのぶは毎度二十粒を収めていた。

みのぶの元金が五十粒にまで減ると、つばきが足していた。

大島町での新たな三人暮らしがしっとりと馴染《なじ》み始めたころ、寛政二年の元日を迎えた。

嫁いでいたさくらとかえでは、ともに亭主とこどもを連れて元日の祝いに出向いてきた。

さくらは小野《おの》堂舟《どうしゅう》と鉄兵《てっぺい》を初めて実家に連れてきた。

「長き無沙汰をお許しくださいい。本年もまたご両親には、息災でありますように」

堂舟は安治とみのぶに新年の寿《ことほぎ》を伝えた。さくらより一回り上の堂舟は、この正月で三十六となった。

小野家は麴町《こうじまち》五丁目の町医者で、堂舟は三代目である。御家人町の別称があるほど、麴町五丁目には徳川《とくがわ》家直参家臣が多かった。

周辺に暮らす御家人が、堂舟の患者の大半を占めていた。

ひとり息子の鉄兵は、今年で三歳である。三尺（約九十センチ）少々の身の丈だが、小野家家紋が染め抜かれた羽織に袴《はかま》という出で立ちだった。

かえでも亭主と長女が一緒だった。

亭主の藤三郎《とうさぶろう》は四歳年上の二十六で、高橋《たかばし》に暮らしていた。

「江戸の町飛脚のなかでも、走りで藤三郎に勝てるやつはいねえだろうさ」

同じ飛脚宿の仲間が自慢するほどの、韋駄天《いだてん》で知られていた。

長女のみくは去年三月九日誕生の二歳である。小さいながら髪が豊かで、かえでは手作りの南天花かんざしを娘にあしらっていた。

広い宿に転宅したことで、一族が集うことがかなったのだ。

寛政二年の元日は、暦の立春を十日以上も過ぎていた。新春を慶《よろこ》ぶにふさわしい陽が差し込む十畳間で、初めて一族勢揃《せいぞろ》いの元日を祝った。

富岡《とみおか》八幡宮の初詣は、安治・みのぶ・つばきの三人で三日に参詣した。

元日と二日は、江戸中から参詣客が押し寄せてきた。人出を避けたのだ。

「さすがは木場を抱える八幡様だぜ」

安治から正味の声が漏れた。本殿前には四斗樽《しとだる》の寄進が幾重にも山と積まれていた。

「江戸中が不景気だ不景気だとこぼしてるてえのに、木場の旦那衆は見栄《みえ》を忘れちゃあいねえ」

ひとしきり富岡八幡宮の威勢に感心したあとで、安治は引き締め顔でつばきを見た。

「こう言っちゃあ八幡様に申しわけねえが、おれにはやっぱり初詣は浅草寺《せんそうじ》だ」

浅草育ちの安治が漏らした本音だった。

「浅草寺さんにも行きましょう」

八幡宮の大鳥居をくぐった先で、つばきがこれを口にした。

「あたしにだって浅草は大事だから」

つばきの言い分を聞いて、みのぶも深くうなずいた。並木町《なみきちょう》の裏店は、安治一家には在所である。

大島町に戻るなり、つばきは八幡宮で買い求めた今年の暦を見始めた。

「今年は一月六日が雨水だって」

つばきの声が弾んでいた。

「どうせ浅草寺さんに行くなら、新しい節気の日にしましょうよ」

浅草寺参詣のあとは、並木町で名物の天ぷら蕎麦《そば》を賞味してこようと言い添えた。

苦労もしたが、並木町も浅草も一家には想いのぎっしりと詰まった在所である。佳《よ》き一年を願いつつ、正月の町歩きをしてみたかった。

「そいつあ春から豪気《ごうぎ》だぜ」

「並木町の天ぷら蕎麦って、もう随分食べてないわねえ」

みのぶのなつかしげな声で、六日の浅草寺参詣が決まった。

暦で雨水とはいえ、まだ一月六日である。大川《おおかわ》を走る乗合船は寒かろうと考えて、三人は身支度に工夫を凝《こ》らしていた。

安治は腹掛け股引《ももひき》の内側に、木綿の肌着を一枚加えていた。

「若い時分には、雪が降っても肌着なんぞ着たことはなかったが……」

ぶつくさ言いながらも、安治は自分から肌着を身につけていた。

みのぶとつばきは、ともに太物長着の内に長襦袢《ながじゅばん》を重ね着した。

「足元さえ暖かければ、多少の寒さはやり過ごせるから」

足首を真綿で包んでから、ふたりは冬足袋《たび》を履いていた。草履も底の厚い冬物を選んだ。

佐賀町桟橋に向かう道には、雨水を慶《よろこ》ぶかのような陽差しが降り注いでいた。

「あの都鳥（カモメ）って、おとっつあんたちみたい」

つばきの頭上を、つがいのカモメが白い翼を開いて飛んでいた。

二

浅草寺につながる仲見世の途中で、安治は不意に足を止めた。自分の意思で立ち止まったわけではない。足を前に踏み出せなくなっていたのだ。

「どうしたの、おとっつあん」

脇を歩いていたつばきが、安治の顔をのぞき込んだ。

松の内とは思えないほどに、仲見世には人出がなかった。通りの途中で足を止めることも、父親の顔をのぞき込むことも、楽々とできた。

「顔色が真っ青に見えるけど、どこか具合がわるいの？」

案ずるあまりに、つばきの眉間に縦皺《たてじわ》が刻まれていた。

「いや……なんてえことはねえ」

安治は前方に見えている緋毛氈《ひもうせん》敷きの茶店を指差した。

「あすこでちっとばかり休んだら、すぐに元に戻るからよ」

言うなり安治は茶店に向かい始めた。みのぶとつばきがあとを追った。

先に緋毛氈に座った安治は、茶店の婆《ばあ》さんから品書きを受け取った。端から端まで眺めてから、甘酒とまんじゅうを三人分注文した。

「まんじゅうは粒あん、こしあんのどっちにしましょうか?」

「どっちでも……」

ぞんざいな口調で安治が言いかけたとき、つばきが横から「こしあんを」と頼んだ。

婆さんは返された品書きの板を手にして、右足を引きずりながら戻って行った。

つばきの両目が安治を見詰めた。

「どうしたの、おとっつあん……やっぱり、どこかわるいんでしょう?」

つばきは真顔になっていた。

「本当に大丈夫なの、あんた」

みのぶも心配そうな顔で問いかけた。

「なにがどうだと、心配なんでえ」

安治はつばきを見て、口を尖《とが》らせた。

「おとっつあんが甘酒とおまんじゅうを頼んだりしたからよ」

つばきは安治を見ている目に力を込めた。

「甘酒はまだしも、おとっつあんがお正月からおまんじゅうを頼むだなんて、尋常じゃないもの」

「確かにそうだわねえ」

みのぶが得心顔でうなずいた。

「婆さんを喜ばせたかっただけさ」

安治の目は、店の奥で蒸籠《せいろう》に手を触れている婆さんを見ていた。

「おめえたち、この仲見世を歩いてみて、なにか感じねえのか」

安治は仲見世のほうに目を移していた。

「初詣のひとが少ないなあって思うけど、ほかになにかあるの？」

「そのことさ」

安治は正面からつばきを見て話を続けた。

「今日はまだ六日で、松の内じゃねえか」

何十回も初詣で浅草寺への仲見世を歩いてきた。前の年に大火事があったり、洪水で痛めつけられたりした年もあった。

しかし旧年がどんな年だったとしても、正月の初詣は歩くのも難儀なほどに、仲見世は参詣客で埋まっていた。

「前の年がひでえ目に遭《あ》ったときほど、初詣は大賑《おおにぎ》わいだったぜ」

今年こそ、いい年でありますように……。

参詣客は初詣を大事にしてきた。

「ところがなんでえ、この寂《さび》れようは」

雷御門を潜《くぐ》ったら、正面の浅草寺山門が丸見えじゃねえか……安治はため息をついて、娘と女房を見た。

「参詣客がこんな調子だから、婆さんも商売にならねえにちげえねえ」

せめて自分の手で景気づけをしてやろうと思い、品書きを見た。しかし婆さんひとりが商っているような茶店だ。

「品書きをあたまから尻尾《しっぽ》まで見たが、大したものは載ってねえ」

甘酒とまんじゅうでひとり十二文というのが、一番の値がさだった。

「あとは磯辺巻が八文てえんだが、まだ腹の具合は餅を食いたいとは思えねえんだ」

腹掛けの上を右手で撫《な》でた。

「春から商いが坊主（客なし）続きじゃあ、婆さんも精が出ねえだろうからよう」

せめて三人で注文すれば、少しは商いの足しになるだろうと安治は考えていた。

「おとっつあん……」

思慕の目で安治を見て、つばきは緋毛氈から立ち上がった。着ているものは太物だが、履き物は下駄ではなく草履だった。

土間を踏みしめると、わずかながら音が立った。つばき流儀の景気づけの音である。

「もう一度、お品書きを見せてください」

婆さんから受け取ると、両手持ちにして緋毛氈に戻ってきた。

「しばらくお店に出ていなかったから、商いするひとへの思いやりを忘れていたわ」

品書きを膝に載せたまま、つばきは安治に目を向けた。

「大事なことを忘れていたんだって、おとっつあんに教えてもらいました」

ありがとうございますと、つばきはあたまを下げた。

「よしてくれ、ばかやろう」

安治は真顔でつばきを叱った。

「やっぱり、年の功なんだねえ」

みのぶの物言いには、安治への敬《うやま》いが満ちていた。

「いい加減にしねえ、ばかやろう」

乱暴な物言いをされても、つばきもみのぶも優しい眼差《まなざ》しを向けていた。

三人の言葉が途切れたところに、婆さんが甘酒とまんじゅうを運んできた。大きな丸盆に、三人分が載っている。

甘酒は分厚い湯呑《ゆの》みに注《そそ》がれており、まんじゅうの皿も厚手だ。奥から運んでくるだけでも難儀そうだった。

素早く立ち上がったつばきが、婆さんから丸盆を受け取った。

「わたしが銘々に配りますから」

「何だか申しわけないけど、そうしてもらえたらありがたいわ」

婆さんが初めて顔をほころばせた。

つばきは慣れた手つきで、安治とみのぶの前に甘酒とまんじゅう皿を置いた。

婆さんは驚き顔でつばきを見た。

「なにか、お店でもやってるの?」

「昔のことです」

軽くいなして座ったつばきは、甘酒に口をつけた。

甘味が苦手な安治は、湯気の立つ湯呑みに手を伸ばそうとはしなかった。

母はつばきが口をつけるのを待っていた。

「とっても美味《おい》しい！」

つばきは正味の物言いで甘酒を褒めた。

「酒粕《さけかす》が新しいから香りが強くて、とっても美味しい……」

つばきの褒め言葉が、婆さんに響いたらしい。

「三日に一度、白鬚橋《しらひげばし》の蔵元まで仕入れに出向いているんだけど」

酒粕が新しいと言い当ててくれるなんてと、ほころび顔であとの言葉を呑み込んだ。

そのあとで、

「だったら押しつけるようでわるいけど、まんじゅうも食べてちょうだい」

小豆《あずき》は大納言を使っているし、和三盆は阿波《あわ》の品を使っていると早口で言った。

湯呑みを茶托《ちゃたく》に戻したつばきは、まんじゅうを手に取った。ていねいに蒸《ふ》かしたのは、手に持ったときの温もりで分かった。

「いただきます」

まんじゅうを二つに割ったら、こしあんが艶光《つやびか》りしていた。見た目だけでも、あんの美味《うま》さが感じられた。

二つ割りにした片方を、つばきはそのまま頬張《ほおば》った。皮から溢《あふ》れ出したこしあんが、口一杯に広がった。

舌を転がして皮とあんとを混ぜ合わせ、存分に甘味を味わったあとで、惜しみつつ呑み込んだ。

「今年はお正月から、美味しいものをいただきました」

「ちょっと待っててちょうだい」

婆さんはなにを思ったのか、奥に向かった。右足が痛いだろうに、構わず奥に入って行った。

戻ってきたときは、小皿にだいこんのぬか漬けが載っていた。

「うちのまんじゅうには、このぬか漬けがとっても相性がいいのよ」

ぜひ食べてと、婆さんは本気で勧めた。

甘酒。まんじゅう。だいこんのぬか漬け。

奇妙な取り合わせの三品が、緋毛氈の上に並んでいた。

「でえこのぬか漬けなら、おれにも食わせてくんねえ」

割って入った安治が、真っ先にだいこんを口に運んだ。

「なんてえ美味さだ、これは」

安治の声が上ずっていた。

「おれはぬか漬けは、婆さんぐれえの年増《としま》がでえ好きでさ」

若いのは食いたくもねえと言い、また一切れに箸《はし》を向けた。

「いい食べっぷりだねえ」

婆さんの顔がほころんでいた。

三

まだ松の内の昼前だというのに、仲見世の通りを三人並んで歩くことができていた。

「あの婆さんがたっぷり嘆いたのも、こんな人通りじゃあ無理もねえやね」

通りの真ん中で立ち止まった安治は、歩いてきた浅草寺の方を振り返った。

「見ねえ、あれを」

安治は浅草寺本殿を指差した。

「仲見世のど真ん中に突っ立ってられるのも信じられねえが、浅草寺までの参道が素通しで見《め》えるってえのは、足元がぐらぐらするほどに奇妙な眺めだぜ」

仲見世の通りに参拝客の姿がまばらなことを、安治は嘆いた。

「いつまでもそんなことばかり言ってても、きりがないわよ」

安治が羽織った半纏《はんてん》のたもとを、つばきは強く摑《つか》んだ。

「おなかも減ってるし……おっかさんだって、そうでしょう?」

問われたみのぶは、小さなうなずきで娘に応えた。

「今日のお目当てだった、天ぷら蕎麦を食べに行きましょうよ」

たもとから手を放したつばきは、先に立って歩き始めた。正月六日の昼前なのに、仲見世の通りを自在に歩けるのだ。手に提げた布袋を大きく揺らすこともできた。

茶店で買い求めた、土産物の磯辺巻である。醬油《しょうゆ》と浅草海苔《のり》の香りが、袋の内から漂《ただよ》い昇っていた。

ぬか漬けを気前よく出してくれた婆さんの振舞いに、つばきは打たれた。

客がめっきり減って寂しい正月になってしまった……茶店の婆さんは口ぶりでも所作でも嘆いていた。

それなのに安治がぬか漬けの美味さを褒めたら、気前よく代わりを供してくれた。

「これはあたしのおごりだから」

口調には仲見世で茶店を張っている主人としての、見栄と威勢がこもっていた。

なによりもつばきが聞きたいと思っていた、浅草らしさである。人通りは大きく減っていたが、婆さんは見栄を棄《す》ててはいなかった。

嬉《うれ》しくなったつばきは、婆さんの目を見た。

「磯辺巻のお餅、幾つ残ってるんですか?」

九個残っていると、婆さんは声を潜めた。

「今日はまだ、ひとつも売れてはいないもんだから……」

売れていないことが、きまりわるそうである。ぬか漬けを気前よく振る舞ってくれた婆さんとは、別人のような物言いだった。

その口調にも驚いたが、九個という数の少なさに胸を突かれた。

あの仲見世の茶店が、わずか九個しか用意していないなど、考えてもみなかった。

「総ざらいなんて大げさなことは言えませんけど、九つをそっくり買わせてください」

言い分を聞いた婆さんは、しげしげとつばきの顔を見詰めた。なにかに思い当たったかのような顔つきになった。

「人違いだったら申しわけないんだけど」

間合いを詰めてから言葉を続けた。

「何年か前まで並木町にあったんだけど、だいこんというお店の……」

切り盛りしていたひとじゃないのかと、つばきに問いかけた。

言葉に詰まった顔になった娘のわきから、安治が割って入った。

「あいにくだ、それは人違いだ」

おれたちは深川から初詣に出向いてきた客だと、婆さんの問いかけを押し返した。

「そうですか……とんだ人違いをしてしまって、ごめんなさい」

詫《わ》びながらも、婆さんはまだ得心がいかないという顔である。

「だいこんというお店は、一本筋の通った商いをしていたんだけどねえ」

不承不承の顔でつぶやいたあと、磯辺巻の支度に引っ込んだ。九つを焼き上げるには相応の手間がかかる。

店先の縁台に三人で座って待っていたが、一向に新しい客は立ち寄らなかった。

安治もみのぶもつばきも、浅草こそ王者と思って生きてきた。その浅草が、いまは青息吐息である。

なんとか威勢を取り戻してほしいと願いつつ、つばきは磯辺巻の総ざらいを注文した。

だいこんとのかかわりを問いかけてきたのは、つばきの気っぷの良さに接して、婆さんに感ずるものがあったからだろう。

しかしいまのつばきは、深川に骨を埋《うず》める気でいた。初詣も富岡八幡宮が先だった。

娘の思いを察した安治は、口を閉じたままぬか漬けの残りを平らげていた。

手際よく磯辺巻が出来ているようだ。餅の焦げに醤油の香りが重なって流れてきた。

一番穏やかな表情を保っていたみのぶだが、胸の内は深く沈んでいた。

威勢を失った仲見世を見るのは、みのぶにも切なかった。

みのぶにとって忘れられない思い出は、蕎麦屋の手伝いだった。

去年九月の棄捐令が発布されるまで、江戸のだれひとりとして札差《ふださし》の身代《しんだい》が傾くなどとは考えなかっただろう。

しかし棄捐令発布のはるか昔に、札差の屋台骨が傾くこともあると言い及んでいた者がいた。

みのぶが手伝いに通っていた、蕎麦屋のあるじである。

「札差連中は、うちとは桁《けた》の違うカネを動かしているが、そいつはあぶく銭だ」

札差は禄米《ろくまい》を担保にとって、手元不如意の武家にカネを融通している。しかしそれはカネのやり取りだけでモノは動いていない。

「不景気風が江戸で暴れ回って、万にひとつ、あの札差連中までも屋台骨が傾くようなことになったとしてもだ」

あるじは自分の胸を叩《たた》いて見せた。

「うちの商いは一杯十六文のかけ蕎麦だ」

あるじは誇りを宿した目で、蕎麦のどんぶりを手に持った。

「ひどい不景気になって、毎日一杯食ってくれていた面々が、二日に一杯まで減らしたとしても、うちは潰《つぶ》れやしない」

ひとの口に入るものを、真っ当な値で正直に商っている限り、潰れる心配はない。

あるじの言い分をみのぶはあのとき、胸に刻みつけた。一膳飯屋だいこんを始めたつばきに、みのぶは何度もあるじの言葉を聞かせてきた。

つばきの商いぶりは間違ってはいないと、確信を強めたことも何度もあった。

蕎麦屋のような商いは強いと、棄捐令が発布されたときも思った。しかし……。

茶店と仲見世の様子を目の当《ま》たりにしたいまは、縁台に尻が貼り付いてしまった気分だった。立ち上がろうにも立ち上がれなかった。

いまの不景気は尋常ではない……。

仲見世の人通りがまばらになっていた。こんな仲見世を見たのは、生まれて初めてのことだった。

みのぶがため息をついたら、安治がいぶかしげな目を向けた。

「正月早々、ため息はよしねえ」

女房のため息を安治が窘めたとき、土産の磯辺巻が出来上がった。

「梅のころになると、人通りも戻ってくるに違いないからさ」

また立ち寄ってねと、婆さんはつばきに声をかけた。本気で「また来てね」と頼み込んでいた。


つばきたちが楽しみにしている蕎麦屋は雷御門の南にあった。巨大な提灯《ちょうちん》を潜って御門を出れば、季節にも天候にもかかわらず、前方に長い行列を見ることができた。

名物の天ぷら蕎麦を待つ客の列だ。

小柱・小エビ・三つ葉のぶつ切りが混ざったかき揚げ天ぷらの載った、熱々の蕎麦である。

かけ蕎麦一杯はいまでも十六文が相場だったが、ここの天ぷら蕎麦は一杯五十文だ。

高値を承知の客が、昼四ツ（午前十時）から暮れ六ツ（午後六時）まで行列を絶やすことがなかった。

ところが……。

「だれも並んじゃあいねえぜ」

蕎麦屋を見た安治から小声が漏れた。

ごま油の香りも流れてこないし、鰹節《かつおぶし》と醤油が重なったつゆの香りも通りに流れてはいなかった。

しかし商い中を告げる縄のれんは垂らされていた。客の行列はないし、店から賑わいも伝わってはこない。

それでも休みではなかった。

「どうするよ、おれらは？」

「ここに来たかったんだもの、入りましょう」

つばきは安治の背中を押した。

安治は肩で縄のれんをかき分けて、店に入った。どの卓にも客はいなかった。

店先にいつも番犬代わりに座っていた黒犬も、いまは姿が見えなくなっていた。

四

「天そば三ばああいい」

注文を通すおみちの声が、相客のいない土間に響いた。店が客のざわめきで埋まっていても、調理場の職人にはっきりと届く澄んだ声である。

つばきたちは深川に越す以前は、二カ月に一度ぐらいの割合でこの店に通っていた。おみちの声は、客がすっかり姿を消したいまでも変わってはいなかった。

つばきと安治が目元をゆるめて顔を見交わした。

「あの姐《ねえ》さんの声は値打ちもんだぜ」

みのぶもつばきもしっかりうなずいた。おみちの声を聞いたことで、三人とも在所に戻ってきたという気になれた。自分と同じ年頃に見えるが、亭主持ちだと思わせる落ち着きが感じられた。

「口のなかが甘くなっちまってやがるぜ」

安治は手を振っておみちを呼び寄せた。相客の姿はないが、味のよさで知られた蕎麦の老舗《しにせ》だ。土間の三和土《たたき》は極上で堅いようだ。

寄ってくるおみちの下駄が、三和土とぶつかって軽い音を立てた。

「蕎麦が仕上がるまでのつなぎに、ぬる燗《かん》と、焼き海苔に板わさをくんねえな」

天ぷら蕎麦が仕上がるには、相応の暇がかかる。この店では多くの客が、つなぎに酒とあてを頼んでいた。

「ぬる燗は地酒でいいですか……それとも灘酒《なだざけ》になさいますか？」

問いかけてきた声も澄んでいた。お仕着せはいつも通りの紺色縞柄《しまがら》で、帯もたすきも見慣れた紅色だ。

が、おみちの髪には珊瑚玉《さんごだま》が下がった銀かんざしが挿さっていた。松の内を祝う髪飾りなのかもしれない。

明かり取りのない土間は昼どきでも薄暗い。客が多かったときは、鴨居《かもい》から吊《つる》された燭台《しょくだい》に明かりを入れていた。

相客皆無のいまは、明かりもなかった。そんな薄暗いなかでも、おみちの珊瑚玉は艶のある黄赤色を見せていた。よほどに上物のかんざしなのだろう。

安治とおみちが酒とあてのやり取りを言い交わしている間、つばきは髪飾りを見ていた。同じ色味をした珊瑚玉のかんざしを持っていたからだ。

安治の誂《あつら》えを聞きながら、おみちはつばきの目を感じていたようだ。

「灘娘のぬる燗一升に、焼き海苔と板わさを追加でええす」

おみちの通しを聞いて、安治が慌てた。

「平気よ、おとっつぁん」

察しのついているつばきは小声で止めて、卓に置いた父親の手に、自分の手のひらをかぶせた。

が、安治はつばきの手を払いのけた。

「待ってくんねえ、姐さん。酒はいける口だが、昼間っから一升は無理だ」

真顔で慌てている安治に、おみちはゆるめた両目を向けた。

「いまのは景気づけですから」

言ったおみちはつばきを見ながら、かんざしを抜いた。

「あたしの宝物なんです」

おみちがわけを話そうとしたとき、調理場で小鈴が振られた。酒とあてとが仕上がったのだろう。相客がいない店である。あては焼き海苔と板わさで、手間はかからない。ぬる燗もたちまち仕上がったらしい。

「それ、持っててくださいな」

かんざしを自慢気に預けたまま、おみちは酒とあてとを取りに向かった。

つばきは胸の内に違和感を覚えた。親しい口をきいたこともなかったし、なによりこちらは客である。

かんざしを客に預けて酒を取りに向かう振舞いは、つばきには考えられなかった。が、卓に置くわけにはいかない。右手に持って、おみちが戻ってくるのを待った。

「おまちどおさま」

安治の前に盆を置いたあとで、つばきからかんざしを受け取った。

「去年の一月に、おとっつあんが正月のお年玉代わりに買ってくれたんです」

つばきの目を見ながら、おみちは話を続けた。相変わらず新規の客が入ってくる気配はない。

おみちは腰掛けを引き寄せて、安治たちの近くに座った。

つばきは表情こそ変えなかったが、ひどく驚いた。客の近くに勝手に座って、訊きもしないのに珊瑚玉の身の上話を始めそうだったからだ。

「お客さんたちって、いままで何度もうちに来てくれてますよね?」

安治・みのぶ・つばきを順に見ながら、おみちは確かめを口にした。その口ぶりから、つばきはおみちが蕎麦屋の娘だと察した。

「かんざしを買ってくれたおとっつあんが、天ぷら蕎麦を拵《こしら》えてくれるんですか?」

つばきの問いに、おみちは首を振った。

「いまは違います」

おみちの声の調子が、一気に沈んだ。

いきなり来《こ》し方《かた》を話す気になったのは、大事にしているかんざしにつばきが関心をもったことと、三人が古い馴染み客だと分かったからだ。

おみちは上総屋《かずさや》（蕎麦屋）の家付き娘で、亭主の祥吉《しょうきち》は店の蕎麦打ち職人である。

おみちの父親四吾朗《よごろう》に技と人柄の両方を見込まれた祥吉は、五年前におみちと所帯を構えた。

天ぷら蕎麦の美味さで知られた上総屋は、日に百人もの来客がある人気店だった。所帯を構えた後も、おみちはひとりで客あしらいをこなしてきた。

蕎麦打ちと茹《ゆ》で役が祥吉、上総屋の味を決める天ぷら揚げとつゆ作りを四吾朗が受け持っていた。

おみちはひとり娘だ。母親のおきよは手伝い女と共に、洗い場を受け持っていた。

去年一月二十五日、元号が天明から寛政へと改元された。

「ちょいと日にちが遅れたが、改元祝いを兼ねての品だ」

四吾朗が娘に渡したのが珊瑚玉のかんざしだった。待乳山《まつちやま》の銀次郎《ぎんじろう》に誂えさせた逸品である。

「お仕着せばかり着てたんじゃあ、おめえもつまらねえだろうからよ」

気張るときの髪飾りにしろと、四吾朗は言い添えた。お年玉は娘にだけではなかった。

「夏の藪入《やぶい》りを過ぎたあとで、おめえに天ぷらとつゆを仕込むぜ」

娘の亭主を上総屋の跡取りと認めたのだ。

「ありがとうごぜえやす」

「おとっつあん、ありがとうございます」

娘夫婦が身体を二つに折って礼を言った。

しかしその約束を果たせないまま、四吾朗は去年十月上旬に急逝した。大川に落ちてしまったのだ。

四吾朗は札差の大店、井筒屋《いづつや》の三番番頭徳右衛門《とくえもん》と二十年来の付き合いを続けていた。

徳右衛門がまだ手代頭だったとき、初詣帰りに上総屋で天ぷら蕎麦を食べた。

「こんな美味い天ぷらは、初めて食べました」

井筒屋の手代頭ともなれば、月に何度も客から接待を受けていた。二十八の歳《とし》とも思えぬ口の肥え方だったが、上総屋の美味さには正味で驚いた。

それがきっかけとなり、客として頻繁に顔を出し始めた。

五年が過ぎたとき、三番番頭に取り立てられた。徳右衛門は配下の手代十二人を引き連れて、上総屋に顔を出した。

三番番頭就任祝いを、自腹で催したのだ。その気性を高く買った四吾朗は灘酒を一本ずつ、手代十二人に振る舞った。

徳右衛門は大喜びし、四吾朗に儲《もう》け話を耳打ちした。

「蓄えを無駄に両替商に預けるのではなく、井筒屋《うち》に回しなさい。年に八分の利息をつけてあげられるから」

徳右衛門から耳打ちされた夜、四吾朗は女房と声を弾ませて話し合った。

武家相手に一年一割八分の高利で融通しているのが札差だ。札差から声をかけてもらえた室町《むろまち》や尾《お》張町《わりちょう》の大店当主は、千両単位で札差にカネを回した。

これほど確かな儲けはなかったからだ。もしも蓄えを両替商に預けたら、一年に二分から三分の預かり賃を取られるのだ。

札差に年利八分で回せば、実質一割以上の儲けとなった。

「ありがたいことだねえ」

女房も大喜びした。四吾朗は蓄えの大半を徳右衛門に預けた。

徳右衛門は一度も約束を違《たが》えることなく、松の内に顔を出して利息分を届けてきた。

寛政と改元された去年一月下旬、四吾朗は総額で三百七十両ものカネを井筒屋に預けていた。

徳右衛門が届けてきた利息は、三十両近くにまで膨らんでいた。

おみちの銀かんざし代四両二分も、受け取った利息で支払っていた。

世の中のだれも考えもしなかったことだが、九月十六日の棄捐令発布で、札差は生き死にの瀬戸際にまで追い詰められた。

徳右衛門が上総屋に顔を出したのは、十月四日の昼過ぎだった。

「預かっている三百七十両は、なんとか返せる目処《めど》がつきました」

明日の夕刻、柳橋《やなぎばし》の船宿ゑさもとまで出向いてほしいと告げて、徳右衛門は上総屋を出て行った。

「あのひとは、とことん上総屋を大事に思ってくれている……」

おみちは安堵《あんど》の色を浮かべて、四吾朗が口にしたことにうなずいた。預けたカネが戻ってくると分かったからだ。

しかし翌日の深夜になっても、カネも四吾朗も戻ってはこなかった。

ゑさもとで仕立てた屋根船で、徳右衛門と四吾朗は大川に出た。江戸中に吹き荒れていた不景気の寒風が、ひときわ身に染みていた夜。ふたりは大川に飛び込んだ。

「徳右衛門さんが、お連れさんの手を引っ張って飛び込んだように見えやしたが……なにしろ川は真っ暗でやしたんで」

定かなところは分からず仕舞いだった。

江戸中で毎日のように川に飛び込んだり、首を括《くく》ったりする者が多数出ていたのだ。

札差の三番番頭と蕎麦屋のあるじが川に落ちても、まともな調べはしてもらえなかった。

ひどく気落ちした母親は、身体をこわして寝込んでしまった。床から起きられぬまま、木枯らしがきつくなった師走初めに没した。

「うちの職人でよければ、ひとり回すから」

四吾朗と付き合いの深かった神田《かんだ》の蕎麦屋が、天ぷら職人を回してくれた。

つゆ作りは、二十日ほど四吾朗から特訓を受けていた祥吉が、なんとかこなしていた。


おみちの話に区切りがついたとき、天ぷら蕎麦が出来上がった。

「おまちどおさまでした」

供された蕎麦には、見慣れたかき揚げが載っていた。が、箸をつけるなり、安治が大きなため息をついた。

つばきもひと口を味わっただけで、箸を置いた。そのさまを見ていたおみちが、硬い表情で寄ってきた。

「いかがですか、お味は？」

おみちの両目がつばきを見詰めている。つばきも力を込めた目でおみちを見た。

「わたしたちはてんぷらそばを食べに来ただけで、おたくの身内でもなんでもないんです」

おみちがたじろいで見えたほどに、つばきの物言いは尖っていた。

「ひとたび店の三和土に立とうと決めたら」

つばきの両目に力がこもった。

「いっさい自分の事情なんかは引っ込めて、お客さんのことだけを考えて尽くすのがあきんどでしょうが」

つばきは尖った声の調子を変えずに続けた。

「おたくさんの心得違いが、丸ごと味のひどさに出ています」

相客のいない店内を手で示して、つばきはさらに続けた。

「こんなものを」

食べ残しが詰まったどんぶりを、おみちに突き出した。

「平気で出していたら、お客さんが来なくなるのも当たり前です」

つばきは一切の手加減もせずに結んだ。

「出ましょう、おとっつあん」

あらかじめ用意していた四文銭で代金を支払い、つばきは先に上総屋を出た。

燃え立つような目で、おみちはつばきの後ろ姿を睨《にら》み付けていた。

「うちの娘を恨みに思うのは、おめえさんの心得違いだぜ」

つばきを追って、安治も店を出た。みのぶは穏やかな所作で腰掛けから立ち上がった。

「一日も早く、昔通りの天ぷら蕎麦を食べさせてちょうだいね」

味が戻ったというううわさを聞いたら、深川から出張ってきますから……言い聞かせるような物言いを残して、みのぶも店を出た。

おみちの両目はしかし、怒りで燃え立ったままだった。

五

佐賀町への帰り船に乗ったのは、まだ陽が高い八ツ（午後二時）どきだった。朝の上天気が続いており、大川の川面《かわも》も穏やかだ。

降り注ぐ松の内の陽は、温もりをたっぷり含んでいた。船頭が漕ぐ櫓《ろ》の軋《きし》みも、ギイッ、ギイッと調子がいい。

潮が変わり下げ潮となったいま、船は心地よさげに大川を滑っていた。

しかし船端に横並びになって寄りかかっているつばき・安治・みのぶは、三人とも口をきつく閉じていた。

陽を身体一杯に浴びているのに、表情は重たげである。初詣帰りには見えなかった。

八ツどきは商家も職人も茶菓を楽しみながら一息をつくときだ。乗合船に乗るには半端な刻限である。

吾妻橋と佐賀町を行き来する船は利用客が多く、朝はほぼ満席だった。

川下の佐賀町に向かっているいまは、つばきたちのほかには、履き物を背負子《しょいこ》に積んだ人足だけだった。

三人の真ん中に座した安治は、船端に背を預けていた。船に備え付けの煙草盆を使おうともせず、気だるそうに目を閉じていた。

時々、まぶたがピクッと動く。

居眠りしているのではなく、目を閉じて考えごとを巡らせているようだ。

みのぶも目を閉じて、安治同様に船端に背中を預けていた。しかし思案しているわけではなく、午後の陽差しの温もりを身体で味わっていた。

つばきの正面には背負子を船板に下ろした人足がいた。太い火皿のキセルで、何服も続けて煙草を吸っていた。

人足の器用な吸い方に、つばきは見とれた。

吸い殻をプッと音を立てて、手のひらに吹き出した。巧みな手つきで吸い殻を転がし、火のついている部分を上に向けた。

吸い殻はそのままにして、新たな一服をキセルに詰め始めた。手のひらが熱さを感じる前に詰め終えると、吸い殻の火を種火に使い、新たな一服をくゆらせた。

雁首《がんくび》に詰めた煙草に火が回ったところで、用済みとなった吸い殻を大川に落とす。

これを器用な手つきで繰り返した。

安治も大の煙草好きだが、人足のような吸い方はしない。吸い殻は律儀に煙草盆の灰吹きに落とした。

「普請場は、お施主さんのでえじな土地だ。吸い殻を吹き飛ばして汚しちゃあいけねえ」

煙草の火の不始末で普請場から火事を出したら、二度とその大工にも棟梁にも仕事は回ってこなくなる。

火事が燃え広がったりしたら、斬首刑に処されることもあった。

煙草の火の始末を雑にする大工は、腕がよくても棟梁は敬遠した。

吸い殻を大川に落とす人足の吸い方は、つばきには物珍しく映った。

五服目を吹かし終えたとき、人足がつばきに話しかけてきた。

「上総屋の天ぷら蕎麦はどうでやした？」

人足の物言いは穏やかだったが、つばきは驚きのあまり返事の言葉が出なかった。

三人が上総屋を出たとき、男はその後ろを歩いていた。吾妻橋の桟橋からは同じ乗合船に乗船していた。

つばきは一度も後ろを振り返らぬまま船に乗っていた。上総屋を出てから一緒だったとは、まったく気づいてなかった。

「思ったほどの味じゃあなかった……そうじゃあ、ありやせんでしたかい？」

男がこれを口にしたことで、安治とみのぶが目を開いてつばきを見た。

「どうしてそんなことが分かるんですか？」

つばきは人足を見詰めて問いかけた。

「そんなに驚くほどのことはねえやね」

キセルをプッと空吹きして、革のキセル入れに収めた。

「おめえさん方が出てきたとき、ため息交じりの顔を見交わしていたし」

人足はつばきを強く見詰め返した。

「去年から上総屋の評判はひでえんだ。おれはあちらの親爺《おやじ》さんてえひとに、世話になったこともあるんでね。評判はさっぱりでも、何度か食いに行ったんだが……」

人足は首を左右に振って口を閉じると、再びキセルを取り出した。

「きちんとした天ぷら職人を雇わずに、亭主の尻を叩いてもしょうがねえ」

客を舐《な》めた真似を続けていたら、上総屋の先行きは決まったも同然さ……ふうっと大きな息を吐き出したあと、人足は新たな煙草を詰め始めた。

安治も煙草入れを取り出していた。


大島町の宿に帰り着いたあと、つばきは着替えもせずに買い物に出るとみのぶに告げた。

「仲見世で総ざらいしたお餅で、今夜はお雑煮にしましょう」

仲町の鳥壱《とりいち》に出向いて、シャモ肉とガラを買ってくる段取りを、つばきは考えていた。

鳥壱はだいこんが鶏肉やガラ、卵を仕入れていた先だ。シャモ肉・鶏肉の美味さは深川で一番だと評判が高かった。

「シャモでとった熱々のつゆを使えば、少々固くなったお餅だって平気だから」

明るい声でみのぶに考えを告げた。

「火熾《ひおこ》しと下拵えをお願いします」

みのぶに頼み、勝手口から外に出た。

大店当主だった人物の隠居所として、川縁の土地に建てられた平屋である。勝手口も南東に向いた日当たりのいい造りだ。

塀の杉板は一寸（約三センチ）近い厚みがある。去年の暮れに木枯らしが大暴れしたときでも、塀はびくともしなかった。

鳥壱に向かって大横川河畔を歩きながら、つばきは両親に借家を見せた日のことを思い返した。

浅草での出来事もあれこれあたまには浮かんだ。が、借家の一件を思い出すことで、縁起のわるいことを払いのけた。

ただひとつ、乗合船で一緒になった人足のことは思い返しても心地よかった。

周旋屋との談判が滑らかに終わると、玄関と勝手口の鍵を渡された。日本橋《にほんばし》加藤《かとう》錠前店の鍵だった。

「加藤錠前の鍵を使うとは、なんとも豪気な造りだぜ」

安治が感心の声を漏らしたら、周旋屋の手代が顔をほころばせた。

「加藤の鍵の値打ちが分かるお職人さんに借りていただけたことで、家主さんも貸してご安心なことでしょう」

安治一家になら貸して安心だと、周旋屋も喜んだ。実際に暮らし始めたら、造りのよさがしみじみと実感できた。

建家は南東に面して建てられていた。十坪の庭は大横川に面しており、朝日は川の向こうから昇った。

小さな庭だが、玉砂利と岩をあしらって造園されていた。庭に面した濡れ縁に腰をおろし、陽を浴びるのを安治は大いに気に入った。

「ぜいたくを言うようだが、ここをおれの終《つい》の棲家《すみか》にしてえやね」

照れ笑いを浮かべながらも、安治の目は正味の光を帯びていた。

「おとっつあんがその気なら、周旋屋さんに生涯住みたいって掛け合ってくるから」

つばきの応え方も正味だった。

三人で大島町に暮らし始めたことで、つばきは親孝行ができたと思えるようになっていた。

不景気風にさらされて、安治の大工仕事もほとんど出番が失《う》せていた。が、仕事が激減して身体が楽になったことを、安治は本気で喜んでいた。

濡れ縁に座り、冬の陽差しを身体に浴びながら、今日一日どこで遊ぶかを考える……。

去年の十一月から、この暮らしを存分に楽しんでいた。

「働き詰めでここまできたんだもの、この先は生きてる間、遊んでもらってもいいわ」

つばきは月に二両の小遣いをみのぶに渡していた。

「おとっつあんに渡したら、一日で遣い切るに決まってるもの」

安治から小遣いをせびられたら、渋々の顔で渡す……これを母娘で決めていた。

二両といえば八貫文、小粒銀なら百二十粒もある。安治と同格大工の手間賃が、出面《でづら》（日当）で四百文だった。

自分のためには呉服一枚誂える気もないつばきだった。しかしみのぶと安治が穏やかに暮らしてくれるなら、費《つい》えを惜しみはしなかった。

安治も存分にカネを遣い、両国《りょうごく》にまで足を延ばして遊んだ。しかし師走に入ると出不精になり、小遣いも遣わなくなった。

「働いて稼いだゼニでなけりゃあ、外で酒を呑んでもメシを食ってもおもしろくねえ」

濡れ縁に座して陽を浴びる安治は、日に日に背中が丸まってきていた。

不景気風の吹き方が一段と厳しくなった師走の二十日に、周旋屋の手代が訪ねてきた。

「てまえどもの納戸を新しくしたいのですが、親方に手伝っていただけませんか？」

手代の頼みを、一言のもったいもつけずに安治は引き受けた。二十日から二十八日までかかったが、見事な納戸が仕上がった。周旋屋の小僧を手元に使っただけで、大工の助けは借りずに仕上げた。

日当二百文の手伝い仕事だったが、安治は胸を張って一貫八百文を持ち帰ってきた。

安治が稼いだ手間賃をそっくり遣い、大晦日《おおみそか》には三人でシシ鍋を囲んだ。酒は灘の下り酒をおごった。

「来年は、今年みてえなことはねえだろうよ」

「そうなってくれると嬉しい」

つばきは安治を想い、心底それを願った。しかし寛政二年となっても、好景気とは縁遠かった。

「浅草寺さんに初詣して、上総屋の天ぷら蕎麦を食ってこようじゃねえか」

つばきの発案で浅草に向かった。結果は散々で、重たいものを背負って帰ってきた。

シャモのガラで強いだしをとり、熱々の雑煮を仕立てて縁起のよさを呼び込もう……。

つばきがこう考えたのは、乗合船で一緒だった人足が口にした言葉があったからだ。

「どこもかしこも、不景気だ不景気だとうるせえが、文句をこぼしている連中はだれもが了見違いをしているのさ」

人足は背負子に積んでいる履き物の山を指差した。

「高橋のこの履き物屋は、陽の当たらない裏通りに店を構えているんだが、松が取れたあとの初売りには本所《ほんじょ》辺りからも客が押し寄せてくるんだ」

客を第一に思ってる店には、裏通りにあろうと探してでも客は押しかける。

「自分の仕事に胸が張れてりゃあ、不景気の木枯らしも怖くはねえやね」

佐賀町桟橋に着いたとき、人足は船から飛び降りた。年季の入った担ぎぶりで、腰の使い方がしなやかだ。

山積みの履き物は、一足もこぼれ落ちることはなかった。

自分の仕事に胸を張る。

船を降りたとき、安治もつばきも顔つきが晴れ晴れとしていた。


鳥壱の店先には客が長い列を作っていた。生肉を扱う稼業ゆえ、日当たりのわるい場所を選んで店を構えていた。

順番を待つ客は、申し合わせたように襟元をきつく閉じていた。立っているだけでも寒さがきついからだ。

しかし文句を言う客など皆無である。どこよりも美味い鶏肉を供することで、鳥壱は客を大事にしていた。

客を第一に思う店なら……。

人足の言葉を思い返しつつ、つばきは長い列の最後尾へと向かっていた。

六

「なんだか、一足飛びに春が来たような陽気じゃないか」

寛政二年一月の江戸は、八日を過ぎたあたりから日に日に暖かさを増していた。

「そのことだよ、徳兵衛さん」

言ってから嘉次郎《かじろう》は両手を真上に突き上げて、身体の筋を目一杯に引き伸ばした。毎朝十回、嘉次郎は店先でこれを続けた。

伸びを終えた嘉次郎は、途切れていた徳兵衛との話に戻った。

「もうすぐ啓蟄《けいちつ》だ。暖かいのも当然だろうさ」

富岡八幡宮の境内を渡ってきた朝の風は、鎮守の森の精をたっぷり含んでいる。伸びを終えたあとの嘉次郎は、空気の美味さを深呼吸でむさぼった。

「ところで徳兵衛さん、看板の思案を広く求めるという趣向は、あの通りに続けるのかね」

「もちろんだ」

店の方に振り返った徳兵衛は、小僧の小吉《しょうきち》を手招きで呼び寄せた。

富岡八幡宮表参道北側の薬種問屋、蓬莱屋《ほうらいや》の隠居が徳兵衛である。呼ばれて近寄ってきた小吉に、徳兵衛は「あれを持ってきなさい」と言い付けた。

隠居の世話役を言い付けられている小吉は、徳兵衛が口にするあれが何であるかを、九割方察することができた。

「看板のあれですね?」

今回も察し方に誤りはなかった。徳兵衛が小さくうなずくと、小僧は店に駆け込んだ。そして薄板に針で留めた図面のようなものを持参して戻ってきた。

「これを触書に描き直して、店先に掲げる段取りを進めている」

薄板を差し出された嘉次郎は、両目をしばたたいた。近頃は目やにがひどくなっており、なにかを見る時は目蓋《まぶた》をパチパチさせるのが癖になっていた。

しっかりと読み終えてから、薄板を徳兵衛に戻した。

「おもしろい趣向だ」

八幡宮への参詣客も、きっと立ち止まって触書に見入るはずだと請け合った。

「言い出したのはわたしじゃない、あいつだ」

徳兵衛の物言いからは、自慢の香りが漂っていた。あれだのあいつだのという、曖昧《あいまい》な表現を徳兵衛は多用する。

嘉次郎の目やに同様、歳を重ねたことのあかしだった。

「徳太郎《とくたろう》も、すっかり当主の座に馴染んできたということだな」

跡取りがおらず婿取りをしている嘉次郎は、うらやましそうに言い置いて、蓬萊屋と軒を接している乾物問屋に戻って行った。

店先の掃除を進めていた小僧が、深い辞儀《じぎ》で大旦那を迎え入れていた。


大工職人として、時に安治は高い屋根に登って普請仕事を続けることもあった。

二階家はもちろん、三階建てでも高い場所は、まるで苦にすることはなかった。

地べたを焦がす真夏の陽を、腹掛けだけになった身体に浴びる。そんなときでも、安治は平気で仕事を続けた。

その安治が、寒さにはからっきり意気地がなかった。松の内に浅草寺参詣に出向いたときも、身体の芯に何度も震えを覚えていた。

あの日の無理がたたり、五日も寝込む羽目になった。が、仕事に障《さわ》りはしなかった。

江戸はいずこも不景気風が吹き荒れており、普請注文は激減していた。

一月八日に安治の宿に顔を出した棟梁は、寝込んでいる安治に驚いた。見舞いの言葉を口にしたあとは、どこか気が楽になったという表情を見せた。

「しばらくは、どこからも普請仕事が舞い込む気配はねえんだ」

棟梁はあえて威勢を込めた。

「そんな次第だからよ。安治さんも気長に養生して、身体を元に戻してくんねえ」

みのぶがいれた焙《ほう》じ茶《ちゃ》を呑み終えるなり、棟梁はいそいそと宿から出て行った。

安治に仕事がなくても、つばきにもみのぶにも蓄えはあった。

「丁度いい案配だもの。棟梁もそう言ってたけど、のんびり養生してちょうだい」

女房と娘に言われるがまま、安治は養生に努めた。とはいえ格別の薬を服用したり、医者にかかったりしたわけではない。

好物のシャモの肝を、針ショウガと一緒に甘辛く煮付けたものを、朝に夕に食べた。

一合の晩酌には、灘の下り酒をつばきが燗酒につけた。

一月十日を過ぎると、冬が急ぎ足で行き過ぎ、朝の冷え込みもゆるみ始めた。

去年は閏月《うるうづき》が挟まったことで、例年の三月を思わせる陽気となった。

暦は正直である。春の二十四節気三番目の「啓蟄」は、今年は一月二十日となっていた。

「葛根湯がもうヤマ《なくなった》になっちまった」

大工の符丁はみのぶもつばきも理解できた。

「八幡様にお参りしたついでに、表参道の蓬萊屋で買ってくらあ」

安治は明るい口調でこれを告げた。

「すっかり陽気がよくなってるもの。おとっつあんが外を歩くのもいいかもしれない」

つばきもみのぶも、安治が富岡八幡宮に参詣することに賛成した。

養生を続けて身体をいたわってきたとはいえ、寝込んだあとのお参りである。雪駄《せった》の尻金がチャリンとも鳴らない、ゆるい歩き方で八幡宮に向かった。

賽銭《さいせん》には南鐐銀《なんりょうぎん》を気張った。新たな仕事が舞い込んできますようにと、お願いをするための一朱金だった。

境内の敷石に降り注ぐ陽は、まさに啓蟄の暖かさである。働き者の蟻《あり》が列をなして、敷石の脇を行き来していた。

大きな賽銭を投じたことで、気持ちに張りが出来ていた。安治の歩みにも、尻金が鳴るほどに威勢が戻っていた。

チャリン、チャリンと雪駄を鳴らしつつ、蓬萊屋に向かった。

仲町には他に二軒の薬屋があったが、品揃えの豊かさでは蓬萊屋は図抜けていた。

小売りにも応じているが、元来が薬種問屋なのだ。品数が多くて当然だった。

大川の西側からも、本所界隈《かいわい》からも客がやってくる蓬萊屋である。店先に人垣ができているのもめずらしくはなかった。

が、今日の人垣は十重二十重《とえはたえ》のごとくだ。しかも薬を買うのではなく、店先に掲げられた触書に見入っている人の群れだった。

触書の文字は、だれにでも読めるわけではない。声に出して読み上げる者を、読めない面々が取り囲んでいた。

「蓬萊屋四代目が就任して、今年三月で一周年となる。それを祝って、新しい看板を店先に掲げることにした」

読んでいた者は喉のタンを切るために、ウウ、ウンッと咳払いをした。

「早く先を続けてくんねえな」

職人身なりの男にせっつかれて、また触書を読み始めた。

「我こそと思う者は、看板の思案を絵に仕上げて店に届け出てもらいたい。採用の謝礼は金三両を支払う」

金額を聞いて、人垣にどよめきが生じた。

離れたところで聞いていた安治の両目に、強い光が宿された。

早速に、賽銭の御利益《ごりやく》があったぜ！

手のひらに、右手のこぶしを打ち付けた。

パシッ。

鈍い音が生じたが、気づいて振り返った者は皆無である。安治の後ろを歩き過ぎようとした黒犬だけが、耳をピクッと動かした。

七

安治が息を切らしながら向かった先は、大島町ではなかった。閻魔堂《えんまどう》の弐蔵《にぞう》の宿である。

弐蔵が一家をこの地に構えて、すでに五年が過ぎていた。いまでは間口三間《けん》（約五・四メートル）の平屋を組の宿とするまでに伸《の》し上がっていた。

腰高障子戸は二枚が開きっ放しである。来客を受け付ける若い者がふたり、上がり框《がまち》の奥に控えていた。

安治が断りも言わずに土間に入ると、若い者ふたりがきつい目を隠さずに出てきた。

「どちらさんでやしょう？」

竹皮包みを手に提げた、見るからに堅気の客である。弐蔵の宿とは無縁に違いない。問い質《ただ》す声も、安治を見る目も尖っていた。

「古い馴染みの安治てえ大工が正月のあいさつに来たと、そう言ってくれりゃあ通じるだろうさ」

右手には手土産を提げており、左手は羽織のたもとの内に隠れている。若い者はふたりとも安治の左手を気にして、取り次ぎに動こうとはしなかった。

「寒いから手を無精していただけだ」

安治は左手をたもとから出し、なにも握ってはいないことを見せた。

「大工の棟梁で安治さんでやすね？」

「棟梁じゃねえ」

安治は強い口調で、若い者の言い分を打ち消した。

「ただの大工だ、間違えるんじゃねえぜ」

安治の物言いはぶっきらぼうだったが、若い者を見る目は穏やかさを保っていた。

「分かりやした、そちらでお待ちくだせえ」

安治が上がり框に座れるように、もうひとりの若い者が座布団を運んできた。

思えば大島町を出てからここまで、歩き通しだった。

富岡八幡宮に参詣をし、薬種問屋の前を行き過ぎ、深川不動の仲見世で手土産を買い求めた。

その後、閻魔堂の弐蔵の宿まで、息を切らさんばかりの速歩《はやあし》を続けてきたのだ。

「ありがとうよ」

座布団に座れるのは、正直ありがたかった。歩き通しが腰につらい歳になっていた。

座ったまま上半身を伸ばそうとして、両手を突き上げたとき、若い者が戻ってきた。

「いまは手が離せねえ急ぎ仕事の最中でやすんで、四半刻（三十分）ばかり脇を回ってから、もう一度来てほしいと親分はそう言っておられやすんで」

すぐには逢《あ》えないとの言い分である。変わらねえな……と、胸の内で苦笑いした。

無沙汰を懐かしがる間柄でないのは承知のうえだ。とはいえ、弐蔵がつばきを気にしているのは安治にも分かっていた。

去年九月中旬の棄捐令発布をきっかけとして、つばきはだいこんから身を退《ひ》いていた。

そんなつばきの行き先を探るかのように、弐蔵の若い者がだいこんを訪れていた。

「あいにくわたしどもも、つばきさんの居場所は存じませんので」

大島町まで足を運んできたおてるから、若い者がこう言っているとつばきは聞かされていた。父親の前でおてるに話をさせることで、弐蔵とはなんでもないからと安治に明かしていた。

つばきのその考えを、おてるも察したようだ。

「師走の手前までは半端な刻限に、ふらりとおひとりで顔を出しておいででした」

燗酒二本にあての小鉢を二鉢注文し、いつも四半刻少々で出て行ったと、おてるは弐蔵の様子を気の入らない物言いで聞かせた。

おてるが帰ったあと、つばきは安治と向き合った。

「あたしがお店をみていたときは、なにかにつけて弐蔵さんが顔を出してくれてたけど」

おてるに譲ったあとは、だいこんのことも弐蔵のことも、きっぱりと自分から切り離したからと、安治に告げた。

娘の気性を分かっている安治である。

「切り離した」と言い切った裏で無理をしているとわかっていたが、知らぬ顔を続けて聞いていた。

いま弐蔵の宿を訪ねたのは、頼み事があったからだ。弐蔵とは並木町で別れて以来逢っていなかった。

互いに逢いたいと思う相手ではなかったのだ。それを百も千も承知で、安治は弐蔵の宿を訪れた。

つばきの父親が顔を出したと聞かされたら、すぐにでも逢いたがると思っていた。

弐蔵はしかし、見栄を張って安治を待たせようとした。

つばきの様子を聞きたくてうずうずしているだろうに、安治を上げさせなかった。

四半刻の間待たせようとしたのは、弐蔵の見栄だと思い、安治は苦笑したのだ。

きつい目で見詰めている若い者に、安治は目をゆるめて話しかけた。

「あいにくおれには、一回りしてくる先はねえんだ」

竹皮包みを上がり框に置いた安治は、煙草入れを取り出した。

「すまねえが若い衆、弐蔵さんの手が空くまで、ここで待たせてもらうぜ」

取り出したキセルの雁首を、尖った目の若い者に向けた。

「煙草盆を貸してもらいてえんだが、あるかい？」

笑いかけるように問いかけたが、相手の目はさらにきつくなった。

「ここは堅気の旦那に、上がり框でぷかぷかやってもらうような宿じゃあねえんでさ」

安治を脅すような物言いになっていた。耳が痛くなるほどに声も大きい。

「とっととここから出て行って、四半刻たったら、もういっぺんけえってきてくだせえ」

追い立てようとしたとき、奥から弐蔵が出てきた。安治は立ち上がり、弐蔵を見詰めた。

過ぎた歳月のなかで、互いに身体つきも顔つきも変わっていた。

ふたりとも髪には白いものが交じっていたし、肉置《ししお》きはどちらも緩み気味だった。

「ようちが分かったな」

「つばきから何度も、閻魔堂のことは聞かされていたもんでね」

閻魔堂と呼び捨てにした安治に、若い者は飛びかからんばかりの目つきになっていた。

弐蔵は男の肩に右手を載せて、気を静めさせた。

「巧《うま》い具合に用が片づいたところだ」

弐蔵は敷台を指差した。

「履き物を脱いで上がりねえ」

弐蔵は奥に向かい始めた。安治は雪駄を脱ぎ、上がり框に立った。男は安治を睨み付けたままである。

「甘い物を口に入れたら、不機嫌も治るぜ」

若い者に竹皮包みを押しつけて、弐蔵のあとを追い始めた。

呆気《あっけ》にとられた顔で、若い者は棒立ちになっていた。

八

「お互いの縁切りを言い出したのは、おれじゃあねえ。おめえだぜ」

若い者を追い出してふたりだけで向き合ったあとは、弐蔵の物言いも砕けていた。

「そんなおめえが、わざわざここに顔を出したてえのは、よほどのわけがあるんだろうな」

弐蔵はキセルを灰吹きにぶつけて、吸い殻を叩き落とした。

「いまから、そのわけを話すからよう。仕舞いまで、黙って聞いてくれ」

「承知だ」

低い声で応えた弐蔵は、新たな一服を詰め始めた。が、目は安治を見ていた。

昔馴染みといえばそうだが。

取り立てでは散々に手を焼かされた相手だ、という思いのほうが強い。しかも稼業を承知で訪ねてくるからには、かならずわけがある。

弐蔵はいささかも気を許していなかった。

腕のいい大工職人の安治だが、昨今の不景気風にあおられて、稼ぎがいいとされる大工が真っ先に暇《いとま》を出されている……弐蔵の耳には、そんな話が幾つも入っていた。

敵同士に近かった安治が持ち込んできた相談事など、ろくなものではないだろう。

刻み煙草を詰めるのが億劫《おっくう》だった。

そんな弐蔵の心中にはお構いなく、安治が話を始めた。

「八幡様の表参道に蓬萊屋という薬種問屋があるよな?」

「ああ、ある」

種火に火皿を押しつけながら、上目で安治を見上げた。

「新しい看板の思案を、蓬萊屋が広く募《つの》るてえのも知ってるか?」

「仲町はおれのシマ(縄張り)だ」

強く吸い込んだ煙を、安治めがけて吐き出した。

「シマの動きで、おれの知らねえことはねえ」

低い声でぶっきらぼうに答えたあと、弐蔵はキセルをまた灰吹きに叩きつけた。

「看板思案が、どうかしたのか」

三服目を詰め始めたときの弐蔵は、もう安治を見てはいなかった。危ない相手ではないと、判じたのだろう。

「蓬萊屋の看板は、おれがやる!」

煙草を詰める弐蔵の手が止まったほど、安治の語調は強かった。詰めかけのキセルを煙草盆に置いて、弐蔵は安治の目を見た。

「おめえは大工で、看板屋じゃあねえ」

皮肉な笑いを浮かべたまま、言葉を続けた。「それともおれの知らねえうちに、商売替えでもしたてえのか？」

「ばかを言うねえ、おれは大工だ」

言い返した安治は胸を張った。

「だとしたら安治、看板はおめえの仕事じゃあねえだろうが」

「あの触書を見たいまはおれの仕事だ」

弐蔵を光る目で見詰め返して語気を強めた。

しばし黙っていたが、弐蔵はうなずいた。

「変わってねえな、安治」

やりたいと思ったら、かならず自分のものとしてきたのが安治だ。

まだ伸助《しんすけ》の名で貸元の下についていた当時から、弐蔵は安治の気性の一部を羨ましくすら思っていた。

取り立てで凄《すご》んでみせても、安治はやりたいことはやり続けた。

弐蔵はあの昔もいまも、仕来りの壁は越えられずにいた。無法ぶりが売り物の渡世人稼業だが、仲間内では義理と仕来りのきつい縛りがあった。

その壁を乗り越えた先にあるのは、奈落に落ちる底なし穴だけだ。

安治は逆で、やりたいことはかならずやったし、嫌だと決めたら微塵《みじん》も動かぬ岩と化した。

安治の気性は、まったく変わってはいなかった。

おりこう者がはびこる近頃に、げんなりしていた弐蔵である。胸の内が晴れた。

「それで……おれに頼みとはなんだ？」

「おれが看板仕事を手に入れられるように、あんたの力を貸してくれ」

弐蔵を見る安治の目の光が強くなった。弐蔵は黙したまま相手から目を逸《そ》らさず、自分の目にも力を込めた。

睨み合いは弐蔵が目を逸らして終わった。

「渡世人のおれにそんなことを頼んだら、どれだけ高いものにつくか、分かってるのか」

長火鉢の向こうに座した弐蔵は、左手を猫板に置いた。

安治はなんら頓着せず、先を続けた。

「首尾よく取れたら三両払う」

看板の思案料が三両だと弐蔵に明かした。金額を聞いて、弐蔵は呆《あき》れ顔を拵えた。

「おれの稼業での三両は、おめえの仕事で言えば出面（日当）にも届かねえ端金《はしたがね》だ」

弐蔵の言い分を聞いて、安治の両目が炎を燃え上がらせた。

「おれの出面はいまじゃあ四百文だ。江戸中探したって、こんだけの出面が稼げるのは何人もいねえ」

ひとの稼ぎを軽々しく言うんじゃねえと、安治は声を荒らげた。

「そいつあ、済まねえことを言ったぜ」

弐蔵はあっさりと詫びた。

「月に二十日の働きで八貫文も稼ぐ大工は、確かに数えるほどしかいねえだろう」

大したもんだと、弐蔵は正味で称《たた》えた。が、その思いには、仕事がなくて大変だろうにと安治を気遣う部分もあった。

安治の両目が穏やかさを取り戻した。弐蔵の気持ちを感じ取ったのだろう。

「あんたの前だから正直に言うが、去年の棄捐令からあとは、仕事がガタ減りした」

安治の物言いも落ち着きを取り戻していた。

「師走にへえっても、新規の普請はまるっきりねえんだ」

安治も一服を吹かした。

「おれの棟梁は客先がいいのが自慢だったが、いまはそれが裏目となっちまった」

新築普請を続けてきた得意先からは、ぱたりと音を立てて注文が途絶えた。

たまに舞い込むのは屋根の修繕、炊事場の手直し、納戸の補強などと、修繕仕事ばかりだった。

こんな仕事は安治ではなく、出面の安い若い者に回された。腕がいいことが、いまは大きな障りとなっていた。

「あんたも知っての通り、おれは蓄えてえのが苦手でよう。手間賃がへえってこなけりゃあ、煙草銭にも詰まっちまうんだ」

「まったくおめえは変わらねえな」

弐蔵の方がため息をついていた。

「そんなわけだからよう、いまのおれは娘から小遣いをもらって暮らしている始末だ」

種火に押しつけたキセルを、思い切り強く吸い込んだ。火皿が真っ赤になった。

吸い殻を叩き落としてから、話を続けた。

「節が明けたら仕事を回すと棟梁は言ってるが、この不景気じゃあ、棟梁にはわるいがあてにはできねえ」

浅草寺初詣の折に見た、閑古鳥の鳴いていた仲見世の様子を、弐蔵に聞かせた。

「あんたも知ってるだろう、上総屋を」

「天ぷら蕎麦の、あの上総屋か？」

「その上総屋さ」

客あしらいも商いぶりもなってない。つばきがきついことを言ったのも話した。

「仲見世があんまり寂れているんでよう。つばきは茶店の磯辺巻を総ざらいしたぜ」

「さすがはつばきだ……」

弐蔵の口調はつばきを懐かしがっているようだった。が、すぐに顔つきを引き締めて、安治を見た。

「今戸《いまど》の親分から、おれも浅草寺界隈の様子のひどさは聞いている」

弐蔵が抑えた物言いで応じたら、安治は上体を前のめりにした。

「娘はおれの腕をよく知ってるはずだ」

「そいつあ当然だろう」

弐蔵は深くうなずいた。安治はしかし、苦い顔つきになっていた。

「こう普請なしが続いたんじゃあ、あいつの前で幅が利かねえ」

安治は背筋を伸ばして弐蔵を見た。

「つばきはあんな気性だからよう、小遣いに詰まったりしねえように、みのぶの手でおれが出かけるたびに紙入れに南鐐銀と小粒を足すんだ」

最初は嬉しく遣ったが、いまは遣うのが気詰まりだと、正直に気持ちを明かした。

「てめえのゼニを遣ってこそ、気持ちよく遊べるもんだ。気詰まりなのはもっともだ」

安治の言い分に得心がいった弐蔵は、賭場の話を始めた。

「てめえのゼニではなしに、わけありのカネを張っている客は、顔が黒く見えるもんだ」

自分の稼ぎで遊ぶ客は、すっからかんになってもサバサバした顔をしている。

「そういう客には、受からせてやりてえと仏ごころが湧いたりするぜ」

聞かされた安治も、心底得心したらしい。

「春から一発、おれの仕事でドカンとでかい花火を打ち上げて、女房と娘によう……」

あとの言葉を呑み込んで、安治は弐蔵の目を見詰めた。

弐蔵はその目を受け止めてうなずいた。

「首尾よくおめえに仕事が回ることになったら、思案料の三両はもらうぜ」

他のだれかの仕事となったときは、しくじり代で、おれが三両を払う。

「互いに面子《メンツ》をかけて臨むんだ。これで文句はねえな?」

「ねえ」

きっぱり答えたあと、安治は相手を称えるような目で弐蔵を見た。

「逢わなかった間に、あんた、男ぶりを磨いたらしいな」

「おきやがれ」

苦々しげに吐き捨てたものの、まんざらでもない顔つきになっていた。

九

薬種問屋蓬莱屋の隣は、表参道で四間（約七・二メートル）間口を構えている乾物問屋の佐野屋《さのや》である。

二番番頭の与次郎《よじろう》は、仕入れの差配を担《にな》っている。手代当時から、仕入れ品を吟味する眼力は他の奉公人より抜きんでて優れていた。

なかでも鰹節・するめ・干し貝柱・フカヒレ・干し椎茸《しいたけ》については、江戸でも一、二の眼力だと高い評価を得ていた。

与次郎がまだ三十路《みそじ》前のことである。

「佐野屋さんの乾物なら間違いはない」

与次郎の目利きに信頼を寄せる老舗料亭は、わざわざ料理人を佐野屋まで差し向けるほどだった。

「なんたってこの貝柱は、仲町の佐野屋さんが扱ってくださる品ですから」

佐野屋が扱う品は極上品の代名詞とされた。その高い評判の源のひとつが、与次郎の吟味にあるのは間違いなかった。

ぜひとも品物を納めたいと願う産地の業者は、毎月二十一日に佐野屋を訪れた。月に一度、この日に限って与次郎が売り込み業者との面談の場を設けていたからだ。

二十一日は朝の五ツ半（午前九時）から四ツ半（午前十一時）までの一刻（二時間）と、八ツ半（午後三時）から七ツ半（午後五時）までの一刻が、与次郎への売り込みに割《さ》かれていた。

今年初の売り込み応対となった一月二十一日は、まだ五ツ（午前八時）になったばかりというのに、すでに九組の業者が与次郎との商談を待っていた。

「吟味され抜いた品物あってこそ、佐野屋の身代あり」

商談に臨む都度、初めて扱う品だという心構えで、相手の売り込み口上を受け止める。

「そんなことは知っているという慢心こそ、吟味の切っ先をゆるめる大敵」

年長者が言い聞かせるこの戒めが、佐野屋の家訓を補っていた。

「売り込み日の二十一日が賑わってこそ、うちの商いの繁盛も得られるというものだ」

年下の手代たちには、常にこれを言い聞かせていた。心得違いを戒めるためである。

「佐野屋ののれんがあればこそ、多くの産地屋さんが売り込みにおいでになる。しかしおまえたちが偉ぶった応対を見せたりすれば、次の商談相手はうちではなくなる」

与次郎は本気でこれを案じていた。

「うちに嫌気を覚えた相手様は、特級品を商売敵《がたき》の問屋に持ち込む」

応対には骨が折れるが、品物あっての佐野屋だという基本を忘れるな……手代たちに向かって言い続ける与次郎を、頭取番頭の令三郎《れいざぶろう》は何度も陰から見ていた。

その結果を胸に抱きつつ、今年の元日に令三郎は与次郎との面談に臨んでいた。

「わたしも来年で還暦を迎える」

令三郎も与次郎を高く買っていた。

「佐野屋の舵取《かじと》りを続けるには、還暦は荷が重たい。来年正月からは、おまえに跡を託したいと考えている」

今年の元日、富岡八幡宮に初詣を終えたあと、令三郎はみずからの口でこれを告げていた。もとより当主嘉次郎からも了承を得てのことだった。

「身に余るありがたいお話でございますが、まだ今年が始まったばかりでございます」

来年の元日うんぬんの話は、実感をもっては聞けないと令三郎に答えた。

「おまえの気性は、わたしも承知しているつもりだ」

申し出を拒まれたにもかかわらず、令三郎の物言いは穏やかだった。

「わたしの申し出にすぐに食いつくことのないおまえなればこそ、安心して舵取りを任せられると思っている。この考えは旦那様も同じだ」

静かな口調で申し渡した。次の佐野屋を担う頭取番頭が決まったも同然の、大事な申し渡しである。

与次郎は顔つきを引き締めて、令三郎の言葉を受け止めていた。

「ただしひとつだけ、おまえに言っておきたいことがある」

令三郎の両目に力がこもった。

「酒席に招かれるのは、相手様がおまえの器量と眼力を高く買われていればこそだ」

令三郎の口調が変わっていた。与次郎は膝に載せた両手を強く握り締めた。

「たとえ月に何度も江戸屋《えどや》さんや宇田川《うだがわ》さんの座に招かれようとて、なんらおまえはそれを気に病むことはない」

引き締まった物言いだが、与次郎を責めてはいなかった。また皮肉でも、あてこすりでもなかった。

五日から十日に一度の割合で、与次郎は仲町の老舗料亭江戸屋もしくは宇田川に招かれていた。

どちらも一夕で数両はかかるといわれる店だ。そんな席に招いているのは、廻漕《かいそう》問屋や飛脚問屋、荷車屋、横持ち屋などの大手ばかりだった。

どの業者も与次郎と産地業者との間を取り持とうと考えての、料亭接待である。声がかかるたびに与次郎は、令三郎に子細《しさい》を報告していた。そして招きに応じたものか否かの判断を仰いでいた。

料亭接待に応じているのは、令三郎も承知のことである。相手から手土産をもらったときも、すべて令三郎には話していた。

「おまえにお座敷がかかるのは、畢竟《ひっきょう》、佐野屋の繁盛につながることだ」

気に病むことはないと言ったのは、令三郎がすべて承知していたがゆえだった。

「ときには色里に出向いて、肩やら身体のあちこちの凝りをほぐすのも、男ならばこその楽しみだ」

これもほどほどに楽しめばいいと、令三郎は咎《とが》めなかった。

色里通いは令三郎に言わずでいた。自腹のカネで遊んでいたからだ。しかし令三郎は、色里遊びも見抜いていた。

「わたしにも覚えのあることだ。おのれの器量で遊ぶことに、後ろめたさを感ずるのは無用だ」

言い置いてから、令三郎は居住まいを正した。与次郎も背筋を伸ばした。

「賭場に出入りするのは、悪所通いとは違うぞ、与次郎」

令三郎の目が強い光を帯びていた。

「深川は豪気な遊びを了とする土地柄だ。賭場もわたしが知っているだけでも四つはある」

閻魔堂裏もそのひとつだ……令三郎はわざわざ、閻魔堂の名を挙げた。まさにそこは与次郎が出入りしている賭場だった。

「おまえの眼力を磨くには、博打《ばくち》の勝負勘を鍛えるのが役に立つのもわからないでもない」

ただし博打は、一度嵌《は》まれば抜け出すのが難儀の極みだと、令三郎は物言いを厳しいものに変えた。

「佐野屋の頭取番頭が賭場に出入りしていたのでは、店ののれんに障る」

さりとて即刻に賭場から離れろとも言わず、令三郎は話を閉じた。

「肝に銘じます」

与次郎の返答に、令三郎はわずかなうなずきで応じていた。

「最初の売り込み業者さんを、ご案内してもいいですか？」

小僧の声で、与次郎は思い返しを閉じた。

「始めなさい」

答えた与次郎は深呼吸を始めた。午前中の九組と向き合う肚《はら》を決める深呼吸だった。

十

一月二十一日、四ツ（午前十時）どき。

朝の遅い稼業を承知で、安治は閻魔堂の弐蔵の宿を訪れた。

前回と同じ若い者が、安治にきつい目を投げてきた。

「このまえはありがとさん」

笑顔を拵えた安治は、竹皮に包まれた手土産を差し出した。若い者の目に戸惑いの色が浮かんだ。

まさか安治から、手土産をもらえるとは思ってもみなかったのだろう。

「やぐら下岡満津《おかまつ》のようかんだ。みんなで食ってくれ」

持ち重りのする竹皮包みである。若い者は大事そうに両手で受け取った。

「親分につないでもらえると、ありがたいが」

「がってんでさ」

竹皮を両手で抱え持ったまま、廊下に飛び上がった。戻ってきたときには、手土産を提げてはいなかった。

「どうぞ、お上がりくだせえ」

男の動きも物言いも前回とは大違いで、親しみすら感じられた。

「ありがとうごぜえやした」

弐蔵の部屋につながる廊下の途中で、若い者は足を止めて礼を言った。

「気に入ってもらえたんなら、持ってきた甲斐がある」

「みんな、でえ好きでやすから」

若い者の口ぶりは正味のものだった。

部屋に案内されたとき、弐蔵はいつも通り長火鉢の向こう側に座っていた。

「座ってくんねえ」

弐蔵に示された長火鉢の前には、すでに座布団が出されていた。

「この前とは、若い衆の扱いぶりが大違いだ」

「おめえの気持ちが嬉しかったんだろうよ」

弐蔵の耳にはようかんの手土産はすでに聞こえていた。

「若い者に、ようかんを持ってくる客はいままで皆無だ」

火鉢に載った鉄瓶の湯を急須に注ぎ、弐蔵は自分の手で茶の支度をした。安治の来訪を喜んだあかしだった。

「若い衆は気に入ってないのか？」

そんなはずはないだろうにと安治が問うと、弐蔵は首を大きく振った。

「その逆で、あいつらは大喜びだ」

用意できた茶を、猫板を滑らせて安治の方に押した。やはり手土産は受けていた。

「なんだっておめえは、うちにようかんを持ってくる気になったんでえ？」

弐蔵は本気で理由を知りたがっていた。

いれたての玄米茶は、煎《い》り米の香りが漂っている。安治の好物の茶だ。香りと茶の美味さを存分に味わってから、弐蔵の問いに答え始めた。

「おれたち大工はだれもが呑兵衛《のんべえ》だと、施主は勝手に思い込んでいる」

建前の酒には気を使ってくれるが、毎日の八ツ（午後二時）はおおむね扱いがぬるい。

「決まりもののように煎餅が供されるが、仕事休みに醤油辛いのはうんざりだ」

気の利いた施主は、日替わりで甘い物を出してくれることが多い。

「今日がまんじゅうなら明日は甘納豆、その次はようかんで、煎餅は黒糖が塗ってあるという寸法だ」

話しているうちに、甘味苦手な安治の口にも生唾が溜《た》まっていた。

「ここの若い衆も同じだろうと思ったんだ」

賭場の若い者も大工と同じで、八ツどきには甘い味を身体が欲しがるに違いない。

「ゼニを使って手土産を用意するなら、相手に喜ばれるものをと考えたまでさ」

賭場への手土産は酒だの乾き物だのが大半のはずだ。甘い物を持参する客などいないだろうと、安治は判じていた。

「そんな次第で買ってきたんだが、どうやら図星だったらしいな？」

「いい思案だった」

弐蔵は気持ちを込めて安治を褒めた。

「そんな知恵が出るおめえのことだ。蓬莱屋の看板にも、さぞかし突飛な思案を思いついたんだろうな？」

「いきなり、そう来たか」

玄米茶を半分まですすったあと、安治は湯呑みを猫板に置いた。

「おれは提灯《ちょうちん》を吊そうと考えている」

座布団に正座してから、安治は看板の思案を話し始めた。


発想に至ったきっかけは、今年正月の浅草寺初詣だった。雷御門を潜ると、浅草寺境内まで両側に仲見世が続いている。

いつもの年なら松の内は、初詣客で仲見世の石畳が埋まっていた。途中の店で買い物をしようにも、脇に動くこともままならない有様である。

「人出の多すぎるのも考え物だわさ」

仲見世の姐さんたちは、陰でこう愚痴っていた。ところが今年はまるで違った。

まだ松の内の昼間だというのに、人通りがまるでなかった。人出が多すぎるのも考え物との愚痴が、どれほどぜいたくだったのか。

正月の仲見世は身体の芯でこれを思い知ったに違いない。

寂れた通りを戻ってきた安治は、雷御門に吊り下げられた大提灯の真下で足を止めた。

いつもなら人波に押されて、提灯を真下から見上げることなど、できない話だった。

今年の初詣では提灯をじっくり見上げられたし、御門内の仁王像も存分に拝むことができた。

「おめえ、懐紙をもってるか?」

問われたみのぶは、一枚を安治に差し出した。小さくちぎったあと、唾で湿してから丸い玉にした。

その玉を仁王像の肩をめがけて投げた。

勢い余って、こめかみのあたりにまで飛び、見事にくっついた。

仁王像にくっついた箇所のわるいものを、取り除いてくれる……昔から言い伝えられていた。

「仁王様のこめかみにくっつくなんて、さすがはおとっつあんよね」

きっと大工仕事でもいい思案が浮かぶからと、つばきとみのぶは喜んだ。

女房と娘が勝手なことを言うぜと、そのときの安治は苦笑いをした。

ところが蓬莱屋の看板思案で、仁王様が安治に知恵を授けてくれた。

飛び切りでかい提灯を拵える。そして高さ四丈(約十二メートル)もある屋根つき柱を、蓬莱屋の店前に立てる。

提灯を吊り提げる柱だ。

屋根から長いひさしが四方に延びており、少々の雨風なら提灯を守る造りとする。

巨大提灯は、上下の長さが二丈（六メートル）もあり、目方は二十貫（約七十五キロ）とする。

「二十年持ちこたえる大提灯。二十一年目にはまた作り替える」

二十年に縁起のいい意味を持たせる。

提灯は毎夜、暮れ六ツ（午後六時）に灯火入れを行う。明かりは百目ロウソクを十本。

提灯の明かりは表参道の一ノ鳥居からでも見えるほどだ。

蓬萊屋が提灯の灯火入れをすれば、時刻は暮れ六ツ。こうすることで、巨大提灯は土地の住人の時計代わりとなる。

野分《のわけ》などの荒天時には、早々と提灯を下ろして蔵に仕舞う。

「蓬萊屋が提灯を仕舞ってるぜ」

「天気の崩れ方は半端じゃねえ」

提灯を蔵に引っ込めることもまた、土地のひとの役に立つ。

蓬萊屋の看板は、深川の住人には欠かせない町の自慢となるに違いない。


思案を聞き終えた弐蔵は、しばらく黙り込んでしまった。

すっかり冷めた玄米茶の残りを、安治はすすろうとした。

「待ちねえ。いま新しいのをいれるぜ」

新たな玄米茶を支度する間も、弐蔵は黙ったままだった。どうだよと問いかけることはせず、安治もだんまりを通した。

熱々の茶に口をつけ、それを喉に流してから弐蔵が口を開いた。

「つばきが初詣で言った通りだな」

弐蔵はまっすぐな目を安治に向けた。

聞かされる者の心持ちなど、安治は一顧だにせずに話した、浅草寺初詣である。

気遣いのないままだっただけに、聞かされた弐蔵のこころは波立っていた。

家族のことなど思いもせずに生きてきた弐蔵が、遠い昔の長屋暮らしを思ってしまった。なんとも間の悪いことに、正月の仲見世を思い出してしまったのだ。

仁王様への紙つぶてを褒めてくれたかあちゃんとおねえ。何十回も正月を迎えてきていた弐蔵だが、ここ二十年以上も思い浮かべたこともなかった。

ひとの気持ちなど、おもんぱかることのない安治の話だからこそ、こんな気にさせられたかと思いつつ、おのれでいれた茶をすすった。

つばきの名を口にしたことで、弐蔵の内ではおねえと重なっていた。

「大した思案だ。心底、感心したぜ」

滅多なことでは褒めない弐蔵が、言葉を惜しまずに安治を褒めた。

照れくさそうな顔で、安治は玄米茶に口をつけていた。

十一

「昼飯に、のろ（うなぎ）でも食わねえか」

弐蔵に誘われた安治は行くとも言わず、複雑な目の色を見せた。

「なんでえ安治。のろは嫌いか？」

「好物なのは、あんたも知ってるはずだ」

硬い顔つきを変えずに安治は答えた。

「分からねえことを言うぜ」

好きならこれから出かけようと、弐蔵は尻を上げた。

「亀久橋《かめひさばし》のたもとに、評判の店ができたんだ」

時分どきは近所の職人やら川並やらが押しかけて、大混雑となる。

「昼にはまだ間があるいまなら、小上がりを用意してくれるだろうよ」

急ぎ行こうと、強い口調で誘った。

「分かったよ」

安治は渋々の表情で腰を上げた。表に出て亀久橋を目指す道々、弐蔵が問いかけた。

「のろは好きだてえのに、行くのを渋ったのには、なにかわけがあるのか？」

問われた安治は弐蔵の前に立ち塞《ふさ》がった。

「あんた、すっかり忘れたようだな」

安治は声を小さくしたが、尖っていた。

「おれにかかわりでもあるてえのか」

「あるもなにも……」

仙台堀《せんだいぼり》の河岸には、腰を下ろすにぴったりの岩が置かれていた。先に安治が腰を下ろすと、弐蔵も隣に座った。

「謎かけみてえなことを言ってねえで、しっかり聞かせてくれ」

焦《じ》れた弐蔵も声を尖らせた。

「おれがまだ並木町の裏店に暮らしていたときの話だ」

仙台堀の川面を見ながら、安治は昔話を始めた。


浅草橋の仕舞屋《しもたや》の棟上げで、職人一同に祝いの引き出物が配られた。棟上げには決まり物の折り詰に加えて、竹皮包みのうなぎの蒲焼きもあった。

「さすが浅草橋のお施主だけあって、引き出物が豪勢だぜ」

持ち帰った安治は、ちゃぶ台に折り詰と竹皮包みを載せた。

折り詰は辨松《べんまつ》の別誂えの赤飯と、鯛の塩焼きである。竹皮包みの蒲焼きは、茅場町岡本《かやばちようおかもと》の、これも別誂えだった。

こども三人もみのぶも、久しく口にしたことのなかった豪華版である。

「鯛の目玉はあたいが食べるうう!」

かえでが声を弾ませた、まさにそのとき。

「今日てえ今日は、手ぶらじゃあけえらねえ」

断りもなく腰高障子戸を開いた伸助が、声を荒らげながら土間に押し入ってきた。ちゃぶ台には折り詰と竹皮包みが載っていた。目敏《めざと》く見つけた伸助は、唇の端を歪《ゆが》めた。

「借りたゼニは一文だってけえさねえ男が、こんな贅沢《ぜいたく》なメシを食ってやがるのか」

履き物も脱がずに畳に上がった伸助は、ちゃぶ台の奥に座っている安治を睨《ね》めつけた。

「お施主からもらった引き出物だ。ゼニを出して買ったわけじゃねえ」

こどもたちが怯《おび》えることのないように、安治は穏やかな物言いで応じた。

「てえしたお施主さまだぜ」

ちゃぶ台の脇に立ったまま、伸助は竹皮包みに手を伸ばした。飴色《あめいろ》に焼かれた蒲焼き三枚が包まれていた。

「これだけ豪勢な土産を振る舞う施主なら、祝儀も半端じゃあねえだろうがよ」

伸助の目が光を帯びたとき、安治は立ち上がった。

「引き出物はあんたの言う通り豪勢だが、祝儀はもらってねえ」

払いは次の手間賃が入る十五日まで待ってくれと頼んだ。

「ふざけるねえ！」

伸助は安治の頬を引《ひ》っ叩《ぱた》いた。

「次の手間賃、次の手間賃と、これでもう三度目じゃねえか」

ゼニがねえなら……と、伸助は竹皮包みを乱暴な手つきで手に持った。

「おもて通りの五二屋《ぐにや》（質屋）に、この蒲焼きと折り詰を持ち込んで、百文でも借りてこい！」

かえでの前に出されていた鯛の塩焼きにも、経木《きようぎ》のふたがかぶせられた。

「五二屋は消え物（食べ物）は扱わねえ」

安治は変わらぬ穏やかな声で言い返した。その落ち着きぶりに、伸助はさらに激高した。

「利いたふうなことを言うんじゃねえ！」

ひときわ大声で怒鳴ってから、竹皮包みと折り詰とを、ちゃぶ台から取り上げた。

「五二屋の代わりに、おれがこいつを利息代わりにもらってけえるぜ」

捨て台詞《ぜりふ》を残して土間に降りた。

「タコがうなぎと鯛を食べるんだって」

つばきは伸助を睨み付けて言い放った。

小指が二本ともない伸助を、つばきはタコと呼んでいた。タコの八本足を、手の指八本になぞらえていたのだ。

初めて言われたとき、伸助は血相を変えてつばきを追いかけた。が、いまはもう聞き流していた。

「タコの餌には上等すぎるぜ」

つばきを見ようともせず、伸助は腰高障子戸を開いて出て行った。

うなぎも鯛も口にできず仕舞いとなった。

「古傷のかさぶたを、ひっぺがされたような気分だぜ」

弐蔵も川面を見たままで応じた。

「だがよう、安治」

口調を変えた弐蔵は、安治の目を見詰めた。

「そんな恨みごとを忘れねえでいながら、おれに頼み事をするてえのは、筋が違わねえか」

「その通りだ」

安治はふっきれたような表情で応じた。

「いきなりうなぎをどうだと誘われたんで、昔を思い出したまでだ」

せっかくの誘いに水を差してわるかったと、安治は正味の口調で詫びた。

弐蔵も表情を和らげた。

「あっさり本気で詫びられるのが、おめえの値打ちだ」

弐蔵も機嫌を直したところで、ふたりは岩から立ち上がった。

向かった店は、幸いなことにまだ混んではいなかった。

「小上がりでもいいか？」

弐蔵に問われた娘は、愛想のいい笑顔で大きくうなずいた。

「小上がりはどれも四人席です。混み合ってきましたら、ご相席をお願いします」

言い置いてから、弐蔵と安治を小上がりの卓に案内した。壁際で、背中を寄りかからせられる、具合のいい席だった。

「ご注文は？」

「うな丼をふたつだ」

弐蔵が言ったあとで、安治は蒲焼きを五人前みやげにしてくれと注文した。

「ありがとうございます」

娘は顔をほころばせて下がった。

「こんな席に上げてもらったんだ。丼ふたつだけじゃあ申しわけない」

安治の言い分を、弐蔵は真顔で受け止めた。

「つばきはおめえの血を引いたらしいな」

「それは逆だ」

安治は手を振って弐蔵の言葉を遮った。

「この気遣いは、おれがつばきから教わったんだ」

安治の顔には、娘を誇りに思う気持ちが表れていた。

流し場から漂ってきた香りが、蒲焼きの美味さを強く請け合っていた。

十二

弐蔵には渡世人の見栄がある。たとえ近所のうなぎ屋に出かけるときでも、身なりは調《ととの》えていた。

結城紬《つむぎ》のあわせに、焦げ茶色の羽織を着ていた。表地はおとなしい色味の五つ紋だが、裏地には凝っていた。

七夕の笹と、かぐや姫の取り合わせである。羽織を脱げば、朱色が利いたかぐや姫があらわれる趣向だった。

安治は茶色の細縞に濃紺の献上帯という組み合わせである。羽織の代わりに、厚手の半纏を羽織っていた。

うなぎはさばいて焼きあげるまで、手間がかかる。その間のつなぎとなる燗酒とこうこを弐蔵は注文していた。

「おまちどおさま」

娘が運んできた白地の徳利《とっくり》には、春を待つ赤いつぼみの冬萌えが描かれていた。町場のうなぎ屋が使う徳利とも思えない上品な仕上がりである。

こうこが収まった小鉢にも、徳利と同じ冬萌えが描かれていた。

こうこは蕪《かぶ》のぬか漬けである。切り分けられた白い身と、葉の緑色が小鉢の内に、色の塩梅《あんばい》よく並べられている。

蕪の白い色に、小鉢にあしらわれたつぼみの赤色が、格好のあしらいとなっていた。

「いい趣向だ、鉢も徳利も」

娘の目を見ながら、弐蔵は器の出来映えを褒めた。

「ありがとうございます！」

ひときわ大きな声を出して、娘は喜んだ。時分どき前で、店に客はいない。娘の弾んだ声は、うなぎを焼いている調理場にまで響いていた。

「うちのお客さんは、職人さんがほとんどですから」

まだ客がいないからなのか、娘は弐蔵たちの前から離れず、話を続けた。

「季節ごとに取り替える徳利もお皿も鉢も、出来をあんまり気にはしてくれないんです」

褒められたのがとっても嬉しいですと言葉を重ねたあと、調理場に戻って行った。

娘の喜びがふたりにも伝染《うつ》ったのかもしれない。徳利を差し出した弐蔵も、盃《さかずき》で受ける安治も顔をほころばせていた。

互いに酌を交わしたとき、調理場から店の親爺《おやじ》が出てきた。首に巻いた手拭《てぬぐ》いは、汗で湿っているかに見えた。

「もしも、いやじゃあなけりゃあ」

親爺は弐蔵に話しかけた。

「二階の座敷を使ってくだせえ。今日は昼の二階を使う客が、三人しかいねえんでね」

二階なら仙台堀を見ながらうなぎが食えるからと、親爺は勧めた。

「そいつあ、ありがてえ」

安治が声を弾ませた。

「遠慮なしに、上げてもらおうじゃねえか」

「そうだな」

弐蔵も応じ、ふたりは立ち上がった。

「そのまま上がってください。あとはこっちで運びますから」

娘の言葉に押されたふたりは、ひとまず小上がりから降りた。店の下駄をつっかけて階段下まで進んだら、娘が駆け寄ってきた。

「脱ぎっぱなしにして、階段を上がってください」

案内はできませんが、上がった正面が座敷ですと付け加えた。弐蔵が先に上がり、安治があとに続いた。

座敷は間仕切りつき六畳間がふたつ、横並びになっていた。人数のまとまった客のときは、ふすまを取り払って広く使う普請だった。

どこに座ればいいかが分からず、ふたりは立ったままで娘を待った。階段を鳴らして駆け上がってきたのは娘ではなく、肉置きのいい中年女だった。

仲居には見えない、白い割烹着姿である。親爺同様に、首には手拭いを巻いていた。

「ごめんなさい、案内もできなくて」

詫びたあと仙台堀を正面に見られるように手際よく二枚横並びに座布団を敷いた。

「どうぞ、ここに」

女に手招きされたとき、箱膳ふたつを抱え持った娘が上がってきた。

「おっかさん、ありがとう。あとはもう、平気だから」

「そいじゃあ、お願いね」

娘に答えた女は弐蔵と安治に会釈を残し、階段を下りて行った。

「お待たせしました」

堀が見えるように箱膳が並べられていた。徳利も蕪のこうこが並んだ鉢も、小上がりのときのままだった。

「ありがとよ」

礼を言って座した弐蔵は、羽織のたもとから袋を取り出した。閻魔堂の墨絵が描かれた、小ぶりの祝儀袋だ。

「気持ちだけだが」

弐蔵は笑《え》みを浮かべて差し出した。

「ありがとう存じます」

かしこまった物言いで受け取り、深々と辞儀をした。

「うちはおとっつあん、おっかさんとあたしの三人で切り回しているんです」

行き届かないことがあっても勘弁してくださいと言い、もう一度辞儀をした。

「大層はやっている店だと聞いている」

弐蔵は脱いだ羽織を畳み、脇に置いていた。どう畳んでも、かぐや姫が見えた。

娘の目は裏地に見入っていた。

「三人で切り盛りするのは大変だろう?」

弐蔵が問うと、娘は首を大きく振った。

「よそのひとに手伝ってもらう大変さに比べたら、ずっと楽です」

明るい声で明瞭に言い切った。

「おとっつあんは口べたですから、職人さんを使うのは絶対にいやなんです」

いつもは無口な父親が、調理場から出てあいさつをした。

「あんなこと、初めてです」

娘は正味で驚いていた。

「器の絵は、おとっつあんが描いたんです」

思う通りに仕上がった器だったが、店の客にはまるで受けなかった。

遠慮のない声が調理場にも聞こえた。

「こんな気取った拵えにしねえでよう。うなぎ屋らしく、どっしりと重たい皿だの小鉢だのにしねえかよ」

「徳利もなんだかよそ行きでさ。呑んでも心地よい気になれねえぜ」

「うなぎがうめえから来るけどよう。もうちっと、町に似合った柄にとっかえねえな」

客の評判は散々だった。ひとりとして褒めたことのなかった器を、弐蔵は心底の言葉で称えたのだ。

「おとっつあん、よっぽど嬉しかったんです」

二階を使えと勧められたわけを種明かしして、娘は階段を下りて行った。

「客の言い分も、分からなくはねえ」

安治は蕪のこうこを口に運んだ。呑み込んでから弐蔵を見た。

「茅場町の岡本なら、この器を客は喜ぶだろうが」

冬萌えの描かれた徳利を手にすると、純白の盃に燗酒を注いだ。

「深川のうなぎ屋では、よそ行き過ぎて見えるのかもしれねえ」

一気に呑み干した盃を箱膳に戻した。

「提灯の思案にも土地柄を考えないと、しくじるかもしれねえと教わった気がする」

手酌で盃を満たしながら、安治は深い得心顔を拵えていた。

十三

段取りよく、美味そうな香りを漂わせながら蒲焼きが運ばれてきた。

卓に蒲焼きの皿を載せてから、娘は弐蔵の顔を見た。

「手狭になって申しわけありませんが、ご相席を願います」

娘は小声で断りを告げた。後から三人来ると聞かされていた。

「おれたちなら、なんの遠慮もいらねえ」

弐蔵は鷹揚《おうよう》な物言いで娘に応えた。

「ありがとうございます」

弾んだ声の返事をきっかけとしたかのように、三人連れが畳に上がってきた。いきなり座敷が狭くなった。

ひとりは羽織も長着も黄色という、堅気の者とも思えない身なりだ。連れはそれぞれ着流しで、藤色と濃紺の長着姿だった。

たとえ派手な身なりの客とはいえ、渡世人ではないのは明らかだ。

弐蔵には堅気衆を気遣うというわきまえがあった。

敷いていた座布団をずらし、相客との間合いを広げた。卓と卓との間が、座布団三枚分にまで広くなった。

間仕切りはない。が、小声で話す限りは相手に迷惑を及ぼすこともない間合いだ。

安治は弐蔵を待たず、先に蒲焼きに山椒《さんしょう》の粉を振りかけた。甘いたれと山椒の強い香りが混じり合った。

三人客のなかの羽織男が、鼻をひくひくさせた。安治の皿から香りが流れていた。

「たれのにおいで、うなぎの美味さが分かるというが……」

うなぎの身を箸で切り割ったあと、安治は蒲焼きを頬張った。喋《しゃべ》りかけの言葉が、途中で止まったままとなった。

言葉は途切れても、蒲焼きの美味さは口をもぐもぐさせている安治の表情で充分に分かった。

羽織男は安治の様子を見たあとで、連れのふたりに目を向けた。

「おまえたちの高座がまだ芸になっていないのは、噺《はなし》も仕草もお客を引きずり込めていないことで明らかだ」

羽織男は声を潜めて、隣を気にしていた。

弐蔵はうなぎに箸をつけながらも、相客の話し声に耳を澄ませていた。

安治はまったく気にしていない。手酌で盃を干したあとは、蒲焼きを味わっていた。

羽織男はさらに話し声を小さくした。弐蔵は潜められた声に気を払い、聞き耳を立てていた。

他人の話を盗み聞きするのは、渡世人の得意技である。相手に気づかれぬよう知らぬ顔を保ちながらも、耳を研ぎ澄ませていた。

「隣の客をそっと見てみろ」

羽織男に促された連れのふたりは、弐蔵と安治に横目を使った。

弐蔵は盃を手にして、思案顔を拵えていた。

安治は相客の様子など気にしておらず、ひたすら蒲焼きと酒とを賞味していた。

「おまえたちは、お隣さんの生業《なりわい》に見当がつくか?」

「いささかも……」

「座ったばかりでげすんで、あにさんの問いには答えようがありません」

ふたりの返答を聞いたあにさんは、さらに声を潜めた。

「盃を手にしているのは、おそらくどこぞの賭場の貸元だ」

相客に気を使って、座布団を脇に動かした。あの手つきは昨日・今日の若造にできるものではない。賭場で鍛えられた者なればこそ、気負わずにあの仕草ができる。

賭場の若い者は座布団修業から始まると聞いたことがある……あにさんは講釈を垂れた。

「となりで蒲焼きと酒を交互にむさぼっている男は、どこぞの普請場で働いている大工に違いない」

棟梁という顔ではないが、腕はいいだろう。年季の入り方が、徳利を持ったときの手の甲の日焼け具合に出ている……。

羽織男の講釈を、弐蔵は盃に口をつけながら聞き入っていた。

「あにさんは、どうしてそんなことが分かるんですか？」

「分かるんじゃない、あたまのなかであれこれ思い巡らせるんだ」

羽織男が説教口調で言ったとき、娘が燗酒と骨せんべい、こうこを運んできた。

「うなぎはあれでよろしいんですね？」

娘は羽織男を見ながら確かめた。二階に来る手前で、すでにうなぎの注文を済ませていたのだろう。

「出来上がりは、三人分をいっぺんに頼む」

「分っかりましたあ」

明るい声で応じて、娘は階下《した》におりた。

「もうさっきの続きですが」

藤色長着の男が、あにさんに問いかけた。

「どうしてあにさんは」

弐蔵たちを横目でちらり見してから、あにさんに目を戻した。

「あんなに細かなことまで、言い当てることができるんですか？」

「わたしにもぜひ、秘訣《ひけつ》をおせえてください」

ふたりは口を揃えて頼み込んだ。

羽織男は背筋を張ってふたりを見た。

「講釈師、見てきたような嘘《うそ》を言いと言うだろうが」

嘘かまことかは、寄席の客には問題ではない。いかにも相手に「なるほど、そうか」と思わせることが大事だ。

「堂々とした物言いで言い切れば、客は得心しながら聞き入ってくれる」

おまえたちには、その堂々ぶりがまるでないと、あにさんは戒めた。

「どこに行っても、その場に居合わせた相手の所作をしっかり盗み見し、交わしている話を盗み聞きする。これがあたしら講釈師の芸の修業だ」

あにさんは濃紺長着の男を見据えた。

「おまえは絵心があることが自慢らしいが、講釈師には大した役には立たない」

もっとひとを見る目に気をいれろと、わずかに声を大きくした。

「絵に描いたことを、おまえの言葉に作り替えて、高座から客に話すんだ」

そうすれば高座がいまよりも受けると、あにさんは強い口調で言い切った。

絵心うんぬんが、安治に聞こえたらしい。弐蔵に向けた目が光を帯びた。

弐蔵は首を小さく左右に振り、黙っていろと安治に伝えた。

弐蔵の指図を理解したのだろう。安治はまた元の表情に戻り、燗酒の残りを盃に注いだ。

しかし胸の内では小躍りしていた。絵心のある男が、こんな近くに現れたからだ。

どう話を持ちかけるのかは、弐蔵に預ければいいと思っていた。昂ぶりを抑えて持っている徳利は、すっかりカラになっていた。

新たな蒲焼きが仕上がりつつあるのだろう。ひときわ美味そうな香りが、階段下から流れてきた。

十四

「すっかりお待たせしてしまって……」

詫びを言いながら、娘は三人組にうなぎを供した。

「どうぞ、ごゆっくり」

言い残して立ち上がった娘を、弐蔵が呼び止めた。

「灘酒の熱燗《あつかん》を二合徳利で三本、よろしく頼むぜ」

声の大きさを加減しつつも、隣の三人組に聞こえるように注文した。弐蔵の思い通り、あにさんの手がピクリと動いた。

昼間のうなぎ屋で、灘酒の二合徳利三本を注文する客に気が動いたのだろう。

弐蔵は巧みな手つきで、小粒銀ひと粒を娘に握らせた。先刻に続いての心付けで、しかも小粒銀はこの店には破格である。

一瞬驚き顔を拵えたが、たちまち目元が緩んだ。

「承知しましたあ」

例によって語尾を明るく引っ張った娘は、音を立てて階段を下りていった。

祝儀の効き目は絶大で、注文した弐蔵ですら驚いたほどに早く仕上がってきた。

早くても、注文通りの熱燗である。大振り徳利の口からは、灘酒の香りが湯気となって漂い出ていた。

しかも二合徳利三本である。三人組が食しているうなぎにも負けない強さで、灘酒の匂いを隣にまで撒《ま》き散らしていた。

弐蔵は三人の様子を横目に見ていた。だれもが酒好きらしい。うなぎを口に運びつつも、酒の香りも一緒に味わっていた。

あにさんが箸を止めたとき、弐蔵はすかさず話しかけた。

「美味そうに食っている脇から話しかけるのは、無粋の極みだろうが」

弐蔵は熱燗徳利の首と、盃ひとつを手に持っていた。

「うなぎ屋の二階で隣同士になったのも、なにかのご縁だ」

一献受けてもらえればありがたいと、弐蔵は下手になって話しかけた。

脇から散々に味わっていた酒の香りである。

「嬉しいことでさ」

遠慮なしにいただきますと、あにさんは盃を受け取った。

弐蔵が長らく仕えてきた今戸の芳三郎《よしさぶろう》親分は、ことさら酒の注ぎ方にはうるさい貸元だった。

芳三郎に鍛えられた弐蔵は、盃から盛り上がる手前まで燗酒を注いだ。

口元まで盃を運んだ相手が、もっとも美味く呑める注ぎ方である。

あにさんも酒の場には慣れていたようだ。こぼさず口元に運ぶと一気に呑み干し、舌鼓を打った。

「いやはや、見事な酒でげす」

「師匠の呑みっぷりも、お見事じゃないか」

弐蔵の褒め言葉を真顔で受け止めてから、愛想を返し始めた。

「あれほど巧みに酒を注がれたのは、正味のところ初めてでげす」

弐蔵を見詰めて話すあにさんの物言いが、いつの間にやら芸人のものに変わっていた。

「師匠の許しが得られるなら、供のふたりにも燗酒を振る舞いたいのだが……」

「結構なお申し出でげす」

あにさんから目配せを受けたふたりは、中腰になって弐蔵の前まで進んできた。

「てまえは時次郎《ときじろう》でやして、こいつは弟分の三太郎《さんたろう》でやす」

絵心だけでは芸の足しにならないと、あにさんから叱られたのが三太郎だった。

「おれはそこの閻魔堂裏で、若い者を束ねている弐蔵だ」

あのかぐや姫の裏地が見えるように、羽織は畳んで置かれていた。

賭場の貸元と、裏地の取り合わせの妙味に、あにさんは深く気を取られたようだ。

裏地をちらり見できるようにと、計算尽くの弐蔵である。相手が気をとられているさまを確かめながら、徳利を差し出した。

「あちらの趣向てえものには」

あにさんは畳まれた羽織を指さして続けた。

「わたしら芸人も、かぶとを脱ぎやした」

褒める言葉をあにさんは惜しまなかった。

「閻魔堂の弐蔵親分に燗酒を酌されるなんぞ、誉《ほま》れの極みと存じやす」

カラになった盃を両手で持ち、熱い目を弐蔵に向けた。

「たまたま隣同士に座したご縁だとおっしゃいましたが、格別のご用がおありなんじゃございやせんか？」

「さすがは師匠だ、勘働きが鋭い」

弐蔵は本気で褒めてから、先を続けた。

「じつは師匠の弟子の三太郎さんには、絵心がおありだと漏れ聞こえたものでね」

一枚でも絵を見せてもらいたいのだがと、用向きを切り出した。

「まさしくこれこそが、ご縁というものでげしょう」

連れに向き直ったあにさんは、三太郎に目で指図をした。

指図された三太郎は、たもとから小さく畳んでいた半紙を取り出した。

弐蔵の脇には安治が移ってきていた。

三太郎が広げた半紙には、墨一色でマムシが描かれていた。

筆遣いだけで、鎌首をもたげた毒蛇が半紙にとぐろを巻いていた。三角形のあたまの両側には、獲物を狙う鋭い目があった。

とぐろを巻いた胴体は、ウロコで埋もれているかに見えた。

見るからに不気味なマムシに、安治は顔を寄せて見入っていた。

「気味がわるいが、あんたはこれを筆一本で描いたのか?」

「へい」

三太郎は短く答えてうなずいた。

「どうだ、安治」

弐蔵に話しかけられるまで、安治はマムシに見入っていた。目を上げると、目の前で正座している三太郎を見詰めた。

「なんだっておまえさんは、マムシを描こうという了見になったんだ?」

「強いからでさ」

ためらいもせずに三太郎は答えた。

「マムシてえのはひと嚙《か》みしただけで、牛でもお陀仏《だぶつ》にするてえ話でさ」

なぜだかわからないが、どうせ描くなら、そんな強いヘビを描いてみたかった……三太郎はこの先も、ひたすらマムシを描くことに精進すると言い切った。

「おれの思案にぴったりだ」

安治が小声でつぶやいたら、弐蔵が正気かという目を向けた。

「おめえが思案するのは、薬種問屋の大提灯だろうが」

「だからこそ、マムシがいい。乾かしたヘビは、効き目たっぷりの薬種だ」

弐蔵とのやり取りを途中で脇にどけて、安治は三太郎に再び目を向けた。

「桁違いにでかい提灯に、ひとが怯えて後ずさりするマムシを描いてみねえな」

安治に言われた三太郎は、喉を鳴らして生唾を吞み込んだ。

「詳しく聞かせてくだせえ」

「望むところだ」

応えた安治は弐蔵に目を戻した。

「これから閻魔堂の宿で、しっかり話をしてえんだが、構わねえよな？」

弐蔵に談判する安治の目は、三太郎が描いたマムシの目を思わせた。

「いいとも」

気圧《けお》された弐蔵は、それしか応えようがなさそうだった。

まだたっぷり残っている燗酒の香りが、徳利から漂い出ていた。

十五

ひとたび気に入ると、後先も考えずに突っ走り始めるのが安治だ。

「この先を二町（約二百二十メートル）も西に行けば、閻魔堂親分の宿があるんだ」

弐蔵を差しおき、一緒に来てくれと三太郎を誘っていた。

「よろしいんでしょうか？」

「いいもわるいもねえ。安治があんたを誘ったことだ、宿まで付き合ってもらえればありがたい」

弐蔵の承知を得た三太郎は、兄弟子に向き直った。そして懇願し始めた。

「あにさん」

口調も表情も引き締まっている。

「なにとぞわたしを、弐蔵親分の宿に行かせてください」

三太郎を見詰め返す兄弟子の顔も、こわばっていた。しかし胸の内は表情とは裏腹に、成り行きを面白がっていた。

ただ隣り合わせに座していただけの縁が、ことによると大きく弾けるかもしれない。

渡世人、大工、そして芸人の組み合わせで、なにかが始まろうとしている。その場の当事者となれた奇縁を、練れたあにさんは了としていた。

「講釈にも書けない成り行きです」

よろしくのほどをと、みずからの口で三太郎を弐蔵に頼んだ。

安治はひとり悦に入って、場の成り行きを楽しんでいた。

やりたいことに出くわしたときは、四の五の理屈を言わず、流れに乗るが勝ちだ、と。

やり取りのあと、三太郎は弐蔵の宿まで出向くことになった。


話し合いの場は長火鉢と神棚のある、弐蔵の帳場に設けられることになった。

「文机《ふづくえ》に矢立、あとは半紙をたっぷり運び入れろ」

指図通りに仕上がるなり、安治は自分の目の前に三太郎を座らせた。

「あんたに頼みたいのは、薬種問屋の看板に使う絵だ」

気が昂ぶっているときの安治は、早口でまくしたてるのが常だった。そのクセを知っている弐蔵が、何度も口を挟んだ。

「そんなに早口じゃあ、おめえだけしか呑み込めねえ」

三太郎にもおれにも分かるように、もっと落ち着いて話しねえなと窘《たしな》めた。

「それはわるかった」

詫びた直後は物言いをゆるめた。が、話しているうちに思案が先走りするのだろう。たちまち、また早口に戻っていた。

その都度弐蔵が注意をし、なんとか安治の思案が三太郎にも伝わった。

「世辞抜きで、見事な思案です」

三太郎の物言いに偽りはなかった。

「江戸の繁華な場所には、飛び切りの趣向を凝らした看板がありますが……」

マムシが描かれた巨大提灯など、江戸はおろか、世に二つとありません……三太郎も我知らず早口になっていた。

「こんな凄い仕事を一緒にやらせてもらえるなら、寝食を忘れてどころか、命をかけて取り組みます」

なにとぞ描かせてくださいと、両手を畳について頼み込んだ。

「もとより、おれはその気だ」

安治は三太郎の顔を上げさせた。

「おれはあんたを買ってるが、この趣向を決めるのはおれでもなければ弐蔵親分でもねえ」

薬種問屋、蓬萊屋の四代目だと明かした。

「この提灯看板の思案なら、他にどんな趣向が出てこようが負けるわけはねえ」

ましてやマムシが描かれている。

「薬種問屋が一番欲しいのは、効き目があらたかという評判だ。マムシの提灯の御利益は、計り知れねえものがある」

またもや安治が早口でまくしたてた。が、弐蔵も三太郎も留め立てはしなかった。

「そういう子細《しさい》のある話でしたら、わたしも筆のふるいようが違います」

三太郎は目を閉じて、マムシの提灯が灯《とも》されている場を思い描いた。閉じていた目を開いたときは、三太郎の顔が上気して朱に染まっていた。

「八幡宮の表参道といえども、五ツ（午後八時）を過ぎれば闇に呑み込まれてしまいます」

百目ロウソクが照らし出すマムシは、一町（約百九メートル）離れた先からでもはっきりと見てとれるのは間違いなかった。

「仲町のマムシ提灯の評判が、江戸中を駆け巡るのは間違いありません」

身体の芯から気を昂ぶらせた三太郎は、口から泡を飛ばすようにして、安治顔負けの早口で喋りまくった。

三太郎の口が静まったところで、弐蔵が落ち着いた声で話しかけた。

「看板思案を出すまでの日数には限りがあるはずだが、分かっているよな？」

「あたぼうよ」

即答した安治は三太郎を見た。

「おれの方は大丈夫だが、あんたは仕事に障りはねえのか？」

「平気です」

三太郎も力強い口調で応えた。

「あにさんと仲のいい席亭は、来月末まで熱海《あたみ》に湯治に出かけています」

思い切り、提灯の絵描きに没頭できますからと、迷いなく請け合った。その返事を聞いた安治は、またひとつの思案を思いついたらしい。

「この絵が仕上がるまで、大島町のうちに来て、一緒に寝起きしねえか？」

日がな一日一緒にいられたら、ふたりで思いついたこともすぐに絵にできる。

「あんたの寝部屋ぐれえなら、なんとでもなるし、日当たりは滅法にいい宿だ」

明るい縁側でマムシを描けば、力強さに充ちた絵が仕上がる……安治は自分の思いつきにのめり込んでいた。

「それはひと息、おいた方がいい」

弐蔵が強い口調で異を唱えた。

「なにがいけねえんだ」

問い質す安治の声が尖っていた。

「大島町はおめえだけが寝起きしているわけじゃない。カミさんもいれば娘もいる」

いきなり若い男を連れて行ったりしたら、みのぶもつばきも困り果てると、弐蔵は静かな物言いで諌《いさ》めた。

安治にしてはめずらしく表情を動かさなかったが、胸の内では驚いていた。大島町の宿を知っていたのか、と。

安治が口を閉じていられたのは、なんとしても看板を仕上げたかったからだ。

あの弐蔵がそんな安治の胸中には気づかぬまま続けた。それほどに、つばきが気がかりだったのだ。

「わけても娘は、まだ嫁入り前だ」

弐蔵は三太郎に歳を質した。

「今年の正月で二十九になりました」

歳を聞かされて、さすがに安治も顔色を動かした。つばきとひとつしか違わないと分かったからだ。

大島町の宿は安治夫婦とつばきが暮らしていても、なんら障りはなかった。親子であることは別にしても、それぞれが息を抜ける部屋があったからだ。

そこにつばきと歳の近い三太郎を居候させれば、息苦しくなるのは目に見えていた。

そうでなくても、つばきは他人への気遣いを大事にする女だ。

思い立つなりすぐ動かなければ気が済まない安治だが、さすがに黙り込んだ。

「安治が漕ぎ出した舟だ、おれも乗っている」

弐蔵は三太郎を見詰めた。

「蓬莱屋に出す思案が仕上がるまで、安治ともどもここで寝起きしねえな」

弐蔵が出した助け舟に、安治も三太郎も深い安堵の色を浮かべていた。

十六

一月二十三日、四ツ半（午前十一時）どき。

さくらは薬種問屋蓬莱屋で、油紙に密封された薬草を受け取った。夫の医師、小野堂舟に頼まれて、麴町五丁目から引き取りに出向いてきていた。

受け取ったあと、さくらは富岡八幡宮への参詣を思い立った。おもえば今年は年始から急患がひっきりなしだったことで、初詣に出向くこともできていなかった。

小野家は代々が麹町で診療所を開業してきたが、治療費は八十年前に初代が定めた金額をいまだ固く守っていた。

「医は仁術と心得よ」

初代が定めた家訓を遵守しているがため、患者は日に何十人も訪れていた。さくらは堂舟の手伝いで、治療費と薬代の受け取り役を受け持っていた。

麹町五丁目は薄給の御家人と、日傭取《ひようと》りや通い働きの職人が暮らす町だ。

医者に繁盛というのは禁句だが、堂舟の診療所は大いに繁盛していた。

しかしいまどき、風邪治療は薬代別で十文なのだ。その薬代にいたっては、薬種問屋からの仕入れ値に、わずか二割の手間賃を上乗せするだけである。

ときには深夜まで薬研《やげん》を扱う堂舟は、手間賃なしも同然の仕事を続けていた。

そんな次第で、常に患者で溢れ返っている診療所の医者が、どこに行くにも作務衣《さむえ》と十徳という身なりだった。

しかしさくらには、なんの不満もなかった。

農夫は俵がぱんぱんに膨らんだ、玄米を手押し車で届けてきた。

畑仕事の農婦たちは、泥つきの季節の青物を、先を競い合って台所まで届けてくれた。

カネにゆとりなどなかったものの、豊かな気持ちで毎日を過ごすことができていた。

社殿前で手を合わせたさくらは、四文銭三枚の賽銭をした。堂舟と息子鉄兵、そして自分の息災を祈念しての賽銭だった。

柏手を打ち、深い辞儀をして社殿前から離れたとき。

「おねえちゃん、どうしたの？」

石段を上ってくる途中のかえでが、甲高い声を投げてきた。すでに長女を授かっているのに、声の調子はこども時分のままだ。

周囲にどれだけひとがいようが、甲高い声に遠慮はなかった。

つばき・さくら・かえでの三姉妹は、浅草並木町に暮らしていたころは朝から晩まで一緒だった。

妹ふたりが嫁ぎ、つばきは深川に移った。

さくらは麴町五丁目の医者に嫁いだ。

かえでは高橋の裏店で町飛脚の藤三郎、長女みくの三人で暮らしていた。

姉妹がそれぞれ、違う町で新しい家族との暮らしを構えていた。つばきの大仕事の手伝いでもない限り、三人の顔が揃うことはなくなっていた。

「うちのひとは手が離せないから、あたしが代わりに薬草を受け取りにきたのよ」

かえではどうしてここにいるの？　と、さくらが問いかけた。

「今日はあのひとの仕事が休みだからって、みくを連れて小名木川《おなぎ》でハゼ釣りをしてるのよ」

まだ時季が早いのに、藤三郎もみくも、大はしゃぎで出かけていた。

「いい折だから、八幡様にお参りをしたあとで、おとっつあんたちを訪ねて、大島町に行くつもりだったの」

かえではなぜいま境内にいるのかを、さくらに聞かせた。

「だったら、あたしも一緒に行くわ」

さくらが声を弾ませた。

「堂舟さん、おねえちゃんの帰りを待ってるんじゃないの？」

「平気、平気」

さくらは明るい声で応えて、胸元をポンポンッと軽く叩いた。

「今日のお昼は、通いのおくまさんが拵えてくれる段取りだから」

七ツ（午後四時）に帰ればいいからと応えて、もう一度胸元を叩いた。

「おねえちゃんの平気平気って、とっても懐かしい……」

かえでがしみじみとした物言いをした。

遠い昔、つばきが飯炊きの手伝いで朝から出かけたあと、さくらはかえでと長い間ふたりで過ごしていた。

みのぶもつばきもいない長屋の路地で、かえでは不意に泣き出すことがあった。

「おねえちゃんがついてるから、平気平気」

丈が短くなったひとえの胸元を、さくらは小さな手で叩いてかえでを元気づけた……。

遠い目になったふたりが昔を思い返していたら、社殿の屋根にいた十羽ほどの鳩《はと》が羽音を立てて舞い降りてきた。

すでに啓蟄を過ぎていた。玉砂利の間で動いている虫が、鳩のお目当てだったらしい。

「お参りを済ませて、大島町に行こうよ、おねえちゃん」

「そうしよう」

かえでと一緒に、さくらはもう一度お参りをした。きちんと賽銭も投げていた。

境内を出たふたりは、蓬莱屋の前で足を止めた。看板募集の札はまだ掲げられており、今日も人だかりができていた。

「薬草を受け取ったときは、こんなにひとは群れてなかったのに……」

さくらが戸惑い顔になっていた。

「面白そうなことが書いてあるわよ」

人垣の後ろから、かえでは看板募集の触れを読み始めた。三姉妹のなかで、読み書きはかえでが一番得意だった。

「おとっつあんは、このことを知ってるのかなあ」

触れを読み終えたかえでは、さくらを見ながらつぶやいた。

「どうして、そんなことを言うの?」

さくらはいぶかしげな口調で問うた。

「棄捐令が出てから、新たな普請仕事がめっきりなくなったって、おとっつあんがこぼしていたのは、おねえちゃんも知ってるでしょう?」

「もちろん聞いたことはあるけど」

だからどうしたのと、さくらの目が問いかけていた。

「おとっつあんって、他人が思いつかないことを考えるのが得意だし、ひとに褒められるのが大好きだからさあ」

看板の趣向を思いついて、蓬莱屋さんに届けたらおもしろいのに……。

かえでは安治を強く信じている口ぶりだった。

「だったら早く行って、おとっつあんに教えてあげればいいじゃない」

「そうしようよ、おねえちゃん」

かえでは駒下駄を鳴らして足を速めた。

さくらとかえでが連れ立って大島町に顔を出したのは昼が近い時分だった。

「どうしたのよ、ふたり揃って……」

陽の当たる庭で洗濯をしていたつばきは、手を止めて立ち上がった。

「うちのひとの言いつけで、蓬萊屋さんに薬草をいただきに出かけたの」

そのあと八幡様にお参りをしたら……と、さくらが話している途中で、

「おとっつあんはどこ?」

かえでがまた、あの遠慮のない甲高い声を発していた。

十七

閻魔堂に出向く前に、みのぶと娘三人は永代橋東詰《えいたいばしひがしづめ》の半田《はんだ》に立ち寄った。三年前に商いを始めたうなぎ屋である。

「うちのタレはまだ若いが、美味さじゃあ茅場町にも負けはしねえ」

親爺（まだ不惑前の若さだが）の威勢のよさは、焼き上がりのうなぎに出ていた。

「弐蔵さんにお世話になってるんだから、おみやは若い衆の分もいるわね」

みのぶの気遣いに、つばきが一番深くうなずいた。

「あたしもきっと、おっかさんと同じことをしたと思うわ」

十五人前の蒲焼きという気前のいい頼み方を、つばきは心底喜んだ。

「いきなり、また正月の賑わいに戻ったような気分ですぜ」

顔をほころばせた親爺は、四人を小上がりに案内させた。焼き上がりまでに、早くても四半刻（三十分）はかかるからだ。

昼の時分時が近かった。これから店が混み合う刻限である。気にしたつばきが小声で問いかけた。

「わたしたちもここでお昼にしようよ」

「嬉しい！」

かえでが即答した。さくらも笑顔をみのぶに向けた。

注文に立ったのはかえでである。

「おみやが仕上がる間、あたしたちもここでお昼をいただきます」

追加のうな重を四人と親爺に注文した。

「がってんだ！」

応えた親爺は小上がりに向かって、深く辞儀をした。三人がうなずき返した。

「きも吸いもお願いします」

言い置いてかえでは小上がりに戻った。

しばしの間をおいて、三十路見当の仲居らしき女が茶とこうこを運んできた。

「口開け早々に、大きなご注文をいただきました」

卓に湯呑みとこうこを置いたあと、女はていねいに礼を言った。

「女将《おかみ》ですね？」

つばきが訊《たず》ねたら、女は右手を左右に大きく振った。

「女将だなんて、滅相もありません。まだ商いを始めて三年目のうなぎ屋の女房です」

物言いは遠慮でも謙遜でもなく、女の正味に聞こえた。

「いまのご返事が、うな重のいい山椒になりますね」

つばきの返事で女が驚いた。

「お客様たちは、なにかご商売をなさっているんですか？」

カラになった盆を胸元に抱え持ちながら、つばきに問いかけた。

「いまはなにもしていませんが、ここにいるのは母とその娘三人です」

つばきが最初に名乗り、さくら、かえでが名を明かした。締め括りがみのぶだった。

「ごていねいに恐れ入ります」

女はさつきと名を明かし、亭主は銅太郎《どうたろう》だと告げた。

「初めてのお客様なのに、おみやを十五人前もご注文いただいたうえ、うな重まで召し上がっていただけるなんて……普通のお客様ではありそうもなかったものですから」

勝手な問いかけをさつきは詫びた。

「いただく気になったのは、親方の気っぷの良さに感じ入ったからですよ」

みのぶが口を挟むと、つばきが大きくうなずいた。

「おとっつあんが世話になっている先への、いい手土産だと思ったんです」

一度も店に入ったことはなかった。が、前を行きすぎるたびに店が放つ香りに引き寄せられていたから……立ち寄ったわけをつばきが話し始めたら。

うなぎが焼かれ始めたようだ。

タレが炭火に落ちたときの、あの香ばしさが漂ってきた。

ふたりいた先客が注文した蒲焼きらしい。さつきが立ち話を閉じるきっかけとなった。

「出来上がり次第、お持ちしますから」

あたまを下げて離れるなり、四人連れの客が入ってきた。引き締まった体つきの大男揃いである。

「いらっしゃいまし」

出迎えたさつきは、四人をつばきたちの横の卓に案内した。これで小上がりが一杯になった。

「うな重を八つと熱燗を四本だ」

四人は顔なじみらしい。うな重八人前の注文にも、さつきは驚かなかった。

「熱燗はいつもの隅田川《すみだがわ》でよろしいですね？」

「いや、今日は灘を張り込むぜ」

ひときわ大柄な男が、野太い声で答えた。

「ちょいとめでてえことがあったんだ」

「今日の熱燗は祝い酒だぜ」

ふたりの男が割りゼリフのように、さつきに答えた。

「かしこまりました」

弾んだ声を残して、調理場に戻った。

灘を頼んだ男は、つばきと隣り合わせに座していた。その男が振り向き、つばきに話しかけた。

「あっしらは四人とも、そこの佐賀町河岸の仲仕でやしてね」

男の方に振り向いたつばきは、話し始めた仲仕に目を合わせていた。

「いまもここの姐さんに言いやしたが、ちょいとめでてえことがあったんでさ」

男四人が酒を呑み、うなぎを食らいながら話すと、ついつい声が大きくなる。

「気に障るかもしれやせんが、メシを食う間のことでやす」

大声には勘弁してくだせえと、ていねいな断りを口にした。

つばきは両手を膝に載せて受け止めた。

「ごていねいに恐れ入ります」

つばきは辞儀で返した。さくらとかえでも軽くあたまを下げた。

「小上がりでご一緒できたのも、なにかのご縁です」

声の大きさなど気に留めず、存分におめでたいことを祝ってくださいと、男に返した。

つばきの返事を受けた仲仕たちは、驚いたことに正座になった。

「姐さんのご返事、あっしのここに」

男は自分の心ノ臓に右手をあてた。仕事柄なのか、手の甲まで潮焼けしていた。

「調子にのって厚かましいことを頼みやすが、一緒にうなぎを食らって祝ってもらえやせんかい？」

「嬉しいお誘いです」

つばきが即答したら、仲仕たちが一斉に立ち上がった。そして卓をくっつけて、四人ずつが向かい合わせになる座を拵えた。

気配を察したさつきが、燗つけ途中で飛び出してきた。

「一緒にメシを食うことになったんでさ」

言われたさつきが小上がりに上がった。

「卓が二つでは手狭でしょう」

小上がりの端には卓を仕舞う納戸が構えられていた。さつきが卓を出そうとしたら、仲仕のひとりが軽々と手に取った。

卓が三台連なったら、小上がりの横幅一杯になった。

「姐さん方が、どうぞふすまを背にしてくだせえ」

「ありがとうございます」

受けたつばきが真ん中に座り、右隣にみのぶ、左にはさくらとかえでが座した。

兄貴分がつばきの正面に座して、あとは各自が好きな場に座った。

「祝いというのは、この辰《たつ》の野郎が」

みのぶの前に座した男の肩に手を置いた。

「大川に落ちた提灯屋の手代を、ふんどし一本になって助け上げたんでさ」

辰平《たつへい》が気恥ずかしそうな顔になったところに、さつきが燗酒を運んできた。

タレの焦げる香りも押し寄せてきた。

十八

「また逢えるといいですね」

半田の前で、つばきが仲仕の兄貴分、梶蔵《かじぞう》に声を渡した。

「そいつあ、こっちが願いてえところだ」

梶蔵はみのぶの目を見詰めて話を続けた。

「どう見ても、器量よしの四人姉妹にしかめえねえやね」

梶蔵の言い分は、まんざら世辞とも言えなかった。それほどに、よそ行きに着替えた今日の母娘は、まさに器量よし揃いだった。

「春から嬉しい言葉をいただきました」

いつもは娘たちの後ろに引っ込んでいるみのぶが、上気した顔で梶蔵に応えた。

「あっしらは半田でもそう言いやしたが、佐賀町河岸の仲仕でやしてね」

梶蔵の両側に、三人が並んだ。

「用があるときは、いつでも廻漕問屋の吉田屋《よしだや》に立ち寄ってくだせえ」

力仕事の手伝いが必要なら、いつでも出向くからと強い口調で請け合った。

「ありがとう存じます」

つばきが一歩前に出た。

「おとっつあんは大工職人ですが、歳を重ねたせいか、近頃は重たいものを担ぐのが苦手なんです」

助けが入り用だと騒いだときは、手伝いを頼みにうかがいます……つばきも梶蔵同様に、正味の物言いで応えた。

「がってんだ」

「まかせてくんなせえ」

「腕っ節なら負けやしねえ」

仲仕たちが口々に、つばきに応えた。

「おかげさまで、とってもいいお昼がいただけました」

締め括るかのように、みのぶが梶蔵にあたまを下げた。

「礼を言うのはあっしらでさ」

そうだろう？　と、梶蔵が口にしたら。

「ありがとうやんした！」

仲仕三人の声が揃った。

みのぶたち四人が会釈をしてから、半田の前で東西に別れた。仲仕衆は永代橋を目指して西に動き始めた。

「今日のおっかさんて、とっても様子がいいわよ」

「あたしでも惚《ほ》れ惚《ぼ》れするような、女っぷりのよさなんだから」

「梶蔵さんも目が高いわよねえ」

娘三人が、代わる代わるにみのぶを褒めた。

「そこまでだよ」

きつい声で娘たちを窘めたが、目の端がゆるんでいた。

四人が横並びになったり、ふたり並びで歩いたりしながら閻魔堂に行き着いた。弐蔵の宿を知っているつばきが、土間から声を投げ入れた。

廊下を鳴らして出てきた若い者は、つばきを見知っていた。

「親分にご用ですかい？」

用向きを先取りした若い者に、つばきは首を左右に振った。

「おとっつあんに会いに来たんです」

「なんだって？」

若い者の声が裏返り、往来に並んでいる女三人に目を走らせた。

つばきが黙ったままでいたら、若い者は察しをつけたらしい。

「安治さんのお嬢てえのが、姐さんでやしたんで……」

つばきはうなずき、笑みを見せてから説明を始めた。

「弐蔵親分とおとっつあんは、若い時分からの馴染みです」

わたしは安治の長女で、表にいるのがおっかさんと妹ふたりだと、若い者に説明していたら……。

「あっ……おとっつあん！」

かえでの甲高い声が往来から聞こえた。驚いたつばきは、土間に立ったまま後ろを振り返った。

「なんだ、おまえたちは」

驚き声を発したあと、つばきはどうしたとみのぶに問うた。安治から三歩下がって、三太郎が立っていた。

「おねえちゃんなら、あそこ」

かえでが指差した土間に、つばきはうなぎの包みを提げて立っていた。

「おめえたちの顔を見るのは、何年ぶりになるんだ？」

さくらとかえでを順に見たあと、つばきには目を走らせただけで、また妹ふたりに目を戻した。

「ここで逢ったが百年目と言うから、今日が百年目じゃないの」

混ぜっ返したのはかえでだった。

木島屋を騙《かた》った弁当作りでは、かえでとさくらもだいこんに出張った。が、弐蔵には逢っていなかった。

「まったくおめえは変わらねえぜ」

かえでに向けた心底の笑みで、弐蔵の両目が大きくゆるんでいた。

「おとっつあんがお世話をかけています」

膝に両手を載せたさくらが、ていねいな物言いで礼を言った。

「永代橋の近くで誂えた、みなさんへのおみやです」

うなぎ十五人前の手土産を差し出したのは、つばきである。つばきの脇に座したみのぶは、笑顔で弐蔵に会釈をくれた。

焼き上がって半刻（一時間）近くが過ぎたいまでも、半田のうなぎは香ばしさを漂わせていた。

弐蔵は手を叩いて若い者を呼び寄せた。

「おめえたちへの差し入れだそうだ」

弐蔵に仕える若い者は十人である。巧い具合に若い者への手土産となっていた。

「それで……みんなが揃ってるのは、なにか格別の用でもあったのかい？」

「違います」

声を張ったのはかえでだった。

「あたしとさくらねえちゃんが、八幡様でばったり行き会ったんです」

どうせなら、おとっつあんたちの顔を見に行こうと、大島町に出向いた。

「おとっつあんがこちらで、蓬萊屋さんの看板思案を進めているって聞いたものだから」

陣中見舞いに出向いてきたのだと、かえでが顚末《てんまつ》を話し通した。

「そういうことなら、安治の部屋で好きなだけ話をすればいい」

弐蔵の許しを得て、母娘は安治と三太郎について部屋に向かった。

三太郎と安治が起居する部屋には、陽の差し込む八畳間があてがわれていた。

「きゃあっ！」

部屋に入るなり、さくらが悲鳴を発した。声に驚いて、若い者ふたりが駆け寄ってきた。

「ごめんなさい、なんでもありません」

つばきが詫びているそばで、さくらはまだ息の詰まったような顔を続けていた。

「マムシの絵に、妹が驚いただけです。本当にごめんなさい」

つばきに合わせて、さくらも一緒に詫びのあたまを下げた。

「なんともなくて、なによりでさ」

言い置いて立ち去りかけたが、すぐに戻ってきた。

「のろ、いただきやした」

「うめえのろでやした」

手土産の礼を言ってから、若い者たちは引き揚げた。

「さくらの驚きぶりが、おめえの絵の凄さを請け合ってるぜ」

「ありがとうございます」

三太郎は顔を赤くして礼を言った。

悲鳴を上げたさくらは、きまりわるそうにうつむいていた。

「それで、おとっつあん」

かえでは一枚のマムシ絵を手に持ったまま、安治に問いかけた。

「このマムシで、どんな看板を拵えるつもりなの？」

「板の看板じゃねえ」

安治は女房と娘たちを順に見た。

「途方もなくでかい提灯に、三太郎のマムシを描いてよう。夜には百目ロウソクをごっそり焚《た》いて、マムシを浮かび上がらせようという趣向だ」

思案の出来は、提灯の仕上がり次第で決まると告げた。

みのぶたちは四人とも、半田で聞いた仲仕たちの話を思い浮かべていた。

十九

「おとっつあんには申しわけないけど」

つばきは安治の目を見詰めて話を続けた。

「話がうまく呑み込めないの……」

「なにがでえ」

まだ言い終わる前に、安治はつばきを抑えるかのように口を開いた。

「三太郎の絵を提灯にしようてえんだ。こんな分かりやすい話のなにがどう、呑み込めねえんでえ」

娘に向かって声を尖らせた。提灯作りの思案に、安治が目一杯のめり込んでいるあかしだった。

これはふたつとない妙案だ！　と、安治は心底思っている。こんなときの安治は、批判されたり気乗りしないことを言われたりすると、たちまち不機嫌になった。

父親の気性を知り尽くしているつばきは、穏やかな物言いであとを続けた。

「そんな声を出さないで、ちゃんと聞いて」

安治の気を和らげるために、笑顔と柔らかな口調を保っていた。

「提灯を作るお職人さんが大事なのは分かるけど、マムシの絵は三太郎さんが描くんでしょう？」

「ばか言うんじゃねえ！」

安治はさらに語気を荒くした。

「三太郎が仕上げるのは元絵だ」

おめえはものを知らねえなと、尖った目が告げていた。

「三太郎がじかに提灯にマムシを描くわけじゃねえ」

つばきを見据えたまま、安治は町で売られている錦絵を例にとって説明を始めた。

「いまどき大流行《おおはやり》の錦絵てえのは、一枚ずつ絵描きの師匠が描くわけじゃねえ」

一枚の元絵を色別の木版に仕立てて、何色も重ね刷りを繰り返して仕上げる。

「錦絵作りででえじなのは、もちろん見事な元絵を描いてくれる絵師だが」

つばきを見詰める目の光を強くした。

「それ以上に、腕利きの木版彫り職人と、寸分の狂いもなしに色を重ねて摺《す》ることのできる、摺り職人がでえじなんでえ」

つばきはもちろんだが、みのぶたち全員が初めて聞く錦絵作りの話である。四人とも、安治の話に聞き入っていた。

「提灯作りもつまるところ、同じ段取りでことが運ぶんでえ」

真剣な顔つきの娘たちが、安治の物言いを落ち着かせていた。

「三太郎が仕上げるマムシの元絵が、そのまま提灯になるわけじゃねえ」

何十倍もの大きさに描き直すことのできる、腕の確かな提灯屋の職人がでえじなんでえと、話を結んだ。

「おとっつあん、ごめんなさい」

つばきは即座に不明を詫びた。

「分かりゃあ、それでいい」

機嫌を直した安治は、あらためて半田で出逢ったという仲仕の一件をかえでに訊ねた。

「あのひとの名前……おねえちゃん、覚えてるよね」

「梶蔵さん、でしょう?」

「そうそう、梶蔵さん!」

つばきの答えに、かえでは得心した。

「佐賀町河岸で梶蔵さんて訊いたら、だれでも知ってるみたいだったわよ」

「そいつあ、ありがてえ。いい娘《こ》だ」

手を伸ばした安治は、かえでのあたまを撫でた。こども時分から、かえでを猫かわいがりしてきた安治である。娘が嫁いだあとも、まるで変わっていなかった。

親は子を平等に可愛がると世間はいうが。

それは違うと、つばきはこども時分から思い続けてきた。いまもまた、かえでが言うことに安治は相好《そうごう》を崩している。

末娘が口にしたなら、きつい戒めめいたことでも笑って受け止めるに違いない。

なんでも構わず、安治に言えるかえで。そんな妹を並木町の長屋暮らしでは、羨ましく思ったこともあった。

だいこんを始めたあとは商いの切り盛りに没頭していたことで、気にする暇もない日々の連続だった。

嫁いだかえでは、いまも安治には遠慮がない。安治もそれを了としている。

生涯わたしは父の機嫌を気遣い続ける役目なのか……。

浮かんだ思いを抑えたつばきは、明るい声で安治に話しかけた。

「おとっつあん、佐賀町河岸に行くの？」

訊ねたのはつばきだった。

「あたぼうよ」

いますぐにも出向きそうな返事である。

「だったら、一緒に行きます」

つばきが同行を買って出ると、安治は安堵の色を浮かべた。

「おめえが一緒なら、おれも安心だ」

ことを運ぶときは、やはりつばきを頼りにしていた。

「おとっつあん、おねえちゃんの言うことをちゃんと聞かなきゃ、だめよ」

かえでになら強い言葉で諭されても、安治は笑みを浮かべている。さくらとつばきは、思うところを抱えて目を見交わしていた。


佐賀町河岸につばきと安治が行き着いたのは、七ツ（午後四時）前だった。冬の陽は秋と同じで、釣瓶《つるべ》落としである。

日の暮れまでに荷揚げを終えたい荷物船が、群れをなして佐賀町桟橋に横付けされていた。

河岸に並ぶ蔵は多数あるが、一番の蔵元は三井《みつい》蔵だ。一番から三十番まで、河岸の半分の土地を三井蔵が占めていた。

自前の桟橋を七つも持っており、ひっきりなしに大型のはしけが横付けされていた。

「七ツどきがこんなに忙しそうだったなんて、おとっつあんは知ってた？」

「いや、初めて見た……」

短く答えたあと、安治は河岸の繁忙ぶりに見入っていた。

陽はすでに西空に移っていた。が、朝からの晴天は、いまも同じである。冬の西日が大川の川面と河岸の蔵を照らしていた。

つばきと安治が立っているのは三井蔵の南端、一番蔵の手前である。

梶蔵がどこの蔵の仲仕なのかは、聞き漏らしていた。こんなにすぐに訪ねることになろうとは、あのときは考えもしなかった。

ゆえにあいさつ代わりに、互いに名乗り合っただけだった。

いざ佐賀町河岸に立ってみると、あまりの大きさに驚き、どこで行き合えるのかが分からなくなっていた。

図抜けて大きな三井蔵に行けば、だれか知っているひとがいるかも知れない……。

こう考えて三井蔵の端に立ち、河岸の賑わいぶりに見入っていた。

「おめえはここで待っていねえ。おれが訊いてくる」

つばきを留め置いて、安治は桟橋に向かい始めた。沖には着岸待ちのはしけが、五杯も泊まっていた。

陽は速歩で西空の根元に沈もうとしていた。明るいうちに荷揚げを済ませたいのは、仲仕も順番待ちのはしけも同じである。

七ツを過ぎたいま、河岸は男衆で埋まっている。つばきの出る幕ではなかった。

安治は股引・腹掛けに半纏を羽織った、大工職人の身なりである。仲仕が行き交う河岸でも、うまく溶け込んでいた。

「すまねえが、あにさん」

荷を下ろしたばかりの仲仕に、安治は職人言葉で問いかけた。

「なんでえ」

荷揚げで気の急《せ》いている仲仕は、ぶっきらぼうな物言いで応じた。

「仲仕の梶蔵さんを探してんだが、どこにいるかおせえてくだせえ」

「梶蔵さんてえのは、ここの差配の梶蔵さんのことかい？」

井桁の内に三が描かれた紋を、仲仕は指差した。三井蔵の差配なのかと確かめたのだ。

「そうです」

つばきとかえでから聞かされた話から、梶蔵は差配だと安治は察しをつけた。

「おめえさんは？」

「大工の安治だと、そう言ってくだせえ」

「ここで待っててくんねえ」

仲仕が離れるなり、安治はつばきを手招きした。つばきは履き物を鳴らして駆け寄ってきた。

「おめえの見当は図星だったぜ」

三井蔵から探そうとしたつばきの判断を、安治が褒めたとき。

つばきは桟橋から向かって来る男を見ていた。顔が分かるところにまで近寄ってきたら、つばきは笑顔で男に会釈をした。

頭上に舞うカモメの白い翼が、西日を浴びてあかね色に染まっていた。

二十

梶蔵と安治が顔合わせをした翌日。

つばきは暮れ六ツ（午後六時）の鐘が鳴り始めるなり、だいこんの店先に立っていた。ここで安治と一献を酌《く》み交わしたいと言ったのは、梶蔵からだった。

父親の思案を上首尾に運ぶための、大事な客である。つばきは梶蔵と辰平を迎えるために、店先に立っていた。

野菜の泥を落とす洗い場は、いまも変わっていない。その脇に立っていた。

道具箱を担いだ職人が、目敏くつばきを見つけたらしい。

「おうっ、つばきさんじゃねえか」

近寄ってきた職人はだいこんの馴染み客、左官の籐助《とうすけ》だった。

「ご無沙汰をいたしております」

笑顔で応じたつばきだが、間合いを保つことを心がけていた。

店はすでにおてるのものだ。つばきは月々、決まった冥加金《みようがきん》を受け取るだけの身である。前に出すぎては、おてるとみさきの邪魔になると考えていた。

「どうしたんだい、今日は」

籐助が問いかけてきたとき、梶蔵が辰平を伴って向かって来るのが見えた。

「ごめんなさい、いまお客様が見えましたので」

篠助に断りを言ってから、目を梶蔵たちに転じた。

だいこんの馴染み客だった篠助は、梶蔵とも顔見知りだった。

「今し方まで、佐賀町河岸で一緒だったてえのによう」

左官のほうが梶蔵たちより年長である。砕けた物言いでふたりに話しかけた。

「驚いたのは、こっちの方でさ」

梶蔵が左官に近寄った。

「あにいの宿は、三好町《みよしちょう》だと聞いた覚えがありやすぜ」

梶蔵は左官にあにいと呼びかけた。三好町への帰り道なら、だいこんの前は道筋が違う。

「覚えてくれてたとは嬉しいが、おまいさんたちとつばきさんとが、顔見知りだったてえのは……」

篠助が驚き顔で言葉を続けた。梶蔵は答える前に、つばきに目を移した。

「わたしとだいこんとのかかわりは知らずに、ここでって名指してくれたんです」

いきなりの立ち話を、店先で長々と始めるのは口開けの縁起に障りかねない。

「あとのご都合に障りがないなら、とりあえずなかにご一緒いただけませんか?」

つばきから左官を誘った。直感がそれをつばきに訴えていたからだ。

「おれはいいが、梶蔵さんたちには邪魔じゃねえのか?」

「あっしらなら、あにいが一緒だとなによりですぜ」

梶蔵が正味の物言いで誘《いざな》った。

「そう言ってくれるなら、一杯だけね」

籐助は道具箱を担いだまま、先に立ってだいこんに入ろうとした。その足を止めて、つばきが先に入った。

客がひとり増えたことを、みさきに告げるためである。

おてるに譲って以降、つばきは心してだいこんから遠ざかっていた。店の戸口に垂らされた縄のれんをかきわける姿は、だいこんを離れたとはいえ、堂に入ったものだった。

「やっぱりつばきさんてえのは、だいこんには欠かせねえおひとだぜ」

籐助のつぶやきに、子細は分からずながらも、梶蔵も辰平も深くうなずいていた。


昨夕の佐賀町で、つばきは安治と梶蔵を引き合わせた。用向きは辰平が助けた提灯屋に顔つなぎを頼むためである。

立ち話であらましを聞き取った梶蔵は、明日の暮れ六ツに一献を傾けながらでどうかと問うてきた。

「ぜひにも」

つばきの顔が大きくほころんだ。

夕暮れ前で、荷揚げが目一杯に忙しい刻限である。長話は禁物だったのだ。

「ありがたい限りです」

つばきが声を弾ませると、梶蔵が居酒屋の名を挙げた。

「仲町のだいこんてえ店で、どうでやしょう」

去年の十一月、店先を通りかかった梶蔵たち四人で、ふらりと縄のれんをかき分けた。

「いらっしゃいませ」

明るい声で迎えたのがみさきだった。

嫁ぐはずの縁談が流れて、みさきはだいこんで仲居を続けることになった。わざわざ大島町の宿を訪ねてきた当人から、つばきは聞かされていた。

「ふりでへえった客に、とびきりの扱いをしてくれやしたんでね」

すっかり気にいって通っているという。

「確かつばきさんの宿は、大島町でやすね？」

「はい」

返事を聞いた梶蔵は、申し訳ないという顔つきで話を続けた。

「足を運ばせて申しわけありやせんが、仲町のだいこんでどうでやしょう？」

「だいこんをごひいきいただき、ありがとう存じます」

忙しいさなかの梶蔵が相手の立ち話だ。細かなことは言わず、かつてだいこんとはかかわりがあったとだけ明かして別れた。

左官の籐助は、漆喰《しっくい》塗りの腕が図抜けて長《た》けている左官職人である。すでに不惑を過ぎていたが、独り者を通していた。

佐賀町の蔵が仕事場の籐助である。仲仕の梶蔵たちと顔見知りであるのも当然だろう。

座が和んだ。

「まずは一献酌み交わし、互いの素性を明かしやしょうや」

最年長の安治の音頭で、燗酒が酌み交わされた。みさきの気働きで、安治・梶蔵・辰平・籐助、それにつばきが加わった五人には、小上がりが用意されていた。

今日は一月二十四日。大半の職人には手間賃が支払われる旬日《じゅんじつ》である。

この日だけは、所帯持ちの職人は家路を急いだ。女房とこどもに、いい顔を見せたいからだろう。

いつもは大賑わいのだいこんだが、空いている卓が幾つもあった。

「今夜はきっと暇ですから、お酌をさせてもらいます」

おてるの許しももらっているのだろう。紅たすき姿のみさきは、左官の籐助に徳利を差し出した。

「こいつあ、ありがてえ」

随分とだいこんに通っているが、みさきのお酌は初めてだと声を弾ませた。

つばきも徳利を手にして、梶蔵と辰平に酌をした。安治にはみさきが徳利を差し出した。

「みさきちゃんも、一献どうだい？」

籐助が問いかけたとき、三人連れの客が入ってきた。まだ冬だというのに、ひとえの木綿もの一枚という、いかにも渡世人風である。

「いらっしゃいませ」

籐助にぺこりとあたまを下げたみさきは、新規の客を空いている卓に案内した。

腰掛けに座る前に、三人のひとりが小上がりを見た。左目が白く濁っていた。

二十一

とり急ぎの燗酒が供されたところに、三太郎が息を切らして入ってきた。右手には細巻きにした小型の巻き簾《す》を握っていた。

「すっかり遅くなっちまいやした」

小上がり下に立ったまま、梶蔵と辰平に遅れを詫びた。

「おめえさんの話を、安治さんから聞かされていたところだ。まずは上がってくだせえ」

梶蔵と辰平が尻をずらして、三太郎の座り場所を空けた。

「そんな窮屈なことはしねえで、ゆっくりくつろいでくんなせえ」

三太郎はこっちに座らせやすからと言った安治が、尻をずらした。つばきも卓の端に移り、三太郎の座り場所ができた。

様子を見ていたみさきは三太郎が座についたのを見定めて、新たにぐい呑みひとつを運んできた。

全員が揃ったところで、つばきが酌を始めた。梶蔵、辰平のあとで安治と三太郎に酌をした。

だいこんのぐい呑みは大きい。三太郎のときには新たな徳利で注いだ。

「つばきさんも、ぜひ一緒に」

梶蔵が差しだした徳利を、つばきは同じぐい呑みで受けた。

「いただきやす」

仲仕の辰平は仕事柄、声が大きい。土間の卓を囲んだ三人組が小上がりを見上げた。

つばきは様子に気付いていた。が、安治と三太郎の助けを得るために招いた、大事な客である。

辰平の大声を窘めることはしなかった。

燗酒のあてに、みさきは小鉢を運んできた。おてるが得手とするウドの酢味噌和《あ》えだ。味噌に加える微量の砂糖が、和え物の美味さを引き立てていた。

「こいつが食いたくて、梶蔵あにいはだいこんに通い始めたんでさ」

辰平の声は、のれん奥の調理場にまで聞こえたらしい。手を止めたおてるが、のれんをかき分けて顔を出した。

梶蔵は小鉢を手にして笑顔で応じた。

つばきは両手を膝に置き、身体をわずかにひねっておてるを見た。両目には心底の笑みを宿していた。

おてるについた、新たなご贔屓《ひいき》客を喜んだ笑みである。

つばきの喜びをしっかり受け止めてから、おてるはのれんを閉じて戻った。

「料理が出てくるめえに、梶蔵さんと辰平さんに、それを見せねえな」

三太郎が持参した巻き簾に、安治はあごをしゃくった。

「がってんでさ」

小鉢とぐい呑みを脇にどけると、三太郎は巻き簾を開いた。内には緋毛氈が包まれていた。辰平が目を見開いた。

三太郎が緋毛氈も開いたら、半紙が包まれていた。丸まっていた半紙を、両手持ちにして垂らした。

「うわっ!」

辰平は正味の驚き声を発した。半紙に描かれたマムシの凄みに仰天したのだろう。

「なんだって、そんなマムシの絵なんぞを描いてるんでえ」

辰平の声がさらに大きくなっていた。マムシと大声を発したとき、三人組のひとり、左目の濁った男が再び小上がりに目を向けた。

梶蔵と辰平は、小上がりの手前側に座っていた。安治が強く勧めたが、梶蔵は奥に座ろうとはしなかったのだ。

濁り目の男は、辰平の背中を見る位置から小上がりを見ていた。

「こんなに凄いマムシは……まるで生きてるみてえだぜ」

最初の仰天が引いたあとの辰平は、大声のままで話を続けた。

「三太郎さんは、末広町の赤酒《あかさけ》てえ店を知ってやすかい？」

「いえ……知りやせん」

辰平の問いに三太郎は小声で答えた。濁り目の男は、ふたりのやり取りに耳を澄ませていた。

「江戸には何軒も、精がつくマムシ料理を食わせる店があるが、赤酒はマムシ好きには図抜けて評判がいい店だ」

赤酒の親爺にその絵を見せたら、ぜひにも飾らせてくれと頼まれるぜ……辰平がひときわ大声で請け合ったとき、濁り目の男が立ち上がった。

雪駄の尻金を鳴らしながら、辰平の背後に近寄った。

「脇から口を挟んですまねえが、赤酒てえ名が聞こえたもんでね」

男から話しかけられて、辰平は尻を動かして振り返った。梶蔵も同じ動きをした。

安治と三太郎、つばきは男に目を向けた。

「もうさっきおたくさんは、赤酒は図抜けて人気があると言ってやしたが、なぜそうなんで？」

人相は異形の濁り目男だが、物言いはていねいである。辰平があぐらを組み直した。

「あっしのでけえ声が、あにさんの酒の邪魔をしやしたかい？」

辰平もていねいな物言いで応じた。

「そんなんじゃありやせんが、赤酒は知らねえわけじゃあねえもんで」

評判がいいのなら、そのわけが知りたかっただけだと、口を挟んだわけを明かした。

得心した辰平は、濁り目の男を真正面から見ながら答え始めた。

「あの店の親爺が言ってたことの受け売りでやすが、なんでもマムシ獲《と》りの名人が赤酒の親爺と在所が同じだてえんでさ」

筑波山《つくばさん》で獲ったマムシを半月ごとに、真っ黒な竹籠《たけかご》に収めて運んでくるらしい。筑波山のマムシは出来が違う……ここまで話したところで、辰平があとの言葉を呑み込んだ。

「どうしやした、あにさん？」

濁り目があとの言葉を催促した。

ふうっと、呑んでいた息を吐き出して、辰平はあとを続けた。

「半月ごとに筑波から納めにくるマムシ獲りは、名人の三人組だそうで……」

辰平が口ごもった。小上がりの全員が、いまでは事情を呑み込んでいた。

濁り目の男は、三太郎が描いたマムシの絵を見ていた。

「お察しの通り、赤酒にマムシを納めているのはあっしら三人でさ。名人かどうかはともかく、筑波のマムシは出来がいいのは間違いねえでしょう」

マムシ絵に目を留めて、男は話を続けた。

「マムシを食えば精がつくのも、間違いはねえところでやしてね。蒲焼きにしたら、のろの五倍は威勢がつく」

言葉を区切った男は、目を辰平に戻した。

「赤酒の客としてマムシを食ってる限りは、あいつらはわるさはしねえ」

男の濁った目が光を帯びた。物言いも変わっていた。

「だがねえ、マムシを金儲けのタネに使ったりしたら、たちまち連中は意趣返しを始めやがるんでね」

うかつに手出しをしちゃあ、あとが怖いことになりやすぜと、低い声で告げた。

「てめえの楽しみで絵を描いている分には、なんてえこともねえが」

金儲けのタネに使ったりしたら、尋常じゃあねえ祟《たた》りがくる……濁り目が、さらに強い光を帯びていた。

あのつばきが、思わず目を逸らせていた。

二十二

閻魔堂の宿に安治と三太郎が戻ったのは、町木戸が閉じる直前の四ツ（午後十時）前だった。

一月最後の五十日《ごとおび》を翌日に控えたこの夜、賭場の入りはよくないようだった。

いつもなら四ツは客で盛っている刻限だ。が、見張り番に立っていた若い者は、気のゆるんだ顔つきである。

安治と三太郎が戻ってきたのを見ても、半纏の前を両手で閉じ合わせた格好を変えなかった。

弐蔵が一番嫌う、気のゆるんだ形である。

「その格好を親分に見られたら、きつい小言を食らうぜ」

安治が戒めたが若い者は改めもせず、言い訳を始めた。

「五十日前の夜でやすんでね」

客の入りがわるくても仕方がないと、気のゆるんだ姿勢を変えなかった。

「親分はどこにおいでだ？」

若い者の前である。安治は弐蔵に対する敬いの物言いをした。

「帳場に詰めておられやす」

弐蔵は賭場には出ていない。客の入りのわるさは明らかだった。

「あとでやりねえ」

安治は竹皮包み三つを若い者に渡した。だいこんで作らせた、握り飯の包みだ。若い者は両目の端を下げた。

土間から上がった安治と三太郎は、連れ立って真っ直《ます》ぐ帳場に向かった。長火鉢の前で、弐蔵は手酌の酒を呑んでいた。

よほどに今夜は暇らしい。安治は長火鉢の前に座した。三太郎も脇に座った。

「つばきから、土産を預かってきた」

今し方若い者に手渡したのと同じような、竹皮包みである。が、中身は違っていた。

安治と三太郎の居候を、弐蔵は許してくれている。つばきは御礼の思いを、竹皮の土産に詰めていた。

冬場のサバは脂の乗りがいい。つばきはおてるに、サバを加えてと頼んでいた。

おてるも弐蔵の好みは心得ていた。つばきが二杯酢を調合し、締めの具合も細かくおてるに指図していた締め鯖《さば》である。

まだつばきが店を切り盛りしていた当時から、弐蔵には冬場に締め鯖を供していた。

大好物を差し出されても、この夜の弐蔵は喜ばなかった。それどころか顔つきを険しくして、安治ではなく三太郎を睨めつけた。

「おめえらは、だれの宿で仕事を続けているんでえ」

今夜のだいこんでの子細を聞く前から、弐蔵は不機嫌さを隠そうとはしなかった。

初めて三太郎が目の当たりにした、渡世人の尖った目である。うろたえた三太郎は正座の尻が浮いた。

弐蔵の不機嫌の理由を、安治は察した。

「済まねえことをした、弐蔵さん。声をかけなかったのは、おれの落ち度だ」

安治はきちんと詫びてから、言葉を続けた。

「いきなり決まった段取りだった。断じてあんたを抜きに進めるなんざ、考えもしなかった」

夜にかかる段取りだったがゆえ、弐蔵に障りが生じないようにと……安治はめずらしく、弐蔵の胸中を気遣いつつ話を続けた。

今夜のことを耳に入れなかったのはおれの落ち度だと、安治は重ねて詫びた。

あんたに詫びが言えるのか……。

安治の振舞いに驚きつつ、弐蔵は手土産に思いを変えた。だいこんで幾度も賞味した、つばきの手になる締め鯖だ。

これを安治に持たせたつばきの心遣いを、弐蔵は受け取った。

安治に向けた目から光を消して問いかけた。

「それで……どんな話になったんだ?」

問われた安治は、聞かされたマムシの顚末を話した。

「祟りがどうのこうのと言われたんじゃあ、始まる前からケチをつけられた気分だ」

あんな眼《まなこ》の濁った野郎の話など、聞く耳を持たなければよかった……弐蔵を見たまま、安治は吐息を漏らした。

「祟りてえのは穏やかじゃねえが」

すっかり弐蔵の機嫌は直っていた。口調にもゆとりがあった。

「聞き捨てにしておくこともできねえ」

言葉の区切りで安治を見た目には、親しさの色が戻っていた。

「末広町の赤酒なら、おれもよく知っている店だ」

今戸に仕えていたころには、よくお供で連れて行かれていたと明かした。

「あれから随分と日が過ぎているが、おめえの話だと、いまも繁盛してるんだな」

百聞は一見にしかずだと、弐蔵はきっぱりと言い切った。

「あれこれ言ってねえで、明日の夜、連れ立って赤酒に行こうじゃねえか」

おめえも一緒に来《き》ねえと、弐蔵は三太郎も誘った。

「願ってもないことです」

怯えの引っ込んだ三太郎は、声を弾ませた。脇の安治は苦い顔つきである。

「マムシの生き血を飲むなんぞは、ぞっとしねえ話だが……」

提灯思案の成就のためなら、目をつぶって飲むぜと弐蔵に応えた。

間のいいことに二十五日の閻魔堂は、賭場が休みである。今夜同様に、毎月の最終五十日は商家も材木商も、遊びに向かう足は引っ込めていた。

「明日は七ツ（午後四時）の乗合船で和泉橋《いずみばし》まで行き、あとは歩きだ」

弐蔵の言い分をふたりは承知した。


今戸の貸元に従っていたのは、すでに遠い昔の話だった。が、達者な記憶力は、渡世人には欠かせない必須の才である。

和泉橋で下船したあと、弐蔵は記憶を頼りに赤酒に向かった。今戸で若い者を務めていたときも、乗ってきた猪牙舟《ちょきぶね》は同じ和泉橋の桟橋に横着けされていた。

曲がる辻《つじ》も間違えることなく、弐蔵たちは赤酒の店先に立つことができた。軒下《のきした》にぶら下がっているのは、屋号に合わせたかのような赤提灯だった。

乗合船の船頭は、潮の流れを巧みに摑んでいた。船は段取りよりも早く、桟橋に横着けされたようだ。

赤酒の軒下に立ったのは、日没まで四半刻（三十分）以上の間がある刻限である。提灯に明かりは入っていなかった。

が、縄のれんは障子戸の外に出されていた。商いはすでに始まっている合図である。

縄のれんをかき分けた弐蔵が、障子戸に手をかけた。敷居には滑りをよくするロウが塗られているのだろう。弐蔵は軽い手の動きで腰高障子戸を開いた。

「いらっしゃい！」

滑りのいい戸といい、板前の威勢のいい声といい、弐蔵の好み通りである。

「三人だが、いいかい？」

「がってんでさ」

七分袖のだぼ着姿の板前は、卓の隅を指し示した。調理場をコの字に取り囲んだ、卓の右隅だった。

並んで立っている親方らしき男は、まさにいま、左手で掴んだマムシの首を裁ちばさみで落とそうとしていた。

思わず安治は目を逸らした。

二十三

店内は素通しの調理場を、分厚い杉の卓が取り囲んでいた。三人とも一見客《いちげん》だ。若い者が右隅に案内しようとしたら、親方が止めた。

「お客さんさえいやでなけりゃあ、あたしの手元がめえる、ここはどうでやしょう？」

「願ってもない扱いだ」

しっかり受け止めた弐蔵は安治と三太郎を両側にして、真ん中の腰掛けに座した。きちんとした料理屋なのは、空き樽ではなく、腰掛けを使っていることからも察せられた。

マムシの首を断ち切るのは親方だけだ。勧められたのは手元どころか、一部始終を見られる最上の席だった。

見ている前でマムシの首を断ち落としたあと、親方は大きめのぐい呑みに生き血を落としている。

店先でこの光景を見た安治である。店内はさぞや生臭いにおいに満ちているだろうと、思い込んでいた。

が、大事な思案を成就させるための苦行だと、下腹に力を込めて座っていた。

ところが店内には、うなぎ屋もかくやの甘辛い香りが満ちていた。つい我知らず、安治は鼻をひくひくさせてしまった。

「なんにしやしょう?」

注文を取りにきた若い者には答えず、弐蔵は目の前の親方を見た。

「見ての通りで、マムシには素人《しろうと》だ」

三人とも美味さを満喫できるよう、親方に見繕ってほしいと頼んだ。

「がってんでさ」

親方は相好を崩した。

「素直にそう言ってくれるのが、一番の注文上手でさ」

飛び切り活《い》きのいい三匹を、選びに選んで仕上げやしょうと、親方は声を張った。

店先に積み重ねられていた真っ黒な籠を調理台に載せると、親方はなかをのぞき込んだ。麻紐《あさひも》で拵えた輪がついた棒を右手に持ち、籠に差し入れた。

黒籠には十匹以上のマムシが入っている。活きのいいのを選《よ》り分けたあと、親方は輪につながった紐を素早く引いた。

籠の内で閉じた輪には、マムシの頭部が締め付けられていた。身体をよじって暴れるマムシを、親方は弐蔵の前に突き出した。

弐蔵は顔色も変えず、身をくねらせ続けるマムシを見た。

「こいつなら、間違いありやせん」

太鼓判モノだと請け合った親方が、棒を引っ込めようとしたら、三太郎が立ち上がった。

「手数をかけますが、鎌首をわたしに見せて下さい」

真顔で頼み込む三太郎に、親方は気を惹《ひ》かれたらしい。

「いいとも」

棒を手元に引き寄せて、マムシを調理台に載せた。若い者に棒を渡したあと、親方は輪から出ている頭部を右手の親指と人指し指とで摘《つ》まんだ。

急所を摘まんだらしく、マムシの動きが止まった。若い者に向かってうなずいたら、麻紐の輪が緩んだ。

頭と胴体を両手で摑んだマムシを、親方は三太郎の前に突きだした。

赤い舌をちょろちょろと出している三角形の頭を、三太郎は食い入るように見詰めた。

驚いたことに三太郎は、生きているマムシに顔を近づけた。マムシは怒ったかのように、身体をくねらせようとした。

摑んでいる両手に、親方は力を込めた。

「ありがとうございました」

三太郎が礼を言っても、親方は摑んだ手の力を抜こうとはしなかった。

「まだ口開け早々で、お客さんはあんたらだけだ」

気の済むまで見てやってくれた方が、マムシも成仏できると告げた。

親方の言い分を聞いた安治は、濁り目の男が言った「祟りがある」を思い出した。

三太郎は身を乗り出して、まだマムシと向き合っている。安治は気味が悪くて、目を逸らしていた。

「しっかり見させてもらいました」

親方に頭を下げてから、三太郎は腰掛けに座った。

「そいじゃあ、始めやすぜ」

親方が鎌首を押さえると、マムシは観念したらしい。研ぎ澄まされた裁ちばさみを首筋に当てられても、ぴくりとも動かなかった。

従容《しょうよう》として土壇場に臨む武士とは、こんな態度なのだろうかと、三太郎はマムシに見入っていた。


梅酒割りの生き血。

庖丁《ほうちょう》で骨ごと叩いて拵えた、つくね。

開いて焼き上げた、蒲焼き。

これが赤酒のお任せ料理だった。

自家製梅酒は透明な紅色で、屋号の興りでもあった。三人のなかで、安治が一番嫌そうにして生き血を飲んだのだが……。

「こいつあ、いける！」

ぐい呑みを呑み干すなり、正味の声で美味さを褒めた。

「すまねえが親方、もう一杯、この梅酒を呑ませてくんねえな」

カラにしたぐい呑みを、親方に差し出した。

「そいつは構わねえが、代わりに出せるのは梅酒だけですぜ」

「それで上等だ」

安治は声を弾ませて、代わりを頼んだ。

親方は代わりには応じたくないらしい。渋い顔で瓶の梅酒をぐい呑みに注ぎ、安治に供した。

「こんなにうめえ梅酒は初めてだ」

陽が落ちた店内には、一気に夕闇が忍び込んでいた。若い者は何張りもの提灯に火を灯して、卓の真上に吊した。

一気に卓の周りが明るさを増した。

「客はまだおれたちだけだてえのに、これだけの提灯に灯《ひ》をいれるてえのは、親方も豪気なひとだぜ」

世辞ではないと分かったのだろう。安治にはいい顔を見せていなかった親方が、目元をゆるめた。

安治がぐい呑みを提灯の明かりに向けたら、梅酒の透き通った紅色の美しさが際立った。

「ありがてえ、ありがてえ」

両手持ちにしたぐい呑みに、安治は口をつけた。そして利き酒を味わうようにして、ひと口すすった。

「うん?」

首をかしげてから、さらにひと口すすった。そのあとは、残りを一気にあおった。

「親方が代わりを呑ませたがらねえわけが、いま分かった」

垂らした生き血と混じり合ってこその、梅酒の美味さだったのだ。

「梅酒とマムシの両方に、すまねえことをしちまった……」

安治の詫びは本気だった。

「代わりを言われたのは業腹《ごうはら》だったが、いまの詫びで帳消しだ」

声を弾ませた親方は、どこから来たのかと安治に問いかけた。

「あっしは深川大島町の通いでえくで、向こうにいるのは講釈師でさ」

弐蔵については当人の名乗りに任せた。

三人の素性が分かると、親方は親しみを宿した目で話し始めた。

「深川からわざわざ出向いてもらって、ありがてえ限りでやすが」

親方の目が三太郎に向けられた。

「講釈師さんのおめえさんがマムシに見入っていたのは、芸のためですかい？」

「違います」

三太郎は即座に応じた。

「だったら、どうして？」

「マムシの絵を描くためです」

三太郎の答えには若い者たちまでが、驚き顔を向けた。

黒籠のなかで、ごそごそっと音がした。

二十四

マムシの蒲焼きを平らげたところで、安治は箸を置いた。

「三太郎に、飛び切り凄みのあるマムシを描いてくれと注文したのは、あっしなんでさ」

店の客は、まだ安治たち三人だけである。親方は手を動かすことなく、安治に目を貼りつけていた。

「よく分からねえ話だ……障りがないなら、もう少し詳しく聞かせてくれ」

親方は調理台の上に身を乗り出す形で安治に問いかけた。

「がってんだ」

腰掛けのうえで背筋を伸ばすと、話し始める前に弐蔵を見た。弐蔵は黙ったまま、小さくうなずいた。

他の客の耳がなかったし、この親方になら話しても構わないと判じたのだ。

「あっしは通いの大工だが、あの棄捐令てえやつのあとは、めっきり仕事が減りやした」

「そいつあ、お互いさまだ」

親方が相槌《あいづち》代わりに口を挟んだ。

「こちらさんですら、そうなんで？」

安治が正味の驚き声で訊ねた。

「もう暮れ六ツ（午後六時）も過ぎたてえのに、まだ客はおめえさんたちばかりだ」

棄捐令の前なら、ふりの客が口開けに座れることなど、あったためしがない。

「ねえどころか、マムシが足りねえてえんで、早仕舞いしたり、店が開けられないことすらめずらしくはなかった」

親方はありのままを話していた。が、口開けに三人しかいないことで、三太郎は気詰まりを感じたらしい。

尻を持ち上げて腰掛けに座り直した。

「いいんだ、気にしねえでくれ。うっかり愚痴を言ったおれの方がわるかった」

親方は口を閉じて、安治に続きを促した。

「あっしは大工仕事が生きがいでしてね。いい仕事が回ってくるようにと、富岡八幡宮まで参詣に出向いたんでさ」

その帰り道で、看板の趣向を求める薬種問屋の触書を目にしやしたと続けた。

手酌で燗酒を猪口《ちょこ》に注《そそ》ぎ、ひと息で呑み干して先を話した。

親方も脇の板前も商売柄、飛び切りの聞き上手だ。それで……とか、そいつは凄い……などの合いの手で、客の口を先へと促した。

話の繋《つな》ぎ目ごとに手酌を続けながら、話はだいこんで出くわした濁り目の男にまで進んだ。

「マムシを金儲けのタネなんぞに使ったら、ひどい祟りに遭うぜ……みてえなことを、その男に言われたんでさ」

マムシを描くなら、赤酒を見てこいとも言われたからと、安治は長い話を結んだ。

親方が深くうなずいて聞き終えたとき、四人の客が入ってきた。席を端に移ると、弐蔵は親方に目配せをした。

「いいから、そのまま座っててくれ。マムシをさばきながら、あんたらと話を続けていてえんだ」

親方は安治の話に気を惹かれたらしい。四人分のマムシ調理を、慣れた庖丁さばきで進めていた。

立ち上がった三太郎は、親方が鋏《はさみ》で首を断ち落とすときの息遣いに見入った。

四人は赤酒の常連客らしい。親方が調理を進めるさまに気をとられることもなく、話を続けていた。

四人に生き血を供したあとは若い板前に任せて、立ち上がったままの三太郎を見た。

「あたまを落とすときは、マムシもおれも本息《ほんいき》だ」

親方は口をつぐんだが、目は三太郎の両目に食らいついていた。逸らすこともできず、動悸《どうき》が速くなった。

同時に、あにさんから一度だけ言われた言葉が、あたまの内を走り回りだした。

「稽古場と高座は別物だと肝に銘じろ」

上々の出来でサゲまでできたと、自負を抱いて稽古の一席を終えたとき、あにさんの答えがこれだった。

「いまの噺には、気持ちののりしろが方々に出ている。ひとたび高座に上がったあとは、お客との生き死にを賭《と》しての勝負で、出来ても不出来でもその場限りだ」

あのときの師匠は、静かな言葉で閉じられた。

「次はないのが本息です」

師匠から伝授された本息の神髄こそ、マムシと親方との勝負ですと言葉を結んだ。

「その通りだ、三太郎さん」

さんづけは三太郎を認めたという、親方の御朱印だった。

雑談をしていた四人の客全員が、親方と三太郎のやり取りに目を向けていた。

仏頂面に変わっていた安治は、立て続けに盃を干していた。濁り目の男の話が途中のままで、本息がどうのへと移ったのが気に入らないのだろう。

親方は得心顔を安治に向けた。

「いまの話を片付けたら、あんたの濁り目の男に戻すからよ。ちっとの間、待っててくんねえな」

親方のひとことで、たちまち安治は機嫌を直した。隣の弐蔵が安治に酌をした。

「こっちが本息なのはマムシも感じ取る。観念したあとは、身体から力を抜くんだ」

殺生《せっしょう》する者が本息で向き合ってこそ、首を断ち切られるマムシにも覚悟ができる。

「中途半端な気でいたら、断ち落としたあたまに嚙みつかれる」

マムシの気はそれほどに強いぞと、三太郎に説き聞かせた。

「ありがとうございます」

三太郎は立ったまま、気持ちを込めて親方に礼を言った。

「もう座ってくれ。あんたは客だ」

親方に強く促されたことで、三太郎は元の腰掛けに座った。

「おめえさん、マムシの絵を持ってるかい？」

「ここに持ってきました」

三太郎は抱え持ってきた巻き簾を見せた。

「あとで見せてくんねえな」

ひとまず三太郎との話を終えた親方は、安治に目を戻した。

「あんたに祟りを吹き込んだ男は、利蔵《りぞう》というマムシ獲りだ」

当然ながら親方は、濁り目の男をよく知っていた。

「偏屈なやつだがマムシと向き合うときの利蔵は、まさに本息だ」

あいつ以上にマムシを畏《おそ》れている蛇獲りはいないと、親方は高く買っていた。

「あいつが口にしたという祟りとは」

親方は安治を見て話をしていた。弐蔵を含めた全員が、親方に見入っていた。

「気を抜いて向き合ったりしたら、命まで取られる目に遭うぞと言いたかったのさ」

言い終えると若い者から受け取った湯呑みの茶を、喉を鳴らして呑んだ。

「勝負する相手を舐めてかかったときは、命まで取られる羽目になるのは、マムシに限ったことじゃねえだろうがよ」

親方は呑み干した湯呑みを若い者に返した。

「おめえさんさえよかったら、描いた絵を見せてくんねえな」

「もちろんです」

巻き簾を開き、四枚の絵を調理台の内側に立っている親方に手渡した。

親方はざっと見ただけで三太郎に返した。

「よく描けてるが、どのマムシもすでに死んでるぜ」

親方の口調には容赦がなかった。

「死んじゃあいるが、おめえさんの絵の気がいい」

うちに来て幾日かマムシと向き合ってみろ。

親方の言葉に、三太郎は身体を二つに折って深い辞儀をしていた。

「凄い親方だ……」

ぼそりとつぶやいた安治は徳利を手に取った。が、すでにカラになっていた。

弐蔵が差し出した徳利を、安治は猪口で受けた。ふたりとも無言で盃を干した。

二十五

あとから入ってきた四人の客は、すっかり安治たち三人の様子に気をとられたようだ。

来店時には親方がマムシをさばいていたときも、手元を見もしなかった。

散々に見てきたから、いまさら見ても仕方がない……長い常連客であることを、振舞いが示していた。

ところが本息の話のあとでは、四人の様子が変わった。

親方・安治・三太郎のやり取りを聞き逃すまいと、酒を呑むのも忘れて聞き入り始めていた。

「いまも言った通り、おめえさんの描くマムシは死んじまってるが、筋はいい」

おせえ甲斐があるぜと、三太郎の目を見て言い切った。

「おれの方は、いつからでもいい。泊まりがけで稽古にきねえな」

すっかり三太郎を気にいったらしい。親方の物言いには、正味の想いがこもっていた。

「ありがとうございます」

芸人とも思えないていねいな物言いで応じた三太郎は、弐蔵の脇にいる安治を見た。

「おめえの思う通りにしねえな」

どう応ずるかの返答を、安治は三太郎に任せていた。小さくうなずいた三太郎は、親方に目を戻した。

「厚かましいお願いですが、明日からでもよろしいでしょうか？」

「いいとも」

親方の快諾で即決された。

「おめえさんに生きたマムシが描けるようになったら、うちの看板にも使うぜ」

「そいつは大した話だ、親方。そうなったときには、仲間内に広めさせてもらおう」

四人客のひとりが、確かな物言いで親方に応じた。

腰掛けから立ち上がった三太郎は、親方と客の両方に感謝の深い辞儀をした。


和泉橋の桟橋に戻ったあと、弐蔵は橋のたもとの船宿に入った。閻魔堂近くの船着き場まで、一杯の屋根船を誂えるためだ。

三太郎も安治も、船宿で猪牙舟だの屋根船だのを誂えることには慣れていない。堂々とした物言いで宿のあるじと掛け合う弐蔵の後ろで、ふたりは成り行きを見ていた。

弐蔵が誂えたのは四畳半の部屋を載せた一杯だった。真冬の屋根船には、暖をとるこたつが設《しつら》えられている。

弐蔵はこたつとは別に、燗づけに使う長火鉢の支度も言いつけていた。

時刻は五ツ（午後八時）が近かった。月末が近い夜空には、細い月が浮かんでいた。

弐蔵の掛け合い方に、船宿も感ずるところがあったのだろう。あるじが名指した船頭は、飛び切りの腕前だった。

寒風が川面を奔《はし》る夜の神田川でも、猪牙舟を奔らせる粋人は多数いた。闇に包まれた川を、多数の猪牙舟が突っ走ってくる。

それらを巧みに避《よ》けながら、屋根船は大川を目指していた。

部屋の内では、弐蔵が燗づけ役である。屋根船誂えの掛け合いもそうだったが、長火鉢の銅壺《どうこ》を使う燗酒作りも、弐蔵にはお手のものである。

お燗番は弐蔵に任せていた。

安治と弐蔵は、こたつに存分に足を突っ込んでいた。が、三太郎はこたつ布団を膝にかけただけで、正座である。

「無駄な遠慮は、かえって相手に失礼だ」

弐蔵はやんわりとした物言いで、三太郎を窘めた。

「赤酒の親方は仕事にもしつけにも厳しい男だろう。勧められたら遠慮は無用だ」

ありがたく、存分にいただくことが礼にかなっている。心得た方がいいと説いた。

「ありがとうございます」

膝を崩した三太郎は、足をこたつに投げ入れた。安治の足に三太郎の足袋が触れたら、安治がおどけ顔を向けた。

「冬の屋根船で足を突っ込むこたつてえのは、わ、け、あ、り、の、女、と、の、お、楽、し、み、の場だ」

看板の思案では一心同体の相棒だが、こたつで足を触れあいたくはねえ……先刻の酒が身体に残っているのだろう。軽口をたたく安治の呂律《ろれつ》は、回り方がゆるんでいた。

「失礼しました」

慌てて足を引っ込めた三太郎に、安治はさらに言葉を絡ませようとした。その口を抑えた弐蔵は、燗づけの仕上がった徳利を安治の前に差しだした。

船頭の腕は極上でも、何度も猪牙舟を躱《かわ》しているのだ。わずかながら、船は横揺れを続けていた。

揺れを先刻承知の弐蔵は、徳利に滑り止めのはかまを穿《は》かせていた。三太郎にも燗酒を押し出してから、弐蔵は赤酒での稽古をどうするのかと質した。

「あれだけの親方の下ですから、てまえも命がけで絵を描きます」

「あたりめえだ、そんなことは」

安治が太い声で突っ込みを入れた。新たな燗酒が加わったことで、声の調子を加減できなくなったらしい。

「口を閉じて、三太郎の言い分を聞きねえ」

ぴしゃりと弐蔵が抑えつけた。安治が素直に黙ったほどに、弐蔵の物言いには重たい響きがあった。

稽古に対する心構えを話し始める前に、三太郎はまた正座に直った。今度は弐蔵もそれを止めなかった。

「気を抜いて向き合ったら、鋏で落とされたマムシのあたまが食いついてくると、親方は言われました」

それがまことなのか、比喩で言われたことなのかは分からない。しかし首を落とされるときのマムシは、覚悟を決めてはいても口惜しさがあたまに貼り付いているに違いない。

「親方に首をつかまれたときのマムシの顔つきと、落とされた直後の表情とを、この目で見続けます」

二晩で、何十匹ものマムシが首を落とされるに違いない。そのすべてを親方の脇で、しっかりと見続ける。

「てまえの脳裏に、断末魔を迎えたマムシの表情を刻みつけます」

そのすべてを思い返しながら、絵筆を握りますと、強い口調で弐蔵に返答した。

心構えを了としたのだろう。弐蔵は返事の代わりに徳利を差し出した。

「頂戴します」

盃に残っていた酒を呑み干したあと、三太郎は両手持ちで弐蔵の酒を受けた。

「渡世人の出入りは、命のやり取りだ。半端なケリのつけ方はない」

手酌で満たした盃を干して、弐蔵は先を続けた。

「昔の武将は、攻め滅ぼした大将の血筋は、根絶やしにするのが掟《おきて》だった」

血筋を残したら、かならず敵討ちに向かってくる。敵討ちをしない者は、その弱さを批判された。

「親方に首を落とされたマムシに、どれほどの無念さが残っているか、おめえは身体を張って確かめてこい」

落とされた首が噛みつくか否かを、指を突き出して確かめてみろ……気負いのない物言いだったが、弐蔵はそうしろと命じていた。

「分かりました」

三太郎は両目の光で覚悟を示していた。

「本息てえのを忘れるんじゃねえ」

安治の物言いが、さらにもつれていた。

弐蔵は案じ顔を安治に向けた。

酒が過ぎるぜと、目で窘めていた。

二十六

一夜が明けた一月二十六日。昨夜の底冷えはどこかに吹き飛んだらしい。

啓蟄を過ぎて、はや六日目となるこの朝は寒さもゆるんでいる。春分も間近いと感じさせられた。

今日から三太郎は赤酒での、泊まり込み稽古が始まる。

「首尾良く稽古が運ぶようにと、親分の心づくしでさ」

朝餉《あさげ》の膳には、小鯛の尾頭つきの塩焼きが供されていた。茶碗には赤飯が盛られている。

塩焼きも赤飯も、昨夜の四ツ（午後十時）過ぎに弐蔵が言いつけた祝いの献立である。若い者は町木戸が閉じた仲町を走り回って支度を調えていた。

神妙な顔で正座している三太郎の隣に、仏頂面の安治がどすんっと不作法な音を立ててあぐらを組んだ。

給仕役の若い者・泉吉《せんきち》が、わずかに顔をしかめた。気にも留めず、安治は膳を見た。

「朝から大した豪勢ぶりじゃねえか」

物言いが不機嫌さを引きずっていた。

「安治さんとおれの新たな日が、今日から始まるからと……」

弐蔵親分の心遣いだそうですと、三太郎は泉吉から教えられた話を聞かせた。

「いまのは、まことかよ？」

質された泉吉は深くうなずいた。

「すまねえが、もう一度、しっかり聞かせてくんねえ」

「承知しやした」

味噌汁を給仕しようとして手を止めた泉吉は、安治を正面から見詰めた。

「親分から指図されたのは、昨晩の四ツ過ぎでやした」

話を始めるなり、泉吉は座り直して背筋を伸ばした。弐蔵に対する敬いだった。


「明日の三太郎と安治の朝飯には、小鯛の尾頭つきと赤飯を支度してやってくれ」

これだけを告げた弐蔵は、小粒銀を十粒、泉吉に受け取らせた。

一両が銀六十匁の両替相場だ。一匁の小粒銀はひと粒六十五文で通用した。

去年九月の棄捐令発布以来、どこの商店も品物が売れなくなっていた。行き詰まった店のなかには仕入れ値を下回る、捨て値で売りさばくところも多数あった。

棄捐令前なら祝儀に使う小鯛は、一尾三十文もした。

たっぷり脂ののった旬のいわしは一尾五文。小鯛はその六倍でも、店頭に並べるなり一気に売れた。

いまは一尾十五文と、半値である。そこまで値下がりしても、仲町の魚寅《うおとら》でも売れ残りが出ていた。

鮮魚が自慢の魚寅は、六ツ半（午後七時）には雨戸を閉じた。弐蔵が指図した四ツどきは、魚寅には真夜中も同然である。

それを承知で、泉吉は雨戸を叩き続けた。

「なんでえ、こんな時分によお！」

熟睡を破られた魚寅の男は、不機嫌の極みで嚙みついた。

「あっしは閻魔堂の若い者で、泉吉てえやす」

明朝の急な祝い事のために、小鯛を二尾、分けてくだせえと頼み込んだ。

閻魔堂の若い者と聞いて、男から不機嫌さが失せた。弐蔵の賭場には、何度も出入りしたことがあったらしい。

「今朝仕入れた売れ残りでよけりゃあ、数はあるが、それでいいかい？」

「魚寅さんのなら、それで結構でさ」

如才のない泉吉の答えを聞いて、魚寅の男もすっかり機嫌を直したようだ。

「なかにへえって、待っててくんねえ」

泉吉が提げてきた提灯を借り受けて、男は小鯛二尾を調えにかかった。

「塩焼きにするんでいいかい？」

「その通りでさ」

返答を聞いたあと、男は出刃でウロコを剝がした。店仕舞いの手前で傷まぬように、ワタはきれいに掃除していた。

「軽く塩を当たっておいた」

焼き始める前に、飾り塩を振りかければ美味さが引き立つと、泉吉に教えた。

「二尾で三十文だが、売れ残りだ。一尾十文でいいぜ」

値を告げられた泉吉は、小粒銀四粒を男の手のひらに押しつけた。

「親分から言付かっておりやすんで、どうぞ受け取ってくだせえ」

礼を言った泉吉は、深くあたまを下げた。

「豪気ぷりに打たれやしたと、親分にそう言ってくだせえ」

叩き起こされた怒りなど、男には微塵も残っていなかった。

うるち米は宿にたっぷりあったが、餅米と小豆の備えはなかった。小鯛を買い求めたあと、仲町の辻の乾物屋・大木屋《おおきや》に向かった。

そして魚寅のときと同様に、餅米と小豆が欲しいと頼み込んだ。

深川で一番の雑穀問屋大木屋である。応対に出てきた手代はいやな顔も見せず、品物を用意した。

「お祝いごとがうまく運びますように」

手代が口にした代金は餅米五合で八十文、小豆二合で十六文である。叩き起こした買い物代金は、百文にも満たなかった。

「おかげで助かりやした」

泉吉は小粒銀二粒を手代に握らせた。大木屋のような大店の手代には、過分の心付けは相手に迷惑をかけることもあるからだ。

小粒銀二粒でも充分な額だった。

「ありがとう存じます」

あたまを下げた手代は、泉吉の提灯が辻を北に渡るまで店の内から見送っていた。

聞き終えた安治は、膳の小鯛と赤飯に箸もつけずに立ち上がった。

「弐蔵さんのところに行ってくる」

おまえは先に祝い膳を食っていてくれと三太郎に告げて、その場を離れた。

弐蔵が座している帳場の前では、若い者が張り番をしていた。

「親分に会いてえ。都合を訊いてくれ」

「へいっ」

敏捷《びんしょう》な動きで立ち上がるなり、張り番は弐蔵の都合を問うた。そしてすぐさま了承を得て、安治を部屋に案内した。

なんと安治は、弐蔵の前で正座をした。

「あっしの心得違いを勘弁してくだせえ」

安治は両手を膝に載せて詫びた。

今朝早く、安治は弐蔵に呼び出された。そして深酒を慎めと戒められた。同時に、提灯屋に口利きをすると申し出を受けた。

「いまの世の中で、変わらず羽振りを利かせているのはてきやと賭場ぐらいだ」

江戸中の商人が青息吐息のいま、高町《たかまち》（縁日などの催し）の屋台を仕切るてきやと、賭場の胴元だけが達者だとされていた。

商人や料亭などの商いが激減したことで、提灯屋も仕事を失っていた。

弐蔵は今戸の提灯屋と昵懇《じっこん》である。その店に口利きをすると安治に告げたのだが。

「そいつあ聞けねえ。おれは佐賀町の仲仕から提灯屋に顔つなぎされる段取りだ」

深酒を戒められた業腹さもあり、強い口調で弐蔵の申し出を拒んでいた。安治の気性を分かっている弐蔵は、それ以上は言わずに留《とど》めていた。

朝餉の膳の気配りを見て、安治は弐蔵の思いをしっかり呑み込んでいた。

「朝から、つまらねえ口をききやした」

しっかり詫びてから、今戸の提灯屋に引き合わせてくだせえと頼み込んだ。

「善は急げだ。朝飯のあとで行こう」

途中の柳橋までは、三太郎も一緒に連れて行こうと弐蔵が口にした。柳橋で下船すれば、赤酒までなら徒歩で行ける。

たかが三両ぐらい……と、当初は気乗りもしていなかった弐蔵だが。

いまでは先に立って段取りの差配までしていた。

話が進むなかで、弐蔵はふたつのことを思い始めていた。その一は、安治の一途さに対する、敬いにも似た心持ちである。

安治に感心したとき、深いところに潜んでいたおのれの気持ちにも気づかされた。

「賭場の貸元に必須の了見は、決めるへのこだわりだ」

弐蔵が芳三郎から伝授された「貸元の秘訣」である。

自分にはまだ足りていないと実感していることを、安治は生まれながらに備えていた。

それを察したことで、安治に対する弐蔵の思い、見方は変わった。が、もとより安治の知るところではなかった。

「小鯛と赤飯を、急ぎ掻《か》っ込みやす」

部屋を出た安治は、若い者のように廊下を鳴らして調理場へと向かっていた。

二十七

正月明け早々に、亀久橋たもとに猪牙舟専門の船宿が開業していた。

江戸ではかつて毎月のように、猪牙舟が増えていた。確かな数は奉行所ですらも摑んでおらず、三千杯を超えているともうわさされていた。

ところが去年の棄捐令のあおりを受けて、バタバタと将棋倒しのように船宿の潰れが続いていた。

そんな世相を承知のうえで、亀久橋に開業したのが、屋号も威勢がいい「牙屋《きばや》」である。

「三太郎の赤酒行きも、今戸の提灯屋に行くのも、どちらも縁起のよさが大事だ」

弐蔵は牙屋の猪牙舟で行くぞと、安治と三太郎に告げた。もとより両名に異存のあろうはずもなかった。

宿の土間先に立つ弐蔵・安治・三太郎の背後に、若い者全員が鑽《き》り火の支度を調えて並んだ。

「行ってらっしゃいやし」

若い者頭の発声で、全員が同時に鑽り火を切り散らした。

チャキチャキッの乾いた音とともに、凄《すさ》まじい数の火の粉が弐蔵たちの肩に飛び散った。

その火の粉に押されるようにして、三人は亀久橋に向けて歩き始めた。辻を曲がるまで、若い者たちはこうべを垂れて見送った。

牙屋はすぐに分かった。仙台堀に新設された桟橋には、三杯の猪牙舟が一列になって舫《もや》われていた。

「一列に舫うとは、豪勢なことをするぜ」

安治が感心したのも道理である。一杯の猪牙舟は尖った舳先《へさき》から櫓のついた艫《とも》まで、ざっと一丈半（約四・五メートル）の長さがあった。

そんな猪牙舟が三杯、縦に並んでいるのだ。桟橋は内輪に見積もっても二十坪を超える広さだった。

刻は四ツ半（午前十一時）の見当である。深川十万坪の彼方《かなた》から昇った天道は、空の真ん中を威勢よく目指していた。

仙台堀を眩《まばゆ》く照らす陽光には、桜も近いという柔らかさがあった。思えば今年は一月下旬ながら、すでに啓蟄も過ぎていたのだ。

桟橋の大きさには正味で感心していた安治だが、三杯の猪牙舟から弐蔵に目を移したときは、もの言いたげな顔つきに変わっていた。

「どうした、なにか気にいらねえか」

察しのいい弐蔵である。安治が口を開く前に問い質した。

「弐蔵さんの差配にケチをつける気は毛頭ねえが……」

安治は三杯の猪牙舟を指し示した。

「開業してまだひと月足らずにしちゃあ、舟がずいぶんと、水垢《みずあか》にまみれてるようにめえるんだが……」

「あんたの見立て通りだ」

弐蔵はあっさりと安治の言い分を呑んだ。

「舟だけじゃねえ。船宿の拵えも風通しがよさそうだろうが」

今度は弐蔵が牙屋を指差した。桟橋から半町（約五十五メートル）先の平屋が牙屋だった。建屋にも陽が差しており、店先には何本もののぼりが立てかけられていた。

のぼりの紅色は遠目にも鮮やかだが、平屋は春近しの陽を浴びてもくすんでいた。

なぜくすんでいるのか、大工の安治は一目で見抜いた。屋根は瓦葺《かわらぶ》きではなく、安普請の板葺きだった。

「他所《よそ》じゃあ見たことのねえ、なんとも安普請の船宿だぜ」

安治は独り言のような小声を漏らした。ここを選んだ弐蔵への遠慮があったからだ。

三太郎は固く口を結んだままだった。

「見た目はおめえが漏らした通りだが」

安治への弐蔵の呼びかけが、あんたからおめえに戻っていた。

「商いは大した繁盛ぶりだ」

いまは三杯しか舫われていないのは、六杯がどこかに出払っているからだと、弐蔵は続けた。

「牙屋の持ち舟は九杯もある。まだ昼前なのに三杯しかいないのは、宿が繁盛しているあかしだ」

ここまで明かして、弐蔵は半町先の牙屋へと向かい始めた。安治と三太郎があとを追って足取りを速めた。

弐蔵が店先に行き着いたら、半纏姿の手代が駆け寄った。

「今日はどちらまで？」

手代の口ぶりは、牙屋を使い慣れた馴染み客に対する物言いだった。

「柳橋でひとり下ろしたあと、今戸まで送ってもらいたい」

帰りも今戸から乗ると言われた手代は、両手を強く揉《も》み合わせた。

「四半刻（三十分）あたり、八十文の着け待ち代を頂戴するのが、てまえどもの決まりでございまして」

手代は上目遣いに弐蔵を見た。

ハナの親しげな口調はすっかり引っ込んでおり、一見客への説明口調に変わっていた。

「承知のうえだ」

心配は無用だと、弐蔵の目が告げていた。

「それでは船頭を誂えてまいりますので、暫時こちらでお待ちください」

言い残した手代は、雪駄を鳴らして店に入った。店先で待つことになったのだ。子細の分からない安治が、弐蔵の前に移ってきた。

「弐蔵さんは、いったい何遍、この船宿を使っているんで？」

「今日が初めてだ」

素《そ》っ気《け》ない口調で安治に応じた。

「そうは言っても、あの手代は……」

あとを続けようとする安治を抑えて、弐蔵は子細を話し始めた。

「うちの若い者は、何度もここを使っている。いまからおれが話すことはすべて、うちの若い者から聞いた受け売りだ」

断りを先に言ってから、弐蔵は牙屋の子細を話し始めた。

「この店が使っている猪牙舟は九杯すべて、潰れ船宿から買い取ったものだ」

牙屋の当主熊蔵《くまぞう》は、速さ自慢の船頭だった。櫓も棹《さお》も扱いに長けており、多数の客が熊蔵をひいきにしてきた。

客は大店のあるじ、材木問屋の頭取番頭、そして蔵前の札差だった。熊蔵を名指して向かう先は吉原《よしわら》の日本堤《にほんづつみ》、向島《むこうじま》の料亭、そして本所の賭場だった。

客は熊蔵をひいきにしたし、たっぷり心付けもはずんだ。が、熊蔵は愛想も言わず、毛深い手で祝儀を受け取った。

腕はいいが客には媚《こ》びない。

ひとに追従《ついしょう》を言われることに慣れきっていた客は、熊蔵の無愛想ぶりを喜んだ。

いつか船宿のあるじの座に就《つ》く。

これが望みだった熊蔵は、祝儀をひたすら蓄えに回して櫓と棹を握り続けた。

棄捐令の凍えは、船宿をも直撃した。店が潰れ始めたとき、熊蔵は百十二両の大金を蓄えていた。

不景気風の木枯らしが江戸を吹き抜けていたとき、熊蔵は潰れ船宿を回った。そして猪牙舟の下取りを談判した。

「あんたが使うなら、譲ろうじゃないか」

熊蔵の腕と気性を分かっている船宿のあるじたちは、一杯八両の捨て値で譲った。

熊蔵当人が技量を吟味した船頭も、舟と一緒に引き取った。船頭の気性を熟知している熊蔵は、給金を上乗せして雇い入れた。

船宿普請には費えをつましくした。

「船宿での遊び目当ての客など、うちは相手にしない」

安値で猪牙舟を気軽に使えるようにする。

「祝儀はあてにできない分、おれが給金でおめえたちの実入りを補ってやる」

熊蔵の思案は、見事に客の気持ちを摑んだ。不景気の真っ只中《ただなか》、猪牙舟などぜいたくだと敬遠していた職人や手代が、祝儀を気遣うことなく牙屋の舟を使うようになっていた。

「そんな子細を持つ、威勢のいい舟だ」

弐蔵の話に区切りがついたとき、船頭がひとり近寄ってきた。あるじの熊蔵も顔負けの、毛深い大男だった。

二十八

牙屋が弐蔵たちに回した船頭の名は大御《だいご》。あるじの熊蔵以上に大柄で、手の甲にまでびっしりと毛が生えていた。

見ただけで強い漕ぎ手を感じさせた。

仙台堀から棹は使わず櫓を握った漕ぎ方は、見た目以上に剛の者だと分かった。

「仙台堀を猪牙舟で行き来するのは、いままでにも何度もあったが」

舳先を向いて並んでいる弐蔵が、安治に小声で話しかけた。

「これだけ船が行き交うこの堀を、棹ではなしに櫓でぐいぐい進む船頭は初めてだ」

弐蔵の物言いは、大御の櫓さばきに正味で感心していた。

米俵を満載にした小型船やはしけを、自藩の米蔵に横着けするために、仙台藩が掘削したのが仙台堀である。

工期を圧縮するために、藩は人足だけには頼らず、千人規模の藩士までも投入して作事を進めた。

仙台藩が面子をかけて仕上げた堀で、竣工から百五十年が過ぎたいまでも、堀を固めた石垣は健在である。

いまでは深川の「水の大路」として、大川と深川とをつないでいた。

土地の暮らしに欠かせない水路だけに、日の出から日没まで、船やいかだの行き来は絶えない。

ぶつからずに行き違うために、大半の船頭は仙台堀では棹を使った。

猪牙舟に舵はついていない。櫓さばきだけで舳先を自在に動かすのだ。が、そんな猪牙舟の船頭でも、仙台堀では棹を使った。

猪牙舟を九杯抱える牙屋では、大御に限らずどの船頭も櫓で行き来した。

「まったく、てえした腕だ」

安治が弐蔵に応えたとき、早くも猪牙舟は大川に出ていた。

堀でも充分に腕の冴《さ》えは示していた。しかし大川に出るなり、さらなる大御の本領が発揮された。

「柳橋の手前までは、かっ飛びやすぜ」

言い終わる前から、大御は櫓をしならせ始めていた。

季節は早春の正午前で、陽は低い空の真ん中にいた。堀を走っていたときには吹いていなかった風が、舳先の向こうから吹いてきた。

大川に出て、格別に風が強くなったわけではない。大御が突っ走ることで、みずから起こした向かい風である。

弐蔵は羽織の紐を締め直したし、安治は半纏の胸元をぎゅっと閉じた。

三太郎は若いだけのことはあった。不意に生じた向かい風にも慌てず、舳先の彼方を見詰め続けていた。

空はいい案配の晴れである。降り注ぐ陽の温もりは、大川を走る猪牙舟には物足りなかった。

それでも乗っている三人には、それぞれに男の見栄があるのだろう。

大御が飛ばし続ける猪牙舟を、存分に楽しんでいるかの表情を保っていた。

右舷に回向院《えこういん》が見え始めたと思ったら、たちまち両国橋が目の前に迫ってきた。

「西に寄りやす」

進路を変える前に、大御は大声で告げた。これにも弐蔵は感心した。舳先の向きを変えるたびに、それを告げる船頭など、会ったことがなかったからだ。

それを聞かされた安治は、後ろを振り返った。櫓を握った大御は、さながら仁王の立ち姿に見えた。

しかし足首が柔らかさを保っているのは、見ただけでも察せられた。

弐蔵に目を戻した安治も、ほとほと感心したという物言いで、大御を語り始めた。

「この船頭が向きを変えるたびにそれを告げるのは、並の速さじゃあねえからだ」

速さ自慢の猪牙舟でも、向きを変えるときは櫓の漕ぎ方を加減した。そうしなければ、確かには方向が定まらないからだ。

船足が落ちるなら、わざわざ言うこともなかった。

ところが大御は速さを保ったまま、向きを変えるという技を持っていた。ゆえに客にはそれを告げる必要があった。

両国橋の西詰目がけて向きを変えながらも、大御は同じ漕ぎ方を保っていた。

「あんな芸当ができるのは、この船頭の足首が尋常ではない柔らかさを持っているからに違《ちげ》えねえ」

安治の物言いがしみじみ口調になっていた。

「この歳になって、やっと分かった」

弐蔵を促して、大御の足を一緒に見た。

「この船頭はいまも言った通り、足首が見事なほどに柔らかだ」

揺れる川面に浮かんだ猪牙舟でも、足首が揺れを吸い取っている。ゆえに腰から上はぶれずに済む。

「地べた（揺れる猪牙舟）を踏ん張る足首が柔らかなら、身体はびくとも揺れねえんだ」

これは生きていくうえの大事な教えだと、安治は語調を変えた。

「ひとが生きる道てえのは、でこぼこ続きで、真っ平らなことなどありゃあしねえ」

安治の言い分に、弐蔵は小さくうなずいた。

「地べたを踏ん張る足首を柔らかに保っていたら、難儀な道にぶつかっても巧く乗り越えられる」

言葉を区切った安治は、弐蔵の目を強く見詰めた。

「うちのつばきもあんたも、生まれながらに柔らかな足首を持っている」

硬いだけだったら、棄捐令のとてつもない凹凸を乗り越えられなかっただろうと、感心したという物言いで話を結んだ。

「通い大工にはもったいないほどに、筋の通ったものの見方だ」

確かにつばきは足首が柔らかだと、弐蔵が深い同意を示したとき……。

「柳橋でさ」

大御は絶妙の漕ぎ方で、柳橋の船着き場に横着けした。大御が投げた舫い綱を、桟橋番の爺《じい》さんが受け取った。

「それじゃあ、ここで」

身体の動きが柔らかで、小気味のいい手つきで綱を杭《くい》に結わえつけた。

画板など一切を詰めた布袋を提げて、三太郎は桟橋に上がった。

「三日で、しっかりと極めてきます」

三太郎は右手を安治に突きだした。

「わたしもこの手首を柔らかにして、難儀を乗り越えてみせます」

安治と弐蔵が交わした話を、三太郎は舳先で聞いていたらしい。

「風は舳先からこっちに向けて吹いていたのに、よく聞こえたな」

安治の言い分を聞いて、三太郎は右手で耳たぶを摑んだ。

「ガキの時分から、おれの耳たぶは柔らかいのが自慢でしたから」

三太郎は軽い足取りで、河岸につながる石段を上った。上りきったところで、弐蔵は大御の方に振り返った。

「それじゃあ、今戸橋までやってくれ」

「へいっ」

応えた大御は、桟橋番に毛深い手を振った。またも敏捷な動きで舫いを外した爺さんは、綱を手渡しに艫に寄ってきた。

大御は四文銭二枚を爺さんに握らせた。

「この空は、一日もつぜ」

もらった心付けの礼代わりに、爺さんは空見の見当を告げた。名の通った桟橋番は、どこも空見を兼ねていた。

「ありがとさん」

ここでも大御は櫓さばきだけで、舳先を回転させて大川に向けた。

爺さんが大御の動きに見とれていた。

二十九

安治を引き連れた弐蔵は、今戸橋たもとの提灯屋ひ、さ、も、と、を訪れた。

間口は十間（約十八メートル）だが、敷地は広い。提灯作りには欠かせない竹はすべて自前であるのが、ひさもとの売りだった。

店の後ろには仕事場が構えられており、その背後には孟宗竹《もうそうちく》の竹藪が広がっている。

微風に乗って店先にまで、笹の香りが運ばれてきていた。

羽織姿の弐蔵と職人身なりの安治が連れ立って、店先に立った。売り場の鴨居には、形の異なる大小の提灯が吊り下げられていた。

「いらっしゃいませ」

小僧は迷いのない足どりで弐蔵に近寄った。安治は羽織姿の旦那の供だと判じたのだろう。

「弐蔵が顔を出したのだがと、随右衛門《ずいえもん》さんにつないでもらいたい」

頭取番頭の名を告げられて、小僧の顔が引き締まった。

「訊いてまいります」

小僧は急ぎ売り場座敷に駆け上がった。帳場に詰めている随右衛門を呼びに行ったのだ。

大川の西側にある寺社の大半を得意先とするひさもとには、てきやも大事な客である。

今戸の芳三郎の下で若い者を務めていた当時から、弐蔵はひさもとに出入りをしていた。

当時は手代頭だった随右衛門が、いまではひさもとの舵取りを担う頭取番頭にまで上り詰めていた。

小僧のあとから出てきた随右衛門と顔を合わせるのは、かれこれ十年ぶりである。

「どうぞ、お上がりなさい」

土間には降りず、座敷から弐蔵に呼びかけてきた。弐蔵は安治を従えて座敷に上がった。随右衛門が先に立って連れて入ったのは、特上客との商談に用いる八畳間だった。

仕事場からの音が聞こえるこの部屋には、調度品は備わっていない。

拵えは質素だが、これが一番上等の商談部屋である。そのわけは次第に分かった。

随右衛門と向かい合わせに弐蔵・安治が座した。座布団はさすがに上物で、厚みが七寸（約二十一センチ）という特上の品だ。

三人が座るなり、女中が茶菓を運んできた。茶も菓子も、他の商家とは違っていた。

室町の商家では、上客には上煎茶《せんちゃ》を出すのが習わしとされている。しかしひさもとでは香ばしい香りの玄米茶が供された。

「玄米茶とは……ひさもとさんほどの大店では、めずらしい」

弐蔵が口にしたことに、随右衛門が直ちに応じた。

「伸助さん……いや弐蔵さんでも、玄米茶を奇妙に思われるのかね」

随右衛門は光を宿した目で弐蔵を見た。

「伸助から弐蔵となったいまでも、稼業は芳三郎親分のころから変わっていない」

随右衛門の前では、弐蔵は下駄を履かず、等身大の物言いをした。それだけ随右衛門を信頼しているのだろう。

「尾張町や室町のご隠居に招かれることもあるが、どこも決まって土橋屋の上煎茶と、鈴木越後の干菓子を出された」

弐蔵の言い分に、随右衛門は小さくうなずいた。土橋屋《どばしや》も鈴木越後《すずきえちご》も、ともに大店御用達の老舗である。

「それで弐蔵さん、煎茶は美味かったかね」

「おれには、まったく美味くはない」

言葉を吐き捨てた弐蔵は、なぜ美味くはないかを随右衛門に話し始めた。

その間も、湯呑みからは玄米茶の香りと湯気とが立ち上《のぼ》り続けていた。

「あんなぬるい茶を呑むよりは、舌がやけどしそうに熱い焙じ茶のほうがいい」

「そのことだ、弐蔵さん」

随右衛門は湯呑みを手に取り、ひと口すすった。香りと味とに満足した顔で茶托に戻し、話を続けた。

「ひさもとは、よそにはない提灯を作るのが稼業だ。だれでも知っているような、見慣れた提灯を吊したのでは、店の広目（宣伝）にはならない」

商談の始まりから来客を驚かせること。

「これができてこそ、商談は滑らかに運ぶというものだ」

随右衛門は言葉を区切り、また玄米茶をすすった。それに合わせたかのように、仕事場の物音がわずかに大きくなった。

「弐蔵さんと同じで、わたしも上煎茶よりは熱い焙じ茶、番茶が好きだ。なかでも煎り米の香りがする玄米茶が一番だと思っている」

随右衛門の言い分には、弐蔵も安治も深くうなずいた。大島町の宿には、安治は玄米茶を切らしたことはなかった。

ふたりのうなずき具合に気をよくしたのだろう。随右衛門の物言いが軽くなった。

「わたしは大事な客との商談のために、この部屋を誂えた。仕事場との仕切り壁は、厚さ一寸（約三センチ）の杉板一枚だけだ」

ごくんと喉を鳴らして玄米茶を呑んでから、商談部屋と茶菓の話を続けた。

調度品も備えず、薄板一枚の造りにしたのは、ふたつのわけがあった。

ひとつは仕事場の活気と、提灯作りの音とにおいを客に感じさせるためだった。

音は工作の音と、職人が発する気合いの両方である。

提灯作りは細かな細工が連続する仕事だ。

職人たちは大声を発することはない。息を詰めて漏らす気合いが、仕事場に満ちていた。

細工仕事と向き合う、職人の気合い。

それを耳にした客も、漏れ聞こえるわずかな音だけで、ひさもとの精緻な仕事ぶりを感じ取った。

においの源は幾つもあった。

油紙のにおい。糊《のり》のにおい。竹ひごに曲げ加工を施すときの、焦げたにおい。

どのにおいも、ひさもとの仕事が捗《はかど》っていることを告げていた。

薄板一枚の仕切りとした理由その二は、必要に応じて職人を商談の場に、直ちに呼び入れることができるからだ。

商談の場と仕事場とが、同じ空気を吸っていた。これが客とひさもととの間合いを、大きく詰めさせた。

この店なら安心して提灯を頼めると、客が心底得心できた。

もう一度茶を呑んだ随右衛門は、厚切りのようかんを黒文字で切り分けた。

「鈴木越後の干菓子は、上煎茶なら相性はいいだろうが、玄米茶の香りには歯が立たない」

随右衛門は切り分けた一切れを口に運んだ。充分に甘味を味わってから、惜しむかのように呑み込んだ。

「強い香りを放つ熱々の茶には、どっしりとした本練りようかんが一番のお似合いだ」

ようかんはわざと分厚く切って供していると、弐蔵に打ち明けた。

「黒文字で難儀して切り分けたあとの一切れは、ことさらに美味い」

湯呑みに残っていた茶を随右衛門は呑み干して、さらに続けた。

「熱い玄米茶と一緒に賞味すれば、これぞ極上の菓子だと客がそう思ってくれる」

商談が始まる前から、勝負は始まっているのだと、随右衛門は強く言い切った。

「粗末な拵えに見える商談部屋。熱々の玄米茶と、確かな味の本練りようかん。これらはどれも、客の思いを裏切る。いずれも佳き裏切り方だ」

これがひさもとの商いだと、弐蔵の目を見詰めて明かした。

「ぜひともおたくさんで、あっしの思案を形にしてくだせえ」

黙って聞いていた安治が、初めて口を開いた。前のめりになっており、分厚い座布団の前が凹《へこ》んでいた。

三十

安治は元来、口の重たい男だ。

「大工に上手で達者な口なんぞはいらねえ。仕上がりが口の代わりに喋ってくれるぜ」

これを信条とするがゆえ、棟梁になる気など、さらさらなかった。施主を相手に、上手な口をきくのは御免だと思っていたのだ。

しかし今回は、まるでひとが違っていた。

「この提灯をぶら下げておくだけで、昼間っからひとの目を惹くのは請け合いでさ」

陽が落ちたあとに明かりが入れば、遠目にも絵の凄みが分かる……。

脇に座した弐蔵が驚いたほど、今日の安治は饒舌《じょうぜつ》だった。

安治が口を閉じたあと、随右衛門は黙ったまま湯呑みに手を伸ばした。そして残っていた茶を呑み干すと、茶托に戻した。

安治と弐蔵は随右衛門の所作を、黙したまま見詰めていた。

考えがまとまったのか、随右衛門は両手を膝に置いて安治を見た。膝元には三太郎が仕上げた、ここまでで一番出来のいいマムシの絵が置かれていた。

「わたしは九歳の正月から、ここに奉公を始めました」

話しながらも、目は安治を見詰めたままである。

安治も背筋を伸ばして、随右衛門の両目を受け止めていた。このあとになにを言い出すのか、安治は番頭の言葉を待ち受けていた。

「これほどの思案を目にしたのは、今回が初めてです」

感服しましたと、正味の物言いで称えた。ひさもとほどの大店の頭取番頭である。滅多なことでは、ここまであけすけに胸の内を明かすことはない。

安治の思案には、随右衛門を正直にさせるだけの強さがあった。

「この仕事なら、ぜひにもてまえどもに引き受けさせてください」

随右衛門は、迷いなき物言いで引き受けたいと安治に告げた。その口調の強さには、安治のほうが慌てた。

「随右衛門さんにそこまで言ってもらえるのは、あっしも三太郎も嬉しい限りでやすが」

安治は言葉を区切り、息を調えた。

「まだ蓬莱屋さんから注文をもらえたわけじゃあ、ねえんでさ」

それどころか、思案書を出してもいないと、言葉を重ねた。

「もちろん、それは承知です」

随右衛門はまるで意に介していない口ぶりで、安治を見ていた。

「もしも先様が親方の思案を受けられないと断じたときは」

随右衛門は真顔で、親方と呼んでいた。

「てまえどもに、この看板提灯の思案をお譲りください」

蓬莱屋と同額で買い取らせてもらいますと、言葉に力を込めた。

ここで初めて弐蔵が話に割って入ってきた。

「おれも随右衛門さんとは長い付き合いだが、ここまで気を昂ぶらせたさまを見るのは、今日が初めてだ」

そんなに気にいったのかと、弐蔵は真正面から質した。

「この看板なら稼業を問わず、大きな評判を呼ぶのは間違いない」

強く断じたあと、そのわけを話し始めた。

「看板の大きな役目のひとつは、通りがかりのひとに見て覚えていただくことです」

マムシの絵を用いるのは、その意味で卓越した思案だと続けた。

「この半紙に描かれたマムシでも相当に凄いが、親方の話では、さらに凄みを込めるために赤酒に泊まり込むとのこと」

そうですね？　と、目で問われた安治は静かにうなずいた。

「これだけの絵が描けるお方だ。精進の末には、さぞかし怖い絵が仕上がることでしょう」

そう言ったあと、口調を変えた。

「しかし人目につくのが看板の本分とは申しましても、ただ凄い怖いというだけでは評判は呼びません」

随右衛門はひと息をあけて、あとを続けた。

「おどろおどろしい化け物の絵では、お客様には親しみを持ってはいただけない」

凄みの奥に、ひとの暮らしに役立っていることが含まれるのが大事だと、随右衛門は語調を強くした。

「古来、マムシには滋養強壮があることで知られています。だからこそ、赤酒さんのような商いも成り立つのです」

言葉を結んだ随右衛門は、安治を見詰める目に力を込めた。

「怖いながらも、ひとがおぞましさだけではなく、効能までも感じ取ってくれるマムシは、希有《けう》な生き物です」

そんなマムシを看板に使おうと考えた安治さんの知恵には、心底の感服を覚えましたと、敬いを宿した目で言い分を閉じた。

が、随右衛門はまだ先を続けた。

「親方にご異存がなければ、てまえどもの一番筆に、このマムシを描かせてみたいのです」

職人の名は真之助《しんのすけ》。手本さえあれば、どんな絵でも仕上げられるという。

「この場に呼び入れてもよろしいか?」

場はすでに、随右衛門の仕切りで動き始めていた。もとより安治にも、顔つなぎをした武蔵にも異存はなかった。

随右衛門は膝元に置いてある小鈴を振った。すかさず顔を出した女中に、一番筆・真之助の呼び入れと、茶の代わりを言いつけた。

真之助は女中と一緒に部屋に入ってきた。その顔を見た安治は、驚きのあまりに腰を浮かせた。

顔色を動かさない鍛錬を積んでいる弐蔵ですら、目を見開いて真之助を見た。

ふたりの驚きっぷりには取り合わず、真之助は随右衛門の脇に控えた。

女中が代わりの茶を供して下がったとき、随右衛門が安治に問いかけた。

「親方も弐蔵さんも、真之助を見て大層に驚かれたようですが」

随右衛門はあとの口を閉じて、安治を見た。

まだ驚きの色を貼り付けたまま、安治は真之助から随右衛門に目を移した。

「他人のそら似てえやすが……」

安治の目が、また真之助に貼り付いた。口を閉じて、しげしげと見詰めたあとで、やっと随右衛門に向き直った。

「真之助さんは、いま赤酒でマムシと向きあっている三太郎と……瓜二《うりふた》つなんでさ」

言ってから安治は隣の弐蔵を見た。

あんたもなにか言ってくれと、目でせっついていた。

弐蔵も口を開く前に、真之助を見詰めた。軽い吐息を漏らしてから口を開いた。

「安治がいまも言った通り」

弐蔵も途中で口を閉じて、真之助を見た。随右衛門と真之助の強い視線を受け止めたまま、あとの言葉を続けた。

「まさに真之助さんは三太郎と瓜二つだ」

つい先刻、柳橋で三太郎を猪牙舟から下ろしたばかりだと言い添えて、もう一度真之助に目を戻した。

「背丈といい着ている縞柄といい、月代《さかやき》の青さまでも、三太郎にそっくりだ」

「ちげえねえ」

黙って聞いていた安治が、また口を開いた。

「確かに三太郎は、毎朝ひげを当たったついでに、月代にも剃刀《かみそり》を走らせてやしてね」

芸人は身だしなみが大事だからと、ひげと髪の手入れは怠《おこた》らないと付け加えた。

「その三太郎さんという方は、いま芸人だとおっしゃいましたが、絵師ではないのでしょうか?」

初めて口を開いた真之助の声までも、三太郎とそっくりだった。

「野郎は絵師じゃねえ。講釈師でさ」

安治の返答を聞いて、今度は真之助が驚き顔になった。

「てまえをここに呼び入れられましたのは、その講釈師の方となにか、かかわりがありますので?」

真之助の物言いには、はっきりと不満げな調子が含まれていた。

ひさもとの一番筆である自分に、芸人が描いた絵をなぞらせる気なのかと、声の調子が吠《ほ》えていた。

「なにも言わずにおまえを呼び入れたが、まずはこれを見てみなさい」

二つ折りにして脇にどけていた半紙を、随右衛門は真之助に差しだした。

「拝見します」

気乗りしない顔で、半紙を開いた。

「うっ……」

真之助は言葉も忘れたという顔で、マムシに見入っていた。

三十一

弐蔵が一服を吸い終わったのを見定めて、真之助は頭取番頭を見た。話をしてもいいかと、随右衛門に目で問いかけていた。

無言のまま、随右衛門は小さくうなずいた。

真之助は安治と弐蔵を見てから口を開いた。

「わたしの親父は尾張町の提灯屋・筒井屋《つついや》さんに、通いの絵描き職人で雇われていました」

安治に目を合わせて来し方を話し始めた。


父親の名は弥助《やすけ》。通い職人ながら、筒井屋の一番筆を務める技量を持っていた。

行きつけの一膳飯屋手伝い女おたまと祝言を挙げた弥助は、万年橋《まんねんばし》北詰の長屋に所帯を構えた。

三原橋《みはらばし》の筒井屋までは橋のたもとから乗合船で通っていた。行き帰りの船賃は店が負担するほどに、弥助の技量は秀でていた。

所帯を構えてから二年後、子宝に恵まれた。取り上げた産婆が声を弾ませた。それほどに元気な、ふたごの男児を、おたまは出産した。

「いままでの三倍は稼がねえと」

張り切った弥助は明け六ツ（午前六時）過ぎの一番船で筒井屋に通い、七ツ半（午後五時）の仕舞い船で万年橋に帰るという働きぶりだった。

ふたごの名付け親は筒井屋の頭取番頭が引き受けてくれた。

「うちの旦那様が大事にしている八卦見に、これならいいと見てもらった名だ」

七日後に、名を記した短冊二枚を弥助は受け取った。

長男真之助　次男三太郎と書かれていた。

「どちらの名も、あんたの技量をそっくり受け継いでくれていると、易者が太鼓判を押してくれた」

ありがてえ名だと夫婦揃って喜び、短冊を鴨居にぶら下げた。しかしこの幸せは、長くは続かなかった。

ふたごを授かった二年後の九月中旬。前夜からの雨が続いていた朝、弥助はいつも通りに船着き場に降りた。

「大川がいつもの倍くれえに水かさが増してるんだ」

船頭は気乗りしない声で一番船を待つ客に話しかけた。いつもの顔ぶれが七人、雨のなかに立っていた。

「どうしてもてえんなら舟を出すが、どうしやすかい？」

問われた全員が「出してくれ」と声を揃えた。仕事に追われていたのは、弥助だけではなかったのだ。

「そういうことなら」

船頭はほっかぶりの手拭いを結び直して、櫓を握った。

大川の真ん中に出た舟は、永代橋の真ん中の橋杭をくぐった。ここまでは穏やかだった川面が、橋杭の南側で様子が変わった。

川面を八尺（約二・四メートル）以上も持ち上げる波が、品川沖から遡《さかのぼ》ってきた。しかも大波は途切れることなく連続して川を上ってきた。

最初の大波は水押《みよし》を正面に向けて、なんとか乗り切った。しかしその直後、舳先が波から横向きになってしまった。

舟の横腹めがけて、次の大波が突進してきた。避ける間もなかった。

船客七人と船頭が大川に投げ出された。

絵筆は達者でも泳ぎのできない弥助は、大波に呑み込まれた。

この朝、永代橋周辺では十三杯の舟が沈没し、七十三人が溺死した。

「わたしが仕事を急がせたばかりに……」

筒井屋の頭取番頭が、わざわざ万年橋の裏店にまで弔問に訪れた。そして言葉を重ねて詫びた。

一両という破格の香典を供えて帰ったが、この一両はいわば手切れ金だった。

以後、筒井屋とはぷつりと縁が切れた。

稼ぎ手を失ったおたまに、乳飲み児《ご》ふたりを育てることはできない。長屋の差配が動き、ひとりを里子に出す相談がまとまった。

「あんたが一番つらいだろうが、子を育てる手立てを講ずるのが先だ」

差配に引導を渡されたおたまは、力なく承知するほかはなかった。

「わたしが十八の夏に、おふくろの弔いを出しました」

ふたごだった弟が里子に出されたと知ったのは、おたまが息を引き取る直前だった。

「どこにいるのかはもちろん、弟の名がなにであったのかすら、母は教えてくれませんでした」

鴨居にぶら下げた短冊は、里子に出した日におたまが焼き捨てていた。

子細を話し終えた真之助は、お仕着せのたもとから紙入れを取り出した。

「胸元に挟んでいたら紙入れがぬるくなってしまい、中身が傷みますから」

たもとに収めていたわけを言ってから、紙入れを開いた。

「これは随右衛門さんにもお見せしたことのない、親父が遺した形見の絵です」

取り出した四ツ折りの半紙は、色変わりして黄ばんでいた。手に取った真之助は、両手で捧げ持ったあと床に置き、ていねいな手つきで開いた。

随右衛門・弐蔵・安治。

多数の荒事を目の当たりにしてきたはずの三人が、正味の驚きで両目を見開いていた。

半紙には鎌首をもたげたマムシが描かれていた。三角頭の目と、ちらりと口から出ている舌は朱で描かれていた。

「ふたごを育てるために、親父はさまざまな軸絵を頼まれていました」

マムシの軸をと注文された弥助は、上野の黒焼き屋に通った。

「安治さんから絵を見せられたときは、息が止まるほどに驚きました」

「それはこっちの台詞だ」

安治の声がかすれ気味になっていた。

「おたまさんてえひとは、弥助さんが奉公していたお店《たな》の名すら、おめえさんには言わず仕舞いだったてえことかい？」

問われた真之助はうなずき、あとを続けた。

「おふくろは黙ってましたが、親父の遺品が詰まった柳行李《やなぎごうり》には、筒井屋さんの屋号が摺られた半紙が何枚も残っていました」

しかしマムシ絵は筒井屋の紙ではなかった。

「よそからの注文ですから、筒井屋さんの紙を使うことはしなかったのだと思います」

真之助の言い分に安治は深くうなずいた。弥助の人柄を感じ取ったのだろう。

あぐらを組み直した安治は、真之助を見詰めた。真之助もしっかり見詰め返していた。

「早とちりをやっちゃあいけねえが、おれが組んでいる三太郎は、おめえさんのふたごの弟に九分九厘、間違いはねえ」

「はいっ」

真之助がきっぱりとした物言いで応じた。

「あいつが赤酒からけえってきたあとで、どんな絵が仕上がるか……」

安治は背骨を存分に伸ばした。

「仕上げた絵をあいつと一緒に、ここまで届けにきやすぜ」

言ってから安治は弐蔵を見た。

承知したと、弐蔵は静かにうなずいた。

ここまで口を閉じていた随右衛門が、安治を見詰めて口を開いた。

「ぜひにもこの仕事は、てまえどもにお任せください」

随右衛門が正味の物言いで再び頼み込んでいた。

三十二

赤酒で寝起きした三日が、三太郎にいかほどの頓服《とんぷく》となって効いているのか。

弐蔵の宿に戻ってきた三太郎を見た張り番の驚きが、すべてを表していた。

賭場の張り番を務める者なら……。

一に夜目遠目が利くこと。

その二は、一度見た顔を忘れないこと。

このふたつが必須の資質とされていた。

三太郎が赤酒から閻魔堂に戻ってきたのは、一月二十八日の夕刻だった。

弐蔵の宿は、賭場には絶好の地の利を備えていた。深川中を見て回った弐蔵が、ここだと得心して決めた土地だ。

宿の表は亀久橋につながる一本道である。およそ二町（約二百二十メートル）近くが、曲がることもなく真っ直ぐに延びていた。

宿の裏手の仙台堀が、一直線に掘削されているがため、表の通りも真っ直ぐである。

宿から一町近い先に、張り番は男が向かって来るのを見定めた。若い者は遠目の利くのが自慢だった。

しかし日暮れが近い刻限で、薄暗い。男の顔を見定めることはできなかった。が、その男は三太郎だと、若い者は確信していた。

顔は見えずとも向かってくる歩き方には、確かな見覚えがあった。両肩をほとんど揺らさず、荷物を提げたどちらの腕も、下に垂らしたままである。

今日は季節外れの凍えが横たわっていた。だれもが背中を丸めて行き来するなか、男はいつも通りの見慣れた歩き方だった。

まるで人形のような歩き方は、三太郎に間違いないと思われた。

ところが男が四半町（約二十七メートル）にまで近寄ってきたとき、張り番は身構えた。男の顔は、明らかに三太郎とは違って見えたからだ。

顔の形は瓜実《うりざね》だった。しかし三太郎とは異なり、あちこちが角張って見えた。三太郎から受ける甘さ、優しさがまるで感じられなかったのだ。

賭場に出入りする渡世人に、同じような顔つきの者がいた。周囲の気配に、常に気を張っている手合いである。

窪《くぼ》んだ両目の奥には、殺気を隠し持っている色が潜んでいた。

張り番が身構えているのにも構わず、男はさらに近寄ってきた。はっきり見定められる間合いに迫ったとき、相手が声を発した。

「弐蔵親分と安治さんは、宿にいますか？」

声は聞き慣れた三太郎だった。

「おかえんなせえ」

三太郎だと分かり、張り番は安堵した。が、声は同じでも顔つきは別人だった。

「わたしの顔が違っていますか？」

問われた張り番は息を詰めた顔で、小さくうなずいた。

「そうかもしれません……」

小声を漏らした三太郎は、張り番に会釈をして土間に入った。いつも通りに履き物を隅で脱ぎ、揃えてから上がろうとした。

土間の物音を聞いて、別の若い者が上がり框に駆け寄ってきた。廊下を駆けても足音を立てないのが、賭場の若い者である。

「三太郎さんで？」

縞柄を着た、見慣れた体つきの男なのだ。

「ただいま戻ってまいりました」

上がり框の若い者は、張り番以上の驚きを示した。息を呑んだ顔で、棒立ちになった。

表で同じ目に遭った三太郎である。軽い会釈をしただけで、無言のまま上がった。

あとは真っ直ぐに、弐蔵が詰めている帳場に向かった。

帳場前の廊下には、弐蔵付きの若い者が控えていた。廊下を向かってくる三太郎を見て、若い者は敏捷に立ち上がった。

相手がおかしな振舞いに及ぶと、さらしに巻いた匕首《あいくち》を抜いて向かってくる。組のなかで一番肝の据《す》わった者だ。

相手に誰何《すいか》される前に、三太郎はみずから名乗った。そして弐蔵と安治の都合を訊いてほしいと頼んだ。

若者は三太郎をその場に立たせたまま、帳場に入った。間をおかずに出てくると障子戸を閉め直してから、入るようにと示した。

「ただいま戻ってまいりました」

障子戸の外から、三太郎は声を投げ入れた。

「入っていい」

弐蔵の許しを得て、三太郎は障子戸を開いた。長火鉢の奥に弐蔵、手前には安治が座っていた。

凄みすらある三太郎を見ても、弐蔵は眉ひとつ動かさなかった。無言のまま、安治の隣に座れと手で示した。

安治も驚かなかった。

「いい稽古ができたか、三太郎」

弾んだ声で、安治が話しかけた。

「きつい三日でしたが、得心のいく絵が描けたと思います」

安治と弐蔵を交互に見ながら、三太郎は確かな物言いで応えた。

弐蔵は若い者を呼び入れた。

「熱燗を一本だ」

「へい」

敏捷な動きで若い者が下がるなり、弐蔵は三太郎に目を向けた。

「凍えた身体を熱燗で温もらせたら、今戸まで出向く」

向かう先は今戸のひさもとだと言い足した。ひさもとについては三太郎も二日前に、猪牙舟の上で聞かされていた。

弐蔵の言い分には、安治が異を唱えた。

「まだ三太郎の絵を見てもいねえ」

ひさもとに出向く前に、この場で吟味した方がいいと、言い張った。

弐蔵はそんな安治に、光る眼を向けた。

「三太郎が、得心がいく仕上がりだと言っている」

それが何よりのあかしだと、弐蔵は低い声で断じた。

「大事な絵は、おれたちも随右衛門さんと一緒に見ればいい」

弐蔵はあえて、真之助の名は出さなかった。

「絵はいけていると、あんたもわかっているだろう」

安治を見ながら、弐蔵は結んだ。

「ちげえねえ……」

安治の口から、得心のつぶやきが漏れた。

若い者が運んできたのは一合徳利の熱燗に、猪口が三つである。決め事の酒だと判じて、猪口は人数分を用意していた。

熱燗は弐蔵がふたりに酌をした。そして手酌で自分の猪口を満たした。

「よき面構えだ」

一献を呑み干した弐蔵は、もう一度若い者を呼び入れた。

「今夜の表はどうだ？」

「真冬に戻ったみてえに凍えておりやす」

返答を聞いた弐蔵は、屋根船の手配を言いつけた。

「向こうに着くまでは、こたつで身体を温めておこう」

はじめて人前で絵を取り出す、三太郎への気遣いである。

「ありがとうございます」

礼を言った三太郎の口の周りが、凍えで白く濁っていた。

三十三

賭場の若い者から、強く言いつかっていたのだろう。四畳半の屋根部屋は、炭火の暖が隅々にまで行き渡っていた。

こたつのタドンも、火がおこっていた。弐蔵・安治・三太郎の三人は三方から足を差し入れて、ぬくもりを味わった。

船が揺れぬように気遣いつつ、船頭は櫓を使った。ゆるやかな走りと足元の暖とが絡まり合い、つい目蓋を重たくした。

船が新大橋《しんおおばし》をくぐったころには、安治は居眠りを始めていた。出がけ前に三人で味わったわずかな熱燗が、屋根船のぬくもりと合わさり、いまになって効いてきたらしい。

両国橋《りょうごくばし》に差し掛かったときには、安治は卓に顔を伏せていびきをかいていた。

向かい側の三太郎は、正座の膝にこたつ布団をかけていた。背筋を伸ばしたまま、屋根船が吾妻橋をくぐったあとも、姿勢は崩さぬままでいた。

そんな三太郎に話しかけようともせず、弐蔵も黙したままである。向かい側の障子戸を見詰めていた。

今戸橋まで残り百尋《ひろ》（約百五十メートル）に差し掛かったところで、船頭は船を大きく西側へと寄せた。

客の乗り心地を思い、櫓さばきだけのゆるい舵取りである。しかしこの動きで、安治は目覚めた。揺れには鋭いのだろう。

「もうじき着くぜ」

いびきなど知らぬと言いたげな、安治ならではの物言いである。弐蔵の宿で同居を続けてきた三太郎には、お馴染みの振舞いだ。

いつもならそんな安治に笑いかけたが、今夜は違った。安治に目を移そうともせず、背筋を伸ばしたまま無言を続けた。

船頭は赤子の肌を撫でるかのような優しさで、船を提灯屋自前の桟橋に横着けした。舳先と艫の舫い綱を結び終えてから、障子戸の向こうから声を投げ入れた。

「着きやした」と、短く告げた。

最初に船から出た弐蔵に、船頭は足元を照らす提灯を差し出した。

急に決まった夜間の訪問である。ゆるく走ったこともあり、時はすでに六ツ半（午後七時）を大きく過ぎた見当だった。

昼間の訪問客なら桟橋に横着けされるなり、小僧が出迎えに駆け寄ってきた。暮れ六ツ（午後六時）で店を閉めてから、半刻（一時間）以上が過ぎていた。

ひさもとまで一町（約百十メートル）の夜道を、小僧の案内なしで進むのは難儀である。土手下の小径《こみち》ということもあり、雑草と、散らばった小石に履き物をとられかねない。

それを心得ていた船頭は、銘々に提灯を用意していた。

「待たせるのは、長くても一刻（二時間）だ」

「がってんでさ」

部屋を暖めて待っておりやすと言い添えて、船頭は三人を送り出した。

弐蔵にとっては、若い時分から通い慣れた小径である。たとえ闇夜でも提灯なしで進めたはずだ。今夜はしかし、三太郎が主役である。当人は提灯は左手に提げて、利き手の右手はしっかり画板の紐を摑んでいた。

幼いころ別々にされた双子の弟がいるとだけ、真之助は亡母から聞かされていた。

確かなことは分からぬまま、これから三太郎と対面する。

しかももしやの弟が仕上げた、マムシ絵の吟味役でもあるのだ。

弟であってくれと願うかたわら、お店者が負う責めを思うと、絵の技量吟味に私情は挟めぬと意気込んでしまう。

千々に乱れるであろう真之助の心情を思うと、多数の荒事を潜り抜けてきたあの弐蔵が、不覚にも切なさのようなものを覚えていた。

店先に行き着いたとき、雨戸は閉じられていた。ひさもとの商いは朝の五ツ半（午前九時）から、陽が沈む暮れ六ツまでだ。

しかし店の内では仕事は続いていた。

軽く二度、雨戸を叩いただけで、潜り戸から小僧が顔を出した。しつけのいい小僧は相手が名乗る前に、来客は弐蔵だと察した。

「頭取番頭さんにおつなぎします」

潜り戸は開いたままで、小僧は座敷に駆け上がった。

一月二十八日の夜空に月はないも同然である。しかも今夜は凍えていた。それを承知で、小僧は三人を土間には招き入れなかった。

頭取番頭の客だと承知してはいても、雨戸は閉じられていたのだ。店仕舞いをして半刻が過ぎた店内は、他人には見せられない素の顔がさらされている。

ゆえに小僧は弐蔵たちを表に留めた。潜り戸を開いたままにしたのは、精一杯の弐蔵への気配りだった。

月はないが星は満天に散っていた。夜空は晴れていた。流れ星は夜更けてからだと思われていたが、今夜は様子が違った。

ひさもとの店先で待たされている間に、幾つも流れた。三人とも黙したまま、夜空の星を見詰めていた。

大急ぎで調えたと思われる場に、三人は招き入れられた。八畳間の両隅に置かれた火鉢には、火力の強い備長炭《びんちょうたん》がいけられていた。

さらに三人が座る座布団脇には、銘々に手焙《てあぶ》りが用意されていた。火はいずれも備長炭である。

火鉢と手焙りを用意するだけでも、ひと騒動だったに違いない。三太郎を真ん中に座らせて、武蔵と安治が脇を固めていた。

炭火を多く焚いている八畳間だ。空気が汚れぬ配慮で、仕事場に向けて設けられた窓は小さく開かれていた。

座布団に座ったあとも、三太郎は背筋をぴしっと伸ばしている。下座の安治も、つられたのか正座になっていた。

部屋に案内されたあとは、さほど待たされることはなかった。

「失礼いたします」

真之助が声を投げ入れて障子戸を開いた。先に随右衛門が入り、真之助が続いた。

座についた真之助の顔を見て、安治が表情を動かした。黒革のとんび（先の尖ったマスク）で、口元が隠されていたからだ。

安治の表情を見て、真之助は言いわけを口にした。

「まことに失礼とは存じますが、てまえは風邪気味なものですから」

言いながらも真之助は安治の隣に座した三太郎を目の端に捉えていた。

顔をちらり見した驚きは、いささかも見せなかった。それどころか、束《つか》の間いぶかしむような色を顔に浮かべた。

その表情の動きは、真之助を見続けていた武蔵にしか分からなかった。

とんびを口にあてて顔を出したときから、弐蔵は真之助の胸中をずばり見抜いていた。風邪気味というのは口実である。素顔を見せたくないがため、とんびをつけたのだ。

真之助にそれを許した随右衛門も、同じだと弐蔵は読んだ。

ゆえに真っ先に弐蔵が口を開いた。

「夜分に押しかけてきたのだ、通り一遍のあいさつだの顔つなぎだのは省き、まずは三太郎が仕上げた絵を見るのが先だ」

「まさにそのことだ」

随右衛門も即座に同意を示した。

「ぜひにも三太郎さんの絵を拝見させていただこう」

随右衛門に促されて、三太郎は画板を卓に置いた。そしてきつく結わえていた紐を、ていねいな手つきで解《ほど》き始めた。

都合、四カ所が紐で結ばれていた。二本目を解いたとき、随右衛門は手を叩いた。仕事場の先にまで聞こえる叩き方である。

「お呼びでやすか」

「百匁の燭台をここに」

指図を受けて職人が急ぎ下がった。

三太郎を除く全員の両目が、解きかけの画板に集まっていた。

三十四

夜鍋仕事はつきものの提灯屋稼業である。随右衛門の指示で運び込まれた燭台は、いかにも職人たちが日々の仕事で使う拵えだった。

無骨な造りだが、不意の揺れを食らっても倒れはしない台座の頑丈な造りが、安心感を与えてくれた。

職人は部屋に詰めた人数から、燭台の数を二基に増やしていた。

太い百匁ロウソクが、二本同時に灯された。一本でも充分に明かりが行きわたる小部屋に、二本である。

三太郎が取り出した絵が、強い明かりに照らされた。紙の四隅まで、充分の明かりが届いていた。

「うおっ……」

三太郎を除く全員から一斉に、抑えた驚きの声が漏れた。

折り畳んだ紙は全紙だった。その大きな紙の中央に、一匹のマムシが鎌首をもたげた姿で描かれていた。

どの角度から見ても、マムシに狙われているような気にさせられた。三太郎の技法が秀でているあかしである。

三角あたまのマムシは、龍のうろこを思わせる細かな墨絵で描かれていた。が、ただの墨絵ではない。

チョロリと口から出ている細い舌と、獲物を見据えた両目は赤で仕上げられていた。全体が墨の濃淡一色で仕上がっているだけに、舌と目の赤の凄みが際立っていた。持ち上がっている鎌首は、あたかも生きているかのようだ。見ている者が目を逸らせたり隙を見せたりしたら、即座に飛びかかってきそうな勢いがある。

絵だと分かっていながら、随右衛門も真之助も、全紙のマムシから目を逸らせられなくなっていた。

「ふううっ……」

最初に大きな音を立てて息を吐き出したのは、やはり安治だった。漏らした音につられて、残る三人が同時に息継ぎをした。

だれも絵の出来映えに言い及べずにいた。その無言が気になったのだろう。

「お気に召しませんので？」

おずおずとした口調で三太郎は、看板の思案を思いついた安治に問いかけた。

束の間、安治から答えが出なかった。そのさまを見て、今度は三太郎が深い息を漏らした。明らかな落胆の色が、顔に浮かんでいる。

二本のロウソクが、無慈悲にも顔の細部まで照らし出した。

さらにもう一度、三太郎が息を漏らしたとき、安治が口を開いた。

「おめえ、思い違いをするんじゃねえ」

安治が語気を強めたら、ロウソクの明かりが揺れた。描かれたマムシの舌が、動いたように見えた。

「ここにいる四人のだれもが、おめえの絵に搦《から》め捕られているんだぜ」

安治の物言いが尖りを含んでいた。しかしそれは、三太郎を思えばこその叱責だった。

「おめえも芸人なら、寄席の客が鎮まりけえっていたら、芸がまずくて腹立ちまぎれの鎮まりなのか、芸の凄さに出くわしたことで、言葉も出なくなっているのか、その違いは感じ取れるだろうがよ」

三太郎を見詰めたまま、安治は一気にこれを言い切った。

三太郎の目に、喜びを秘めた光が宿された。上体を前のめりにして、安治を見詰めた。

「それじゃあ親方は……」

「おれは親方じゃねえ、ただの安治だ」

ほぐれた口調で、安治は三太郎の言い分を正した。残る三人が同時に目元をゆるめた。

「赤酒に出向く前と、けえってきたあととでは、おめえの絵がまるっきり違っている」

安治の物言いは、三太郎を相手に話すときの穏やかさに戻っていた。

「いままででも上手な絵だと思っていたが、この一枚に比べたら、まだまだ駆け出しの落書きみてえに思っちまうぜ」

居住まいを正した安治は、口調を改めた。

「赤酒で、いってえどんな修業を積んできたのか……こんだけの間に、おめえになにが起きたのか、おれたちに聞かせてくんねえ」

安治の言い分には、だれもが賛成なのだろう。三太郎もその気配を感じ取ったようだ。

「安治さんに言われたことが、まだここに突き刺さっています」

客の静かさを察しろと叱ったことだった。

「まさに生き地獄だったあの日を……と言っても、まだほんの数日前のことですが」

部屋の四人を順に見た三太郎の顔つきは、高座で一席を始めるときの芸人のものになっていた。

「てまえが赤酒に着いたのは、まだ店の商いが始まる前のことでした」

三太郎が話し始めるなり、四人は居住まいを正していた。


三太郎を迎え入れた親方は、すぐに始めるぞと告げて、店を出た。三太郎も従った。

店の脇には小さな納戸が普請されていた。食材、調味料、竹串などを仕舞っておく納屋だ。三坪ほどの土間には、内でマムシがうごめいているあの黒い籠が山積みになっていた。

「おめえが寝起きするのはここだ」

親方は納屋の奥の小部屋を指さした。出入り口はふすまではなく、板戸だった。

「先におめえがへえれ」

言われるままに、三太郎は小部屋に入った。窓も明かり取りもない、真っ暗な三畳間だ。

「真ん中に座って、これに明かりをつけろ」

手渡されたのは五匁ロウソクと燭台、炎が立っているわらしべ、あとは同じロウソク百本の詰まった木箱だった。

締め切られた部屋に風はない。わらしべの火をロウソクに灯した。ロウソクは真っ直ぐに炎を燃え上がらせていた。

「この明かりが、おめえの命綱だし、様子を見詰める明かりにもなる」

五匁ロウソクがもつのは四半刻（三十分）である。

「燃え尽きる前に継ぎ足さないと、おめえは命綱をなくすことになる」

眠るときでも気を抜くなと言い足した。

わけが分からない三太郎は、命綱とはなにかと親方に問い質した。

「おめえは存外、察しがわるいな」

呆れたと言わぬばかりの物言いをしながら、三太郎を見詰めた。

「うちの稼業はなんでえ、三太郎」

「マムシ料理屋です」

即答はしたが、まだ先が読めなかった。

いや、まさかとの思いはめぐらせていた。が、あまりに突飛なことなので、口にするのもおぞましかった。

親方は、そんな三太郎の怯えた胸の内を読んでいた。

「ほかでもねえ。おめえが思っている通りのことが、これから始まるぜ」

言うなり親方は、黒籠ひとつを運んできて話を続けた。

「今日から丸三日、おめえはこの三畳間でマムシと寝起きをすることになる」

マムシは光には弱い。ロウソクを身体の前で灯しておく限り、わるさはしない。

「明かりが消えたあとはどうなるか、おれは考えたくもない」

メシは朝と夕の二回、若い者が運んで来る。水は部屋の隅の水瓶《みずがめ》にたっぷり入っている。

「クソと小便は、水瓶わきの小樽を使えばいいが、飲み食いが過ぎると用足しも多くなるから、つらいぜ」

言い終えた親方は、部屋の端で黒籠を引っ繰り返した。ざっと三十匹のマムシが、一気に畳に落とされた。

狭い籠から広い畳の上に放り出されても、マムシは広さにはすぐには慣れないらしい。籠の内に閉じ込められていたときの如《ごと》く、何匹もが身体を重ね合わせたり、縺《もつ》れ合ったりを続けた。

蛇の群れと三太郎との間合いは、一間（約一・八メートル）ほどだ。目を凝らさずとも、不気味さは見て取れた。

ロウソクの背後で三太郎は息を詰めていた。うかつに呼吸を続けたら、その音で三太郎の居場所をマムシは感じ取ると思ったからだ。

しかし息を詰めていても無駄だと、すぐに分かった。重なり合いから離れたマムシは、まっすぐ三太郎をめがけて這《は》い始めた。

こういうことだったのか……と、部屋を出るとき親方が言い置いた言葉の意味が、いまになって呑み込めた。

「目はめえてねえかもしれねえが、連中はひとの肌が発する気配を敏感に感じ取るぜ」

マムシと目が合ってなくても気を抜くんじゃねえと、親方は釘《くぎ》を刺していた。

呑み込めたことで、マムシからの逃げ場がないことを三太郎は思い知った。

じわじわと、マムシがロウソクに近寄ってきた。手も足もない蛇が、イグサの編み目を蛇腹《じゃばら》の引っかかりにして、こする音すら立てずに進んでいた。

それも一匹だけではない。

怖さと不気味さが、三太郎のあたま内で重なり合っていた。確かな数は分からないが、十数匹のマムシが横並びで、足音も立てず、ロウソク背後の三太郎に向かってきていた。

生まれて初めて、これだけの数のマムシと、正面から三太郎は向き合っていた。恐怖にかられて、身体が固まった。

が、あたまはいつも以上に働いているのが分かっていた。

あれやこれやと、思いが奔りまくっていたからだ。

怖さにかられたとき、ひとは「小便をちびりそうなほど怖かった」と言う。

いま三太郎は、あれは嘘だと断じていた。

何匹ものマムシに詰め寄られる怖さ。

普通に生きている者なら、こんな目に遭うはずもない。いまの三太郎は、いわば怖さの極めつけと向き合っていた。

そんな目に遭っていながらも、身体こそ固まっていても、小便をちびりそうな感覚は、微塵も感じていなかった。

ないどころか、まるで逆である。

きんたまが縮み上がっていて、小便の出口をぴしゃりと塞いでいた。気持ちにゆとり、ゆるみがない限り、小便をちびることはないのだ……三太郎はひとが言う嘘を、我が身で感じた怖さで見抜いた気になっていた。

さらにもうひとつ、三太郎は察した。

怖さが募れば募るほど、目を閉じたくなった。迫り来るマムシなど、見たくもなかった。

目さえ閉じれば、ロウソクの明かりに照らし出された三角のあたまも、音も立てずに畳を這う姿も見なくて済む。

「見なけりゃあ怖くはねえ」

高座で語るとき、登場人物にこれを言わせてきた三太郎である。

この上なき恐怖と直面したことで、試しに三太郎は目を閉じた。

まぶたの裏でマムシが重なり合っているのを、がっちり見る羽目になった。

もちろん見えているはずはない。

が、怖さがまぶたの内側に焼き付いていた。閉じたことで、見たくもないものを、さらに鮮明に見た思いがした。

目を閉じたら、さらに怖さが募る……。

急ぎ目を開いたあと、この恐怖の道理を思い知った。

怖さは変わらぬままだったが、きつい閊《つか》えが、わずかに軽くなった気がした。

マムシがいるのを承知で、吐息を漏らした。

回向院が時の鐘を撞き始めた。

捨て鐘三打のあとの本鐘を聞き取って、三太郎は心底、驚いた。

なんとこの部屋でマムシと向き合ってから、はや一刻（二時間）が過ぎていたからだ。

どれほど怖かろうが、正面から向き合っている方が怖さは軽い。

気を張り詰め続けていた一刻の間に、三太郎は「ひとが言う嘘」と「思い違い」のふたつを、呑み込むことができていた。

そうか！　と、思わず言葉が口をついて出てきた。

マムシを部屋に放り投げたことで、親方はこの道理を分からせようとしてくれたのだと、いまは察することができていた。

とはいえ、マムシは毒蛇だ。気を抜いたら、その瞬間に嚙まれる。

目が醒《さ》めている間は、新たなロウソクの点火もできるが、一本の灯しには限りがある。

眠ったあとはどうなるのかと、三太郎は新たな心配を始めた。

なぜ親方は、この部屋に閉じ込めたのかを、もう一度あたま内でさらい直した。

行き着いた答えはひとつだった。

怖さを制して、マムシの本性に迫ること。

本性を見抜いたら、いままでとは違うマムシが描ける。

本性を感じ取らせ、見極めさせるために、親方はこの部屋におれを閉じ込めたのだと、三太郎は深く得心した。

マムシに対する恐怖は、自分でも驚くほどに薄れていた。たとえ目を閉じても、まぶたの裏に三角頭の毒蛇はいなくなっていた。

おれが怖がらなければ、マムシもおれを怖がることはないはずだ。だとすれば……。

三太郎はひとつの賭けを試す気になった。

いまマムシはロウソクの灯に遮られて、燭台の内側には這い入ってこない。

明かりを消して、横になったとしても……。

先を考えると、やはり怖くて動悸が速くなった。しかしこれを試さぬことには、ことは先には進まない。

肚をくくった三太郎は、ロウソクの芯を指で摘まんだ。明かりが消えて、部屋は闇に包まれた。

深い息を吐いたあと、三太郎は意を決して畳に横たわった。が、目は閉じなかった。

灯火という結界が消えたことで、マムシの動きが大きく変わった。やすやすと結界を越えて、三太郎のほうに這い寄る蛇が現れた。

それも一匹二匹ではない。何匹ものマムシが、三太郎の周りに集まっていた。

何匹かは畳に置いた三太郎の手の上を這っていた。蛇腹が手の甲にあたると、蛇の肌の冷たさを感じた。

おれは怖がってはいないと、胸の内で言い続けた。マムシに分からぬように、小声で。

親方が放り投げたマムシは、一匹残らず三太郎に近寄った。が、大半がすぐに飽きて、三太郎から離れた。

こわごわ始めた賭けだったが、三太郎の思惑が当たっていた。ひとが怖がっていなければ、蛇も怖がらないのだ。

蛇が身体から離れ始めたら、眠気に襲われた。若い者が飯を届けにきたとき、三太郎はいびきをかいて眠りこけていた。


「赤酒の籠に放り込まれたときから、マムシは殺される覚悟ができています」

三太郎は蛇と間近で向き合ったことで、この「覚悟を決める」という本性を察した。

「命乞いはしませんが、自分よりも弱い相手に殺されることには我慢がならないのです」

随右衛門たちを前にして、マムシに感じた豪胆さを三太郎は説き聞かせた。

「赤酒の親方は、最初のひと摑みでマムシに引導をわたし観念させます」

覚悟を決めたマムシはじたばたせずに、あたまを刎《は》ねられていますと結んだ。

「あの覚悟のほどを、わたしは全紙に描き留めました」

言い切った三太郎からも覚悟のほどが伝わってきた。

四人の男が感極まって黙していた。

三十五

中座のあと、真之助は素顔で戻ってきた。とんびを外した顔で、三太郎と真正面から向きあったのだ。

顔をさらすことで「おまえとは兄弟だ、おれを見ろ」と、真之助は肚を括り、仕草で相手に告げていた。

随右衛門もその振舞いを了としていた。

ところが……、

「何十匹ものマムシと囲いもなしに寝起きするなど、てまえには想像すらできない、三太郎さんの見事な肝の据わり方です」

真之助のこの言葉を聞くなり、三太郎は気色《けしき》ばんだ顔になった。そして真之助を見据えて口を開いた。

「寝起きできたわけじゃあねえ。むしろ逆で、気を張って一睡もできねえ日が続いたんでさ」

まるで真之助に、食ってかかるかの剣幕である。そうされても真之助はへこまず、三太郎から目を逸らさなかった。

わけが分からぬまま、真之助の言葉に反発したことに、三太郎当人が胸の内では、うろたえを覚えていた。

一睡もできねえ日というのは、三太郎が話を盛ったのだ。ところが真之助は、マムシの群れのなかで寝起きしたと、さらりと言い当てた。

それを知っているのは三太郎当人と、赤酒の親方と若い者だけだ。

なのに初対面の真之助は、三太郎の肝が据わっているとまで口にした。しかもそれは話の偽りを指摘したのではない。まるで逆で、あたかも身内の者が示した豪傑ぶりを称えているかの口ぶりだったのだ。

三太郎がうろたえを覚えたわけも、ここにあった。とはいえ、このまま黙っていては盛ってきた話の辻褄《つじつま》があわなくなる。

高座で肝を語るように、丹田《たんでん》に力を込めて声の調子を張った。

「どれほど気を張っていようとも、眠ってしまってはマムシに弱みを見せたも同然です」と続けた。

語気を強めた三太郎の話には、随右衛門も真之助も深くうなずいて聞き入っていた。

「立ち上がり、部屋を動き回っている限りは、マムシが寄ってくることはありやせんでしたが、壁に寄りかかったりして、こいつは居眠りをしていると見抜かれたら」

三太郎はわざと声の調子を落とした。そこは芸人である。真之助の気を搦め捕るために、声の強弱を巧みに使い分けた。

「おれの長着の裾から、マムシは足を這い上がってくるんでさ」

三太郎は部屋に閉じ込められていた間に、三度も脛《すね》の上をマムシに這い上がられた。これは真実の体験だった。

「足の上を這うマムシの腹は、ざらざらしていて冷たいんでさ」

初めて這われたとき、三太郎は怯えたあまりに身体が固まったが、急な動きはしなかった。

「こっちが怯えているときは、マムシもおれのことが怖いんでさ。いきなり動いたりしたら、怯えを見抜かれて飛びかかられやす」

実際の体験談には、本物ならではの凄みがある。この話のときには、安治も弐蔵も聞き入っていた。

三太郎が自分をマムシのなかに投げ出したことで、あたまではなく、おのれの身体で体得した事柄だった。

「マムシがおれに慣れるなんてえことは、断じてありやせんでした」

三太郎は正面の真之助を見詰めた。

赤酒での命がけの修業を経たことで、三太郎は顔つきが変わっていた。真之助と向き合っていても、似ているところはなかった。

真之助を凝視しながらも、相手が双子の片割れなどとは思ってもいない様子である。

そもそも三太郎は自分が双子だったことすら、知らずに今日まで生きてきていた。

「おれがマムシと寝起きしたわけじゃねえことを、寝たら飛びかかられていたことを、分かってもらえやしたかい？」

赤酒の小部屋に閉じ込められていた間、ほとんど眠ってはいなかったと念押しした。

「うかつなことを言いました」

真之助は正味の詫びを口にした。

「分かってもらえりゃあ、それでいいんでさ」

口調は和らげたが、窪んだ目が放つ眼光の鋭さに変わりはなかった。

三太郎が発する気迫が、部屋の気配を硬くしている。それを安治がほぐしにかかった。

「せっかく支度してくれた茶だぜ、三太郎」

安治は身体ごと、三太郎に向き直っていた。

「一服だけでも、口をつけねえかよ」

安治はいつになく、穏やかな物言いで三太郎に茶を勧めた。

横を向き、安治の顔を見たとき、三太郎は察した。

盛っている話を安治さんと弐蔵親分には見抜かれているのだ、と。

目一杯に張り詰めていた三太郎も、安治と弐蔵を見たことで、背筋の張りをゆるめた。

部屋の気配がゆるんだところで、随右衛門が口を開いた。

「いかほど命がけの修業を経てこられたのかは、いまの話で十二分に察しがつきます」

随右衛門の両目が三太郎を見詰めていた。江戸でも一、二と称される提灯屋を、舵取りする頭取番頭である。

見詰められた三太郎は、また背筋を伸ばして随右衛門の言葉を待った。

「ぜひにも三太郎さんが描き上げられたそのマムシを、いま一度この場にて、得心がいくまで拝見させていただきたい」

見せて欲しいと頼みながら、その実はまたしても見せろと命じていた。

三太郎は安治と弐蔵に目を向けた。ふたりとも、見せることに異存はないと目で示した。

「承知しました」

画板をもう一度開き、仕舞っておいたマムシの絵を取り出した。卓に並べようとしたとき、その動作を真之助が止めた。

「燭台を取り替えますので」

仕事場に出た真之助は、特大の二百匁ロウソクが灯された燭台二基を、配下の者と一緒に運び入れてきた。

部屋の燭台はそのままである。

特大の燭台は部屋の板壁と、天井を照らすためである。壁と天井で跳ね返された柔らかな明かりで照らして、マムシを細部まで吟味するためだ。

真之助は、右手に天眼鏡を持っていた。

全紙は限られた大きさでしかない。マムシはその紙の中央部分に、墨の濃淡で描かれていた。色を使っているのは、三角形の顔から出ている舌と目の赤のみだ。

天眼鏡でマムシの顔、舌、目などの細部まで、まるで一寸刻みのごとくに真之助は吟味を続けた。

安治は真之助の仕事ぶりに、黙したまま見入っていた。天眼鏡の使い方を見ただけで、図抜けた技の持ち主だと察したようだ。

真之助の吟味ぶりには、三太郎も心底、気を惹かれていた。

まさに命がけで仕上げたマムシの絵である。真之助の吟味ぶりからは、三太郎が描き上げた絵に対する敬いが感じられた。

この男にならば、提灯の絵を任せたいと、強く思うようになっていた。

同時に不思議な親近感も覚えていた。

今夜この部屋で、初めて向き合った相手である。にもかかわらず、身体の芯から湧き上がる思いに、三太郎は戸惑いすら覚えていた。

どこかで逢ったことがあると、なぜか強く感じてしまったからだ。

三太郎が身の内で感じていることを、真之助も察したらしい。

天眼鏡を卓に置いたあと、真之助は三太郎に笑みを見せた。

絵の出来映えを称えるのみならず、三太郎が感じているのと同じ親近感を、真之助は両目の光に宿していた。

「どうだ、吟味の答えは？」

随右衛門の問いに、真之助は三太郎に目を向けたままで答えた。

「ぜひにも、てまえに描かせてください」

真之助に見詰められた三太郎は、きっぱりとしたうなずきで応えていた。

三十六

三太郎が描いた凄みをはらんだマムシと、それを描けるに至った顚末。

余すところなく子細を聞き取った随右衛門は、よほどに気持ちを鷲《わし》づかみされたのだろう。

「てまえが勝手な手配りをいたしましたこと、ぜひにもご笑納いただければ幸いです」

ひさもとから深川閻魔堂までの帰りの足にと、随右衛門は屋根船を仕立てていた。

往路で弐蔵が手配りさせた屋根船は、随右衛門の言いつけで動いた手代の仕切りで、すでに帰されていた。

行き帰りという誂えを、片道で帰したのだ。船頭が得心するだけの祝儀が、手渡されたのは間違いなかった。

そうまでしてでも、随右衛門はひさもとの誂えで一行を帰したかったのだ。

店の土圭《とけい》が五ツ半（午後九時）を告げたとき、商談は閉じられた。随右衛門は三人を潜り戸ではなく、わざわざ雨戸を開かせて外に出した。

最上級の客としての遇し方である。随右衛門は真之助を自分の脇に立たせて、桟橋に向かう三人を見送った。

提灯を手に案内役を務めたひさもとの手代頭は、三人が乗り終わっても桟橋から離れなかった。

今年の立春はすでに過ぎたが、夜も更けると凍えはきつい。そんななか、手代頭は船が桟橋を離れるまで、背筋を伸ばして立っていた。

随右衛門が手配させた四畳半の屋根船には、厚手のこたつ掛けがかぶさったこたつと、熱燗の支度が調えられていた。

「あのしたたかな随右衛門さんが、ここまでの手配りをしてくれたのは」

話の継ぎ目で口を閉じた弐蔵は、熱燗徳利を三太郎に差し出した。一緒にいる安治を差し置いての徳利だ。

驚いた三太郎は、両手で持った盃で弐蔵の徳利を受けた。そのさまを安治は笑みを浮かべて見ていた。

盃を満たしてから、弐蔵は話を続けた。

「一にも二にも、あんたが描いたマムシに惚れ込んだからだ」

三太郎を見詰める弐蔵の目は、本気で相手を称えていた。

荒事まみれの渡世を経てきた弐蔵である。命を賭して毒蛇と向き合った三太郎の凄さが、他のだれよりも身に染みて呑み込めたからの振舞いだった。

それと同時に、血のつながりについても思い知らされた。常々、つばきから感じさせられていたことだ。

いまも看板普請だけしか見えていない安治を、文字通り陰で支えているつばき。代償を求めぬ尽くし方は、血の濃さあればこそだと弐蔵は常から思っていた。

肉親の情愛とは無縁の身だけに、血の流れの強さには敏感だった。

三太郎と真之助にも、同じことを感じていた。

いまの三太郎は、いわば安治だ。真之助との血縁を知らぬがゆえ、身勝手な応じ方もできていた。

真之助はつばきだ。弟のために陰で汗を流し、気遣いもする。ときが満ちれば、兄弟の絆は固結びとなるだろう。

おれには縁のない話だと、思いに弐蔵は蓋をした。

安治は余計な口を挟まず、手酌で熱燗を味わっていた。

随右衛門から、きつく言いつけられていたのだろう。大川を走る屋根船は、こたつの卓に載せた猪口の酒がこぼれぬよう、漕ぎ方に気を払っていた。

「いい船頭だ」

手酌で満たした盃の灘酒を、弐蔵はゆっくりと味わっていた。

安治も手酌である。盃の縁まで酒を注いでも、一滴もこぼれなかった。安治の注ぎ方もいいが、なにしろ船が揺れない。

三太郎の盃が空くと、弐蔵が酌を続けた。その都度、三太郎は恐縮しながら両手持ちの盃で受けた。めずらしく弐蔵は、何度も三太郎を褒めた。

「親分にそこまで言ってもらえるとは、ありがたい限りです」

きちんとした物言いで、三太郎は弐蔵に謝辞を繰り返した。

気持ちのこもった、本気の謝辞だ。しかし言葉とは裏腹に、いまひとつ、正味で喜びを破裂させてはいなさそうだった。

盃を干すたびに、なにかひっかかるものを抱えているかのような表情を見せた。

安治も弐蔵も、なぜ三太郎がそうなるのかは、しかと呑み込んでいた。

ひさもとで向き合った真之助のことを、いまになって何度も思い返しているのだと、ふたりは察しをつけていた。

真之助は途中から、とんびを外して素の顔を三太郎にさらした。真之助にそうさせたのも、あのマムシの絵だったのだ。

とんびを外したことで、もしも三太郎が自分に似ていることに気づいたとしても、それでもいいと肚を括っていたに違いない。

三太郎は、売れてはいないとはいえ講釈師だ。

高座に上がる前には、鏡に向かって顔つくりをしているだろうと、真之助は読んでいた。

並の職人なら、自分の顔を鏡で見ることなど、滅多にはない。

自分の顔を知らぬがゆえ、向き合った相手と似ているなどとは思いつかない。

ところがそれは真之助の思い込みだった。

おのれの顔を鏡で見たことなど、皆無の三太郎だ。

目の前の真之助と目を合わせてもなんら感ずることなく、マムシ絵の説明に気を張っていた。

提灯作りの談判は上首尾に運び、ひさもとからは何とぞマムシを使わせてほしいと強く頼み込まれた。

「縁起でもないと、安治さんからお叱りを頂戴しそうですが……」

大事な商談に限り顔を出し、談判では剛の者と評判の高い随右衛門が、安治と三太郎には目一杯に下手に出ていた。

「もしも蓬莱屋さんが提灯の思案を了とはされなかったとしても、このマムシ絵はぜひとも、てまえどもに使わせてください」

随右衛門はこうべを垂れぬばかりの、へりくだり方だった。

昔から随右衛門を知っている弐蔵が、驚いたほどに辞を低くしての物言いを続けた。

ゆえに商談はすこぶる滑らかに運んだ。

三太郎が今夜の成り行きを存分になぞり返すことができたのは、屋根船のこたつに足を入れたあとだったのだろう。

弐蔵と安治は、ひとことも真之助のことには触れなかった。

答えは真之助と三太郎がじかに向き合って、自分たちで出すことだと、ふたりとも同じことを考えていたからだ。

屋根船が仙台堀の桟橋に横着けされるまで、三太郎は何度も思案顔をぶり返していた。

閻魔堂に帰り着いたあと、三太郎はひとりで先に部屋に向かった。

「もうマムシを案ずることはねえ」

朝まで眠りこけていろと、安治が言葉でねぎらった。

「一番のごっつあんです」

部屋に向かう三太郎の足取りは軽かった。

月末を控えた今夜は、賭場は休みである。安治と弐蔵は長火鉢を間にして、くつろいだ気分で向き合った。

若い者が運んできた茶に口をつけてから、安治が口を開いた。

「つばきはあんたに気があるようだが」

わざと雑に言い切った安治は、茶をすすってから先を続けた。

唐突につばきの話を始めたのは、提灯の思案に大きな目処がついたからである。

長らく胸の内に仕舞っておいたことを、いまは話す気になっていた。

「あいつはなかなかむずかしい女だ」

湯呑みを膝元に置いた安治は、ふうっと吐息を漏らしてから、さらに続けた。

「あんたの大きな男で、娘の行く末を引き受けてくれ」

安治は両手を膝に載せて、言いたくもなかった言葉を結んだ。

弐蔵も湯呑みを猫板に置いて安治を見た。

「言《い》い遺《のこ》しみてえなことを言うんじゃねえ」

真顔で怒っているらしい。湯呑みから立ち上る湯気が大きく揺れた。

三十七

明日の一月二十九日は、蓬莱屋への思案書提出の日である。弐蔵と話を終えて部屋に戻ったら、三太郎は寝息を立てていた。

苦しげな寝息でも、ひどいいびきでもない。たとえて言うなら、すやすやと眠る赤ん坊のような寝息だった。

三太郎の隣で掛け布団をかぶった安治だが、寝息はいささかも耳障りではなかった。

部屋の隅には一張りの、遠州行灯《えんしゅうあんどん》が灯されていた。大皿にたっぷり菜種油が注ぎ入れられた行灯は、いわば部屋の常夜灯だ。

歳のせいか一年ほど前から、安治は夜中に小便に立つことが多くなっていた。そんな安治のための行灯である。

薄い明かりだが、天井にまでぼんやりとした光は届いていた。

弐蔵てえ男は、普請の費えをけちってはいねえ……。

天井板には、ひとつの節目もない。薄明かりが照らす天井を見ながら、安治はそんなことを考えていた。

つばきのことを弐蔵に話したのは、正味の気持ちだった。つばきは自分では認めたくはないらしいが、弐蔵に気を惹かれているのを、安治は察していた。

このたびの提灯思案の進め方で、図らずも弐蔵とひとつ屋根の下で寝起きを共にすることになった。身近なところで弐蔵を見たことで、相手の大きさを実感していた。

遠い昔、まだこどもだったつばきは、伸助と呼ばれていた弐蔵に、ことあるごとに毒づいていた。タコ呼ばわりされたときには、弐蔵は本気でつばきを成敗しようとして追いかけた。

タコが、男に対する蔑称だったからではない。つばき流儀のさげすみが隠されていた。

それほどまで嫌っていた弐蔵に、あの気の強いつばきが気を惹かれるとは……。

天井を見詰めながら、古い昔の出来事を次々と思い出していた。

弐蔵が言ったように、おれは遺言みてえなことを、あれこれ思い返しているのか？

明日は思案書を出す日だというのに、縁起でもねえことをと、安治は横になったまま、両手で頬を強く挟み叩いた。

こんな埒《らち》もないことを、くどくどと思うのも、酒が過ぎているからだろうと、安治は不意に思い当たった。

よしっ。

掛け布団に包《くる》まったまま、短い声を発した。

看板思案の答えが出る日まで、一滴も酒を呑まねえと、心に誓った。布団の上に上体を起こして、もう一度誓った。

三太郎はまったく気づかず、変わらぬ寝息を立てている。その寝姿に目を向けた安治は、しみじみとおのれを振り返った。

三太郎がこれほど深く、そして心地よさそうに眠っているのは、あの赤酒での地獄の日々を経てきたからだ。

この男はマムシの絵を仕上げるために、本気で命を賭してきた。

いまごろ提灯屋では、真之助が寝る間も惜しんで弟のために思案書を仕上げているに違いない。

おれにできることは酒を断って、看板の思案が通るように精進することだ……。

もう一度、安治は両手に思いと力を込めて、パシッと音が立つほど頬を挟みつけた。


一月二十九日、四ツ（午前十時）。

永代寺が告げる四ツの鐘を背に受けながら、安治・三太郎・真之助の三人は蓬莱屋に向かった。

店先に立っていた小僧には、真之助が用向きを伝えた。

安治は腹掛け・股引に半纏を羽織った職人身なりだ。

三太郎は縞柄着流しで、高座に向かうお仕着せのような身繕いである。

真之助は濃紺縞柄のお仕着せに、背中に屋号を染め抜いたひさもとの職人頭半纏を羽織っていた。

袖口に赤い帯が縫い込まれているのが、職人頭の半纏である。

小僧に話しかけるのは、三人の内で真之助が一番の適役だった。

「看板の思案書を持参したのですが、どなたかに取り次いでいただけますか？」

物言いはていねいだ。しかし今戸のひさもとといえば、提灯屋では名を知られた大店だ。そのひさもとの職人頭が、小僧に問いかけたのだ。抑えてはいても、威厳のほどは伝わったらしい。

小僧は店先で待っている安治と三太郎に目を走らせてから、真之助に問うた。

「あちらさま方は、お連れ様ですか?」

「そうです」

真之助は小僧に笑いかけた。ひさもとの小僧や女中が、気を許してしまう笑顔だった。

「少々、こちらでお待ちください」

売り場座敷に上がった小僧を見ながら、真之助は蓬萊屋のしつけの良さを実感した。

小僧は「ちょっとお待ちを」ではなく、少々お待ちくださいと真之助に告げた。

ひさもとも、小僧のしつけが良いことで知られている。随右衛門の指示を受けた手代たちは、小僧の所作を毎日、教え続けてきた。

「お客様をお待たせするときは、少々お待ちくださいと申し上げなさい」

手代たちは日替わりで、小僧に言葉遣いを教えていた。ひさもとに比べて、所帯の小さな蓬萊屋なのに、小僧は応対の物言いがきちんとできていた。

しつけの行き届いた蓬萊屋と、これから談判に臨むのだと、真之助は下腹に力を込めた。

さほど待たすことなく、小僧は戻ってきた。

「お三人様ご一緒で、どうぞ座敷にお上がりください」

小僧は店先に出て、安治と三太郎を呼び入れてきた。そして三人を売り場座敷奥の、商談部屋へと案内した。

別の小僧が三人に茶を供して下がったあと、頃合いを計って蓬萊屋徳兵衛(隠居)と、四代目当主・蓬萊屋徳太郎が顔を出した。

四代目襲名を機に、新規看板の制作を思いついたのが徳太郎である。

「てまえどもの看板思案に、ようこそご応募くださりました」

三人が素性を明かす前に、徳太郎が先代と自分の名を告げた。これにも真之助は、深くこころを打たれた。応募者に対する主催者の心遣いを、教えられたと感じていた。

「遅くなりましたが、てまえは今戸の提灯屋ひさもとの職人頭を務めております真之助と申します」

真之助が明かした屋号を聞いて、隠居の徳兵衛が上体を乗り出した。

「ご当主の藤左衛門《とうざえもん》さんとは長らくお会いしていないが、息災でおいでかの」

いきなり当主の名を出されたことで、さすがの真之助もすぐには返事ができなかった。生唾を呑み込んでから、徳兵衛を見た。

「今年の正月で還暦を迎えまして、家督を嫡男に譲りましたが、いまも息災にいたしております」

応えた真之助はそれ以上は藤左衛門に触れず、安治と三太郎の素性を明かした。

安治は通い大工で、腕利きであること。

三太郎は寄席の高座に出る噺家で、絵が達者であること。

これらを明かしている内に、徳兵衛も徳太郎も、当てが外れたという顔つきになった。とはいえ、そこは蓬萊屋の当主と隠居である。あからさまに失望したという素振りは示さず、徳太郎は真之助に目を合わせた。

「ご提示いただける思案には、ひさもとさんもかかわっておいでなのでしょうか?」

「ご指摘の通り、てまえどもで思案の肝である提灯を受け持たせてもらいます」

応えた真之助は、思案書とマムシ絵を挟んできた画板を卓に置いた。

蓬萊屋当主と隠居の目が、閉じられた画板に釘付けになっていた。

三十八

画板を卓に置きながら、真之助は一向に開こうとはしなかった。つい今し方、蓬萊屋当主徳太郎と隠居の徳兵衛が示した不遜な振舞いに、存念を抱いていたからだ。

真之助が自分の素性を「ひさもとの職人頭」だと明かしたときは、隠居が身を乗り出した。そしてひさもと当主といかに昵懇の間柄であったかを、問いもしないのに得々と話した。

そんな隠居の振舞いを、当主は諫めも止めもしなかった。

ところが実際の立案人である安治と三太郎の素性を告げるなり、当主も隠居もいきなり興ざめしたという態度を示した。

口では看板思案への応募に感謝すると言っておきながら、である。

蓬萊屋が気にしているのは、じつのところ看板の思案ではなかった。

だれが立案して応募してきたのか、その名が欲しかったのだ。

ひさもとを真之助が名乗るなり、隠居はあけすけにすり寄って来ようとした。

「あのひさもとまでが応募してきた」と、吹聴《ふいちょう》できるからだ。

無名の安治と三太郎が応募したのでは、吟味すらせずに落とされたに違いない。それを思ったがゆえ、真之助は蓬萊屋の両名に業腹さを覚えたのだ。

さらにもうひとつ。

この当主と隠居では、三太郎が命を賭して描き上げたマムシの凄さを、果たして正当に評価できるや否やと、いまでは大いに疑問を感じていた。

蓬莱屋に、思案を正しく吟味させるには、どうすればいいのか。

手立てを思い巡らせるために、真之助は画板を開こうとはしなかった。

とにかく相手を焦らすことだと決めて、真之助は丹田に力を込めた。

案の定、徳太郎の方が、我慢が利かなくなったようだ。

「その画板に挟まれているという看板の思案を、早く見せていただきたいのですが」

苛立《いらだ》ってはいるのだろうが、なにしろ真之助は、あのひさもとの職人頭だ。ぞんざいな物言いは禁物と、自制心が働いているようだ。

隠居の徳兵衛は歳を重ねているだけに、老獪《ろうかい》さを備えていた。

「ひさもとさんは画板を開く前に、気の昂ぶりを抑えておいでらしい」

皮肉そうな笑みを浮かべて、真之助を煽《あお》りにかかった。

「どうやら画板の内には、ひさもとさんの大勝負のタネが収めておいでか？」

徳兵衛は真之助に、相手を値踏みするかのような目を向けていた。発案者である安治と三太郎には、一瞥《いちべつ》すらくれていなかった。

安治も三太郎も、いささかも表情は動かさずに沈黙を続けていた。蓬莱屋に入る手前で、真之助に太い釘を刺されていたからだ。

「昨晩、随右衛門さんと詰めの話をした折に、きつく申し渡されたことがあります」

それは蓬莱屋のしたたかさについてだった。

「薬種の仕入れ商談では、蓬莱屋は業者泣かせで知れ渡っている問屋だ」

薬種の疵《きず》探し専門の手代を、三人も抱えている。爪の垢ほどの疵をも見逃さないし、それを口実にきつい値引きを突きつける。

このたびの思案募集においても、謝礼を素直に払うとは考えにくいと、随右衛門は判じていた。

「相手の調子に合わせていては、このマムシの出来栄えに見合う成果が得られるかどうかは不明だ」

ぜひにも買いたいと、相手に言わせる談判に臨むことこそ、マムシの出来に応えられる談判となる……随右衛門はひとを使い、蓬莱屋を調べ尽くしていた。

それを命じたほどに、随右衛門は三太郎が描いたマムシと、それを提灯に使うとした安治の思案を評価していた。

「おまえなら、相手がどれほどしたたかでも、談判を勝ち抜くことができる」

弟のためにも惜しまず全力を投じて、売ってくださいと言わせよと、随右衛門は真之助の背中を押していた。

蓬莱屋に向かう手前で、真之助は弐蔵の宿を訪れた。そして弐蔵を含む三人に、随右衛門と交わしてきた話し合いの子細を聞かせた。

「手強《てごわ》い蓬莱屋さんとの談判では、わたしがすべてを仕切らせていただきます」

随右衛門と真之助とのやり取り子細を、聞かされたあとである。真之助の言い分には、弐蔵も深く得心していた。

「三太郎さんの絵と、ひさもとが仕上げた思案書は、存分に相手を焦らせてから画板を開いて取り出します」

真之助は安治と三太郎を交互に見詰めて、これを告げた。

「あんたがいいと言わねえ限り、おれの口はサザエだぜ」

応えた安治は、口元をぎゅっと閉じた。

「おれも真之助さんに、すべてを任せます」

三太郎の同意を得て、事前の話し合いを真之助は閉じた。


「それでは大工の安治が考えた思案と、噺家の三太郎が描き上げた絵を、蓬莱屋さんにご覧いただきます」

言い終えた真之助は、画板を結び合わせている紅色の結び紐に両手で触れた。

焦らされて、気分を害していたのだろう。当主徳太郎も隠居の徳兵衛も、気乗りのしない表情になっていた。

真之助は結び紐を解き、画板の端に手をかけた。そして深く息を吸い込んでから、一気に画板を開いた。

気乗りしない表情だった徳太郎と徳兵衛が、真之助の所作につられて上体を乗り出した。

画板の内には、裏返しになった思案書と、厚紙で拵えた紙ばさみが収まっていた。

真之助はまず思案書を手に取り、書かれた内容を読み上げ始めた。

「店先に高さ四丈（約十二メートル）の、提灯吊り下げ柱を普請します。この高さがある柱に、上下二丈（約六メートル）ある、特大提灯を吊します」

提灯の内には、別誂えの三百匁ロウソク五本を、同時に灯せる燭台を据え付けると、口頭で説明した。

ここで口を閉じた真之助は、当主と隠居があたまの内に、柱と提灯を思い描けるだけの間を取った。

「いかがでしょう、四代目」

真之助は徳太郎に問いかけた。

「そんなことを問われても、わたしは素人だ。絵を見ないことには、思案は分からない」

徳太郎は不機嫌さを剝《む》き出しにしていた。こうなるのを承知していた真之助は、同じことを徳兵衛に問うた。

「あんたが持っているのが提灯看板の絵なら、前置きはいいから、さっさと見せなさい」

徳兵衛の不機嫌さは息子以上だった。

「それでは、ご覧いただきましょう」

裏返しになっていた絵を、蓬萊屋の目の前で引っ繰り返した。

「なんと！」

徳兵衛も徳太郎も、短く漏らしたあとは絶句して絵を見詰めた。

ひさもとの絵描きは、高さ四丈の柱に吊された二丈の提灯を描いていた。

とっぷり暮れた町のなかで、特大提灯だけが明かりを放っている光景である。提灯の効果が存分に描き出されていた。

しかし提灯は明かりを灯しただけで、なにも看板になるものは描かれていなかった。

最初は絶句した両人だったが、また不満げな表情に戻っていた。

「提灯には、この絵を描きます」

紙ばさみから取り出した絵を、蓬莱屋の前に差しだした。

「うわっ！」

マムシを見るなり、徳太郎は尻を浮かせた。

徳兵衛は呼吸すら忘れて、マムシに見入っていた。

三十九

五人の男が詰めていながら、部屋は静まり返っていた。

マムシを描いた三太郎は背筋を張り、蓬莱屋当主と隠居を凝視していた。

マムシの化身も同然の三太郎には、蓬莱屋当主こそ狙い定めた獲物である。

気にいらぬ答えを言うなら、喉元に飛びかかられる覚悟がいるぞと、両目に殺気もかくやの剣呑《けんのん》な光を宿していた。

安治は逆で、息遣いも穏やかに落ち着き払っていた。徳太郎と徳兵衛を見てはいたが、両目ともに光は静かだった。

安治の表情に尖りはない。力を出し切って棟上げに臨んだ棟梁の風格すら感ぜられた。

蓬莱屋当主と隠居は、見詰められているのを意識して、ことさら落ち着いた息遣いを続けていた。

創業百年を迎える老舗薬種問屋である。

座に詰めている商談相手に、胸中を察せられる抜かりなど、所作にも表情にもなかった。

ところが三太郎が描いたマムシは、ふたりが積み重ねてきた鍛錬を、根こそぎ壊してしまう凶暴さを秘めていた。

目の前に広げられた一枚の墨絵に、徳太郎の両目が貼り付いていた。ひさもと特製のにかわで貼り付けられたかのようだ。

どれほど平静さを保とうとしていても、マムシに見入った徳太郎の目が、極限まで昂ぶった気持ちを表していた。

徳兵衛はさすが隠居だけあった。咄嗟《とっさ》の身の処し方は、もはや天性も同様のものとなっていた。絵に見入ったりしたら、マムシに食らいつかれると判じたのだろう。ひと目見ただけで、絵から目を逸らせていた。

徳太郎は若いだけに、徳兵衛のようには振る舞えないらしい。浅い呼吸を続けながら、マムシに見入っていた。

真之助たちが通された部屋は、質素な拵えである。違い棚などの調度品は皆無で、壁は杉板が剝き出しだ。

そんな部屋に、永代寺が撞き始めた正午の捨て鐘が流れ込んできた。

ゴオオーーン……。

長い韻を引く最初の一打を耳にするなり、徳太郎はマムシから目を離した。まさに捨て鐘の一打で、我に返ったかのようだった。

徳太郎が顔を上げた気配を察して、真之助も板壁を見ていた目を四代目に戻した。

「てまえどもの看板思案、いかがでございましょうか？」

当主でいながら徳太郎は、答える前に徳兵衛を見た。返答をするに際して、ずるく先代の意向を問う形をとろうとしたのだ。

「おまえが答えなさい」と大旦那に目顔の指図を受けてから、真之助と向き直った。

「ひとまずお預かりしたうえ、後日、わたしどもから返事をさせていただきます」

重々しく返答しようと努めているようだが、声は上ずり気味だった。

「うけたまわりました」

徳太郎に応じた真之助は卓の向こう側に手を伸ばし、マムシの絵を引き寄せようとした。その手の動きを徳太郎が止めた。

「わたしどもが内々で吟味する数日の間、この絵を預からせていただけないか」

落ち着きを取り戻したらしい。徳太郎は尊大にも聞こえる物言いで、真之助に質した。

「それは受けかねます」

真之助は間をおかず、きっぱりと返答してあとを続けた。

「三太郎が命を賭して仕上げたマムシ絵は、この一枚限りです」

向かい側の徳太郎の目を、真之助は両目で射貫き、さらに続けた。

「ことが本決まりとなるまでは、てまえどもの手文庫に錠前をかけて仕舞います」

寸分の隙もない物言いである。気迫に押されて、徳兵衛が先にうなずきを示した。

その振舞いを了とした真之助は、硬い目のままで徳太郎に話しかけた。

「思案通りの巨大提灯に明かりが灯されたあとは、仲町の辻からでも見えるでしょう」

真之助は目つきを和らげて続けた。

「蓬莱屋さんの提灯見たさに、暮れ六ツを過ぎた表参道は、ひとで身動きするのも難儀となること、請け合いです」

言葉で念入りに煽り倒してから、真之助は思案書の写しを徳太郎の前に押し出した。

「みなさんで吟味いただくには、それが入り用でしょうから」

高い柱に吊された、巨大提灯の図。

番頭たちを交えて吟味する際には、この写しが大いに役立つはずである。

「確かに戴《いただ》きました」

徳太郎の物言いから、尊大さがすっかり抜け落ちていた。

「それではご返事をお待ちいたしております」

真之助は三太郎と安治を目で促し、揃って部屋を出た。

なんと四代目みずから先に立ち、店先まで見送りに出た。番頭も手代も当主のあとに従い、店先まで出た。

「ありがとう存じました」

多数の声に送られて、真之助たちは表参道を仲町の辻へと向かっていた。

辻に建つ火の見やぐらの下まで歩いたところで、三人は足を止めた。

「ちょうど昼の時分どきです」

昼餉《ひるげ》を一緒にと、真之助がふたりを誘った。

「そいつあ結構な思いつきだ」

応じたのは安治だった。

「永代橋に向かう途中に、味自慢のうなぎ屋がある」

安治は真之助と三太郎を交互に見た。

「前祝いてえのは、まだ決まってもいねえいまは縁起に障るから、はばかられるが」

大工の安治は、ひと一倍の縁起担ぎだ。声の調子を落として、あとを続けた。

「そう言いながら、おれっちの目尻はだらしなく垂れちまってるぜ」

やぐら下に立った安治は、両手を目尻にあてて引っ張り下げた。そのさまを見て、真之助と三太郎が同時に破顔した。

「おれもいきなり、腹が減ってきました」

ぜひのろが食べたいです、行きましょうと、三太郎が安治をせっついた。

もとより言い出しっぺの真之助に、異存のあるわけがない。

「勝手なお願いですが、勘定はてまえに持たせてください」

随右衛門からもきつく言いつかっておりますのでと、安治に頼み込んだ。

「嬉しいじゃねえか、三の字」

喜んでおきながら、安治は申し出を断った。

「おれには、生涯で一度てえ大仕事だ」

一語一語に正味の想いを込めて、安治は続けた。

「払いはおれに花を持たせるつもりで、勝手を通させてくれ」

思案を煮詰めるために、安治と三太郎は寝起きを共にしてきた。上機嫌のときの安治は、三太郎を三の字と呼んでいた。

「おめえのマムシを見たときの四代目は、絵に食いつかれたような顔つきだったぜ」

思わず声が大きくなった安治に、通りすがりの者が目を向けた。安治は慌てて右手を口に当てた。

「往来で、でけえ声は禁物だったぜ」

弐蔵の口癖を真似た安治は、雪駄を鳴らして歩き始めた。

真之助と三太郎は横並びになって、安治のあとを追っていた。

つい今し方まで晴れていた空に、分厚い雲がかぶさっている。

凩の凍えが、肌に噛みつき始めていた。

四十

三人が半田に行き着いたと同時に、冬の雷雨が襲いかかってきた。

「まあ、親方。いらっしゃいませ」

半田の女将・さつきが大きな身振りと弾んだ声で、一行を迎え入れた。三人が土間に入るなり、稲光が西から東へと奔った。

ほとんど間をおかず、凄まじい雷鳴が轟《とどろ》いた。急ぎ足で土間を店先まで戻った安治は、大島町の宿の方角に目を凝らした。

みのぶは安治がなにをしでかしても、目を背《そむ》けずに受け止めてきた気丈な女だ。娘は三人とも、母親の肚の据わり方を手本として、今日を生きていた。

そんなみのぶの、ただひとつの弱点。それがカミナリだった。

ゴロゴロッと雷鳴が轟き始めるなり、押し入れに逃げ込んだ。掛け布団をあたまからかぶり、雷鳴が静まるまで押し入れから出てこなかった。

安治は鉛色の空を見詰めた。そして早く通り過ぎてくれと、押し入れに逃げ込んだに違いない、みのぶを思いながら願った。

しかし安治の願いを聞き入れず、稲妻は何度も永代橋から富岡八幡宮に向けて奔った。

ひときわ強く光った稲光は、半田のすぐ先の地べたに向けて、青白い舌を奔らせた。

バリバリバリッ！

音がまだ消えぬうちに、調理場から半田の親爺・銅太郎が飛び出してきた。よほどに慌てたのか、銅太郎は手に庖丁を握っていた。

「いまの一発は、大島町から黒船橋《くろふねばし》の見当に落ちたにちげえねえ」

火の見やぐらの見張り当番が、火元の見当を口にするような物言いだ。銅太郎の言い分を聞くなり、安治の顔がこわばった。

「大島町なら、おれの宿がある」

安治が差し迫った声を漏らしたとき、また青白い光が奔った。が、稲妻は深川十万坪《じゅうまんつぼ》の方角で地べたに落ちていた。

「案ずることはねえでしょう、親方」

銅太郎の口ぶりは、気休めではなかった。

「もしも大島町に落ちていたら、大騒ぎはここまで聞こえてきておりやす」

銅太郎は右腕を雨のなかに突き出し、大島町の方角を指し示した。

半田と安治の宿がある大島町とは、十町（約一キロ）も隔たりはない。銅太郎が言う通り、もしも大島町に落ちていたなら、騒ぎはここまで伝わってきただろう。

「ならいいが……」

安治が語尾を濁したとき、男ふたりが雷雨をかき分けて半田に向かってきた。佐賀町河岸の仲仕だった。

冬場でも仲仕の身なりは素肌に下帯を締めて、厚手木綿の半纏を羽織っただけである。

ふたりとも脱いだ半纏をあたまからかぶり、雷雨を避けて走っていた。顔は見えなかったが、銅太郎は男の体つきから相手を察した。

「こんな雨んなか、ありがとうごぜえやす、梶蔵さん」

急ぎ半纏をあたまから外した梶蔵は、銅太郎と並んで立っている安治を見て驚いた。

「なんだってここに、棟梁が？」

問いかけた梶蔵の髷《まげ》に、まだ降り止まぬ雨が落ちた。連れの辰平にも雨粒が落ちた。

「まずは、へえってくだせえ」

梶蔵と辰平を招じ入れた銅太郎は、女房に手拭いを言いつけた。さつきは二本を手にして駆け寄ってきた。

ふたりは髷に落ちた雨を拭いながら、土間に入った。

月末が翌日の昼時である。半田の常連客である仲仕衆は、仕事に追われていた。

しかもいまは、不意に襲ってきた雷雨の真っ只中だ。安治たち三人と梶蔵・辰平のほかに、客はいなかった。

男たちをさつきは横長の卓に案内した。座すなり安治が口を開いた。

「こちらのあにさんは今戸の提灯屋、ひさもとで一番筆の真之助さんだ」

と顔つなぎした。

紹介を終えた安治は卓の左端に座し、三太郎・真之助の順に座らせた。

きちんと髷を拭い終えた梶蔵と辰平が、向かい側に座した。

他に客のいない半田である。さつきは湯呑みに注いだ熱々の番茶と、ぬか漬けの小鉢を銘々に供した。

「なににしましょうか?」

さつきの問いに、安治が他の面々を抑えて注文を始めた。

「大串のうな重を五つに肝吸いを五つだ」

焼き上がるまでのつなぎに、熱燗と小鉢を調えてくれと言い足した。

「ありがとうございまあす」

さつきは声を弾ませた。いきなり降り始めた、月末の荒天である。ぼうず（客なし）すら覚悟していた店にとっては、願ってもない注文だったのだろう。

さつきが引っ込んだところで、安治は梶蔵と辰平を交互に見ながら話を始めた。

「先日は提灯屋への口利きを申し出てもらいやしたが、あれっきりとなってやした」

安治は背筋を張って話を続けた。

「おれの昔なじみが今戸のひさもとと昵懇だったもんで、話はそちらと進めることになりやしたが、あの節は世話になりやした」

今日のうなぎは、せめてもの御礼代わりに勘定を持たせてほしいと、梶蔵に頼み込んだ。

次第を聞き終えた梶蔵も、安治を見詰めて背筋を伸ばした。

「少しでも棟梁の役に立てたなら、あっしらはそれで充分でやすが」

梶蔵は上体を前に乗り出した。

「せっかくの棟梁のお言葉でやすんで、遠慮なしに頂戴しやす」

安治の申し出を受け止めた梶蔵は、番茶の注がれた湯呑みを右手で掲げ持った。

「聞いてもらえて、ありがとさんで」

安治が湯呑みを掲げたら、他の面々も同じことをした。

「いただきやす」

梶蔵の発声で、全員が番茶に口をつけた。湯呑みを卓に戻したところに、急ぎ仕上げた熱燗と小鉢が運ばれてきた。

銘々が手酌で楽しめるように、徳利五本の熱燗が用意されていた。真っ先に徳利を手にした酒断ち中の安治は、向かい側の梶蔵に酌をした。

辰平には三太郎が徳利を差し出した。燗酒のあてには、佃島《つくだじま》の佃煮が盛られていた。

「まだ晴れていた時分から、昼は半田でのろだと、あにいと決めておりやしたんでさ」

安治に話しかけながら、辰平は何度も三太郎と真之助を見比べていた。

「月末の昼は、のろを食いに出向く仲仕は、ほとんどいねえもんでやしてね」

昼のうなぎにはもってこいだと思っていたら、いきなり雷雨になった。

「それでもあにいは気を変えず、半田まで走ってきたから棟梁に逢えやした」

口を閉じた辰平は、手酌で盃を満たそうとした。その手を押さえて、三太郎が酌をした。

「ありがてえ」

たっぷり注がれた盃をひと息で干した辰平は、自分の徳利を三太郎に差し出した。

「いただきます」

三太郎は両手持ちの盃で受けた。そして辰平に倣《なら》い、一気に呑み干して卓に置いた。

辰平は口を開く前に、もう一度、三太郎と真之助を見比べた。そして得心顔を拵えて、口を開いた。

「おめえさんらは双子だよな？」

三太郎は言われた意味が分からず、いぶかしげな顔を辰平に向けた。

真之助は黙したまま、辰平を見詰めていた。

四十一

いきなりの雷雨襲来で、半田に新たな来店客は皆無だった。

昼飯どきの半田は、大半の客が佐賀町の仲仕だ。手早くうなぎを食らい、力仕事の身体に精を付ける。食い終わるなり腰を上げて、さっさと持ち場に戻る。

食い物商売にはありがたい、長《なが》っ尻《ちり》をしないのが、連中の昼飯だった。

うなぎは客の注文を聞いてから割いて、蒸して、焼く。ゆえに出来上がりまでには、暇がかかった。

しかし作法通りに進めていては、気の短い仲仕の注文には応えられない。

半田の銅太郎はあらかじめ割いて蒸しておいたうなぎを、炭火で焼いた。蒸し方に工夫を凝らしていた。しかも備長炭で焼き上げたうなぎである。

手早く供されることに、仲仕衆は大満足をしていた。

不意の雷雨襲来など、予想もしていなかった銅太郎である。いつも通りの段取りで、手際よくうな重を仕上げていた。

辰平が双子と口にしたとき、さつきは早々と仕上がったうな重五つを、長方形の盆に載せて運んできた。

積み重ね方を工夫すれば、一度に八つの重箱が載る大型の盆だ。細身ながら、さつきの両腕は肉置きがよかった。

だれが勘定を払う客なのか、見極める眼力を備えたさつきである。最初に安治の前に置き、梶蔵・辰平の順に重箱を供した。

「どうだい、さつき姐さん」

うな重を給仕しているさつきに、辰平は問いかけた。三太郎と真之助の前に重箱を置いたあとで、さつきはふたりの顔をしげしげと見比べた。

「驚いた！」

さつきの声が甲高く裏返っていた。

「辰平さんの言う通りよ。身なりも髷も違うけど、顔はそっくりね」

そうでしょう？　とばかりに、さつきは梶蔵に目を向けた。

「ちげえねえ」

同意した梶蔵は大きな黒目を三太郎に向けた。

三太郎は口ごもったまま、答えられない。焦れた辰平はうな重のふたを外した。

ごはんと蒲焼きがもつれあった香りが、ふわっと立ち上った。その香りを存分に味わってから、辰平は三太郎を見た。

「せっかくのうなぎが冷めちまうぜ」

まずは食いなよと、三太郎と真之助にうな重を勧めた。すでにふたを外していた安治は、濃い緑色の山椒をうなぎに振りかけていた。

全員がうな重に箸をつけたところに、調理場から銅太郎が肝吸いの椀《わん》を運んできた。ここまでのやり取りは、調理場の内にまで聞こえていたようだ。

椀を供し終えた銅太郎は、梶蔵の背後から三太郎と真之助を見比べた。

「まさに、ちげえねえ」

カラの盆を手にしたままの銅太郎から、深く得心したという声が漏れた。

「十四のうなぎが縺れ合っていても、おれにはどれがどうだと見分けがつくが」

銅太郎の言い分には全員が箸を止めて、聞き耳を立てた。

「おめえさんたちふたりは、どっちがどうだか分からねえ」

これほどよく似た双子もめずらしいと、銅太郎は心底の驚き声になっていた。

真之助も安治も事情は分かっている。

辰平・梶蔵・銅太郎・さつきの四人とも、見たままの双子だと感じていた。

三太郎ひとりだけが、呑み込めないままの顔で、箸を止めたままでいた。

「どうしたよ、あにい」

また辰平が三太郎に話しかけた。

「合点がいかねえって顔をしてるがよう」

あごを突き出し気味にして問いかけたあと、辰平はうな重を頬張った。

三太郎のほかは、だれもがうな重に箸を戻していた。

「おれと……」

ひとり箸を止めたまま、三太郎は真之助に問うた。

「ひさもとの一番筆さんが双子だなんて、そんな筋の通らない話があるはずもないでしょうが」

三太郎の物言いが、わずかに尖り気味になっていた。

真之助は返答をせずにいた。

「おめえさんは三太郎さんで、脇に座っているのが提灯屋の真之助さんだよな?」

辰平はふたりがうなずいたのを見て、さらに続けた。

「ことによると三太郎さんは、自分のつらをじっくり鏡で見たことはねえのかい?」

「ありません」

三太郎が即答したら。

「ちょっとだけ、待ってて」

成り行きを見ていたさつきが、小上がりの奥に駆け上がった。そして居室から手鏡を手にして、駆け戻ってきた。

「これで三太郎さんも顔が見られるわよ」

さつきが差し出したのは差し渡し四寸（約十二センチ）の、銀の鏡だ。銅太郎と所帯を構えたとき、さつきの母から贈られた祝いだった。

この歳まで、三太郎は鏡を手に持ったことはなかった。しかもいまは場の全員が、うなぎを食べる手を止めて、三太郎を見詰めているのだ。

鏡をどう持てばいいのかも分からず、きまりもわるくて、腕の動きが固まっていた。

銅太郎に目配せされて、さつきが三太郎の背後に回った。手鏡を受け取ると、三太郎の顔が大写しになる位置で手を固定した。

鏡のなかの自分を見るなり、三太郎は瞬きを繰り返した。そのあと右手の親指と人差し指とで、自分の頬をつねった。

感じた軽い痛みで、これが自分だと得心したようだ。

今度はしげしげと鏡に映った顔に見入った。ふうっと息を吐き出したら、鏡の内の三太郎も同じように息を吐き出していた。

三度も同じことをしたあとで、背後を振り返ってさつきを見た。

「おおきに手間をかけました」

礼を言ったあと、今度は脇に目を移した。たった今、鏡の内で見ていたのと同じ顔の真之助が、三太郎を見詰めていた。

「いったい、これは……」

あとが続かなくなり、三太郎は言葉に詰まった。

「わたしと三太郎さんは双子の兄弟です」

やっと、思いが打ち明けられたのだ。真之助の両目から涙がこぼれ落ちた。

なんと安治の目も潤んでいた。

うなぎ屋の夫婦も仲仕ふたりも、ともに察しがよかった。

事情をまったく知らなかった三太郎が、この場で初めて、兄弟がいたと分かったのだと呑み込んだ。

兄弟の出会いを祝うかのように、大粒の雨がうなぎ屋の屋根を叩いていた。

四十二

「せっかくのうなぎだ。冷めねえうちに、いただこうぜ」

梶蔵の音頭で全員がうな重に箸をつけた。

まさかの荒天襲来など、事前に銅太郎に分かろうはずもなかった。いつも通りの来客を見越して、しっかりと支度が調えられていた半田のうなぎだ。

蒸し加減・焼き加減ともに見事で、味醂《みりん》をおごったタレは雷雨の下でも艶光りしていた。

「舌のうえでとろけてしまうのが、半田ののろの身上《しんしょう》だ」

「ちげえねえ」

梶蔵と辰平が、掛け合いで褒めた。

真之助と三太郎は互いに相手を気遣いつつ、柔らかな極上うなぎを嚙み締めていた。

そんなふたりの湯呑みに、さつきが茶の給仕を始めたとき。

三太郎と真之助はうなずき合って、箸を置いた。そして同時に背筋を伸ばし、安治に目を向けた。

気配を感じた安治も箸を置き、ふたりの視線を受け止めた。

「どうかしたのか、三の字」

いぶかしげな声で問いかけた。

「ありがとうございます、棟梁」

あらたまった物言いで応じた三太郎を見て、安治は顔をしかめた。

「おれは棟梁じゃねえ、ひらのでえくだ」

安治の尖った物言いが気になったのか、梶蔵と辰平も箸を置いて三人を見ていた。

「百も承知していますが、安治さんのおかげでおれは……おれは……」

三太郎が言葉に詰まると、すかさず真之助があとを受けた。

「棟梁のおかげで、てまえは三太郎と出逢うことができました」

顔つきも物言いも引き締めた真之助の脇で、三太郎も息を詰めた顔で安治を見ていた。

「てまえども兄弟が相まみえられましたのは、すべては棟梁のおかげでございます」

真之助は言葉を区切り、安治を見た。三太郎も同じだと横目で確かめてから、真之助は先へと進めた。

「棟梁の思案に基づいて仕上げましたものを、本日、蓬萊屋さまに差し出すことができましたのも、すべては棟梁の提灯思案があったればこそと存じます」

正座の膝に両手を載せた真之助と三太郎は、衷心《ちゆうしん》からの感謝を込めて、真横の安治にあたまを下げた。

「よさねえか、おれにそんな真似は」

真顔で声を尖らせた安治に、梶蔵が口を挟んできた。

「いまの提灯思案てえのは、先《せん》にどうこう言ってた、提灯屋の手代にかかわることですかい？」

問われた安治は梶蔵に目を移し、そのことがらみだと応じた。

「あいにく梶蔵さんのところから、提灯屋への口利きとはならなかったが」

梶蔵と辰平の表情から、さらに顚末を聞きたそうだと安治は感じ取った。

「うなぎを食ってくだせえ」

食べながら話を聞いてくれればいいと、ふたりにうな重を勧めた。

「がってんだ」

梶蔵が残りに箸をつけたのを見て、安治はここまでの子細を仲仕ふたりに聞かせた。

すでに思案書を出したあとだ。梶蔵たちに話しても、あとの障りにはならないと判じたからだ。真之助も承知顔で聞いていた。

うなぎを食べ終わっても、話はまだ続いた。梶蔵も辰平も、茶も呑まずに聞き入っていた。

「これが、提灯思案がきっかけとなって、双子の兄弟が行き合えた次第の一席だ」

安治は三太郎の目を見ながら、噺の閉じ口上を口にした。

「できました、棟梁」

喝采したあと、梶蔵は表情を改めた。

「並の者には及びもつかねえ、でけえことを成し遂げるお方と見込んでやしたが」

梶蔵の物言いが熱を帯びていた。

「別れ別れのままだった兄弟を結びつけるなんざ、できることじゃありやせん」

息継ぎをして、梶蔵はさらに続けた。

「江戸名物間違いなしの提灯看板思案といい、どっちも棟梁じゃなきゃあ仕上げられねえ大仕事でさ」

ひと息を継いだあと、梶蔵の目はふたごの兄弟に移された。

「棟梁から出ている、あの得体の知れねえ後光あってのたまものだろうよ」

梶蔵の結びの言葉に、兄弟ふたりは真顔になって深くうなずいていた。

仕上がって明かりが入った日には、佐賀町の仲仕が群れになって出向きやすぜと、梶蔵は強く請け合った。

「昼のこのうなぎは、まさに棟梁の思案への前祝いでさあ」

梶蔵の日焼け顔が大きく崩れていた。

「ありがてえ話だが」

安治はきまりわるそうな顔を梶蔵に向けた。

「今日の昼前に思案書を出したばかりで、まだあれが通るかどうかは分かってねえんでね」

褒められたのは嬉しいが、決まるまでは祝いはお預けにしてくれと、梶蔵に頼んだ。

「がってんでさ、棟梁」

梶蔵もすっかり安治を棟梁と呼んでいた。

「早とちりの祝いはよくねえと、あっしを鍛えてくれた親方から、始終そのことを言われてやした」

先走った祝いを詫びてから、梶蔵はもう一度表情を緩めた。

「富岡八幡宮の表参道は、永代橋東詰から一本道でつながってやす」

特大の提灯看板に明かりが入れば、永代橋からでも明かりは見えやすかいと、梶蔵は提灯屋の真之助に質した。

「もちろん見えます」

真之助は言い切ってから、子細を話した。

「思案通りに拵えれば、蓬莱屋さまの店先から、東西一里（約四キロ）は明かりが届きます」

思案書に書いた内容とは違っていた。が、気の昂ぶった真之助は、明かりの届く範囲を大きく盛って答えた。

「そいつあ豪勢だぜ」

感嘆の声を漏らした梶蔵は、また安治に目を戻した。

「もうさっきも棟梁に釘をさされやしたが、これを聞いたいまはもう、祝い気分を放っちゃあおけねえ」

梶蔵と目のあった辰平は、そうでさとばかりに強くうなずいた。

「初明かりがへえった夜は、佐賀町河岸と永代橋上とで、大騒ぎをして祝いやす」

梶蔵は胸を張って安治を見た。

「決まったあとは、なんでも手伝いを言いつけてくだせえ」

梶蔵が声を張ったら、調理場ののれんをかき分けて、銅太郎が出てきた。後ろには、さつきも従っていた。

「おれも女房も、手伝いやすぜ」

銅太郎の力強い物言いを聞いた真之助は、先行きに確かな手応えを感じていた。梶蔵と目が合うと、真之助はあたまを下げた。

「もしも棟梁……」

梶蔵の物言いが、さらに強くなった。

「あの蓬萊屋が四の五の文句をごねたら、佐賀町の面々が店に乗り込んで、番頭やらあるじやらに凄みを利かせやす」

佐賀町の威勢は富岡八幡宮の町内神輿《みこし》で、蓬萊屋も分かってやすと、安治に教えた。

「あにさんの凄みは、さぞかしだろうぜ」

安治は本気でこれを口にした。

「そうなったときは、任せてくだせえ」

梶蔵も真顔で応じたところで、昼飯はお開きとなった。

「おれは真之助と一緒に、ひさもとに出向きます」

半田の外で、三太郎は安治に断りを言った。

「いいことだ。しっかり話し合ってこい」

弐蔵にはおれから言っておくと告げて、三太郎の背中を押した。

仲仕ふたりと連れ立って、三太郎・真之助兄弟が佐賀町桟橋に向かい始めた。

凄まじかった雷雨は、雲のかけらすら残さずに失せていた。

四十三

佐賀町河岸に向かう三太郎たちを見送ったあと、安治はなにかを思いついたかのような表情になった。

河岸に戻る四人とともに、安治は我知らず半町（約五十五メートル）ばかり連れ立って歩いていた。その道をまた、半田の店先まで戻った。

大島町の宿に帰るにも、半田の前を通り過ぎるのだが、安治はぼんやり思っていることがあった。

店先に立ったとき、思案は定まった。いま一度、出てきたばかりの店の格子戸《こうしど》に手をかけた。

つい今し方、客を送り出したさつきは、のれんを引っ込めて格子戸も閉じていた。が、内から心張り棒は渡していなかった。安治が軽く横に滑らせただけで、格子戸は開いた。

内に仕舞われたのれんをかき分けて、安治は土間に入った。

格子戸を開いた音に気づいたさつきは、下駄を鳴らして調理場から飛び出してきた。

「あらっ……どうかしましたか？」

安治を見て、さつきの語尾が跳ね上がった。

「勝手なことを言って済まねえが」

安治は土間の内へと踏み入った。さつきも安治の前にまで近寄ってきた。

「もしも親方が火を落としてねえなら、蒲焼きの大串を三串、おみやに仕上げてもらいてえんだ」

小声で頼んでいたつもりだったが、なかの銅太郎にも聞こえていたらしい。

「棟梁の注文はあっしにも聞こえやしたが、間の悪いことに、たったいま、火消壺に炭を投げ込んだばかりなんでさ」

首に回した手拭いでひたいを拭いながら、銅太郎も近寄ってきた。

「そいつあ、済まねえことを言っちまった」

銅太郎の顔を見ながら、安治は詫びた。それを受けて銅太郎が問いかけた。

「なんだって棟梁は、いきなりうなぎをおみやにと思われやしたんで？」

親身になっての問い方だと感じた安治は、正直に事情を聞かせた。

三太郎との提灯思案を進めるために、宿には帰っていなかった。娘と気の合う女房ゆえ、亭主の留守は苦にしていないはずだ。

ところがいきなりの雷雨で、凄まじい雷鳴と稲光が暗い空を奔っていた。

「うちのは、おれが散々に無茶を続けていたときも、ひとことも泣き言は言わずに、娘三人を育ててきた、てえした女だ」

安治が身内の話を他人に聞かせることは、ほとんどなかった。ましてや女房を褒めるなどは、一度もないことだった。

ところがいまの安治は、くつろいだ口調で話を続けていた。

「そんな女房が、たったひとつ怖いのがカミナリさまでね」

雷雨はすっかり治まったが、あいつは床に伏せっているかもしれないと、案じた。

「三太郎たちを見送った刹那《せつな》、不意に女房のことを思っちまったもんだから」

安治はきまりわるげな表情になり、土間を見た。その仕草に、さつきが打たれたようだ。

「大丈夫です、棟梁。もう一度、炉に火を熾しますから」

さつきは銅太郎に相談せず、これを言った。そして早足で調理場へと向かった。

手間のかかる備長炭の火熾しは、さつきの受け持ちだった。

銅太郎もさつきと同じ思いを抱いて、話を聞いていたようだ。

「うなぎの下拵えは、きちんとできてやすんでね。あとは焼けばいいだけだ」

さほどに手間はかからないから、腰掛けに座して待っててほしいと言い置き、銅太郎も調理に戻った。


おみやの蒲焼き作りが始まった。


火熾しを済ませたさつきは、沸かし直した湯で、番茶をいれて出てきた。

「あのおかみさんには、あの娘さんが一緒ですから、心配いりませんって」

さつきはみのぶとつばきの気性をよくわかっていた。安治への物言いは、母娘の仲の良さを正味で称えていた。

「それにしても、おかみさんを案じてうちの蒲焼きをおみやにと思うなんて、棟梁ってみかけによらず女房孝行なんですねえ」

感心したようなさつきの物言いを聞いて、安治が真顔になった。

「そんなんじゃねえんだ、女将さん」

番茶をすすってから、あとを続けた。

「てめえでも分からねえんだが、栈橋に向かっていく三太郎と真之助の後ろ姿を見ているうちに、妙な気分になっちまったんだ」

「妙な気分って、どういうことですか？」

即座にさつきに問われたあと、安治はおのれの考えをまとめながら話を続けた。

「三太郎は今日の今日まで、てめえに双子の兄弟がいるてえのを知らずに生きてきたんだ」

半田でのろを食べることになり、河岸の仲仕と一緒になった。仲仕から「双子か？」と問われても、三太郎には双子の意味が呑み込めなかった。

さつきの手鏡を見て、三太郎は初めて理解できそうになった。が、不意にできた兄弟に最初は驚き、そして間合いの詰め方が分からず往生していた。

しかしそこは、人一倍に濃い血でつながった双子である。半田を出る前には、すっかり兄弟になっていた。

真之助と連れ立って今戸に向かうと、三太郎は安治に断りを言った。

すでに真之助と乗合船に乗っているかのような、嬉しさが顔に貼り付いていた。

そんな双子の顔と、桟橋に向かう後ろ姿を見送っているとき、いきなりみのぶを思った。

思えばみのぶの身だけを案じたのは、長い来し方のなかで、このときが初だった。

安治から正直な想いを聞かされたさつきは、目を潤ませて立ち上がった。

「とっておきの蒲焼きを用意しますから」

さつきの物言いは、意図して声を弾ませているかのようだった。

卓でひとりになった安治は、番茶をすすってから考え事を続けた。

つばきが並木町でだいこんを始めてからは、ことあるごとに娘たちの行く末を案じていた。

商いがうまく運べばいいのに、とか。

娘盛りが色褪《あ》せる前に、いい男と出逢ってくれればいいのに、とか。

真之助と肩を並べた三太郎の後ろ姿から、なぜかみのぶを思ってしまった。

いまさらながら、女房には世話を掛けつづけてきたのを思い知った。

今日は蓬萊屋が心底驚いたほどの、看板思案を提出してきた。

真之助も三太郎も、そして仲仕の梶蔵までもが請け合った通り、あの思案は絶対いけると安治は胸の内で確信していた。

おれが今日まで、てめえの勝手を通して、ただの大工職人でこられたのも、思えばみのぶが家を支えてきたからだ。

みのぶが達者だったからこそ、つばきも存分に商いに身を投じてこられたのだ。

さまざま思い返しているうちに、安治は矢も楯《たて》もたまらず、宿に帰りたくなった。

腰掛けを鳴らして立ち上がったら。

「おまちどおさまでした」

さつきが声を弾ませた。

四十四

今朝からのめまぐるしい移り変わりを嚙み締めながら、安治は宿へと向かっていた。

右手に提げた竹皮包みは、遠慮なしに蒲焼きの香りを発散している。安治が包みを提げた竹皮の紐を揺らすと、香りも大きく振れた。

雷雨があがり、ひとが往来を歩き始めていた。地べたにできた水溜まりを避けた女が、すれ違う間合いを詰めた。

行き過ぎてから、女は蒲焼きの香りに惹かれたのか、身体ごと振り返っていた。

安治は包みを揺らしたまま、ずんずんと歩いた。思い返しも底を突いたらしく、歩みが速くなっていた。

宿の玄関前に立ったら、線香の強い香りが戸口にまで漂い出てきた。カミナリ避けに、焚いたのだろう。

蒲焼きの香りともつれ合っている線香をかいで、安治は宿に戻ってきた実感を得た。

みのぶはとにかくカミナリが怖いのだ。つい先刻のカミナリからみのぶを守るために、つばきが焚いた線香に違いない。

深呼吸のあと、安治は格子戸を開いた。戸の上部に取り付けられた鈴が、チリリンッと鳴って内に報《しら》せた。

「はあい」

明るい声の返事がまだ消えぬうちに、つばきが玄関先に出てきた。

「おとっつあんっ！」

驚き声を発するなり、つばきは土間に飛び降りた。そして安治に抱きついた。

つばきの髪のびんつけ油の甘い香り。

カミナリをも追い払う、線香の香り。

半田の銅太郎が気持ちを込めて焼き上げた、蒲焼き三枚が漂わせる香ばしさ。

三つの香りが土間で縺れ合っていた。

「そうかっ、今日は二十九日なんだ！」

安治から身体を離したつばきは、ひとりで得心していた。

「今日って、蓬萊屋さんに思案書を出す日でしょう？」

「しっかりしたものを出してきた」

落ち着いた物言いだが、つばきが心底、得心できる響きを含んでいた。大きな声ではなかったのに、奥からみのぶが出てきた。

「ご苦労さまでした」

つばきとのやり取りが聞こえていたのだろう。みのぶは上がり框に立ったまま、浅い辞儀をしたあと、安治に微笑《ほほえ》みかけた。

亭主の苦労をねぎらう辞儀である。

「今夜はこれだ」

差し出した竹皮包みから、蒲焼きのタレが土間に滴《したた》り落ちた。三人で食することを思い、銅太郎はたっぷりとタレをかぶせていた。

「半田さんのでしょう？」

土間の三和土は手入れが行き届いており、タレは染み込まずにしずくになっている。急ぎ台所から雑巾《ぞうきん》を手にして、みのぶは上がり框に戻ってきた。

受け取ったつばきは、こすらず、タレのしずくにかぶせた。雑巾に吸い取らせてから、軽く拭《ふ》いた。

三和土に墜《お》ちたしずくはきれいに消えた。

「ここで待っててね」

雑巾を手にしたつばきは、上がり框から台所へと急いだ。そしてぬるま湯を張ったたらいを抱えて戻ってきた。

常に湯を用意しておくのは、だいこんを商っていた当時からのつばきの心構えだ。いまは雷雨を浴びて湿った往来を戻ってきた安治のためのすすぎだった。

「ありがとよ」

雪駄と濃紺の冬足袋を脱いだ安治は、たらいに足をつけた。真冬の雷雨を吸い込んだわけではなかったが、足袋は凍っていた。

ほどよいぬるさの湯は、骨まで凍えていた両足を心地よく包んだ。

「まったくおめえの心遣いてえのは」

安治はうっとりと目を閉じて話し始めた。

「つい今し方まで店で一緒だった、半田のさつきさんでも、おめえには敵《かな》わねえ」

こんなに明け透けな物言いで、娘を褒めることは滅多にないことだ。

「おっかさんに蒲焼きのおみやだとか、あたしのことを褒めるだとか……」

つばきは安治の両目を見詰めた。

「おとっつあんの様子が様子だから、時季外れのカミナリさままでも仕方がないわね」

おどけ口調で言ったつばきは、安治の足を手拭いで拭った。

「おめえの手つきは、うっとりするほどに優しい、ありがとよ」

世辞とも言えぬ物言いで、両足を拭った娘に礼を言った。つばきの顔から笑みが失せた。

「おとっつあん……」

上がり框から奥に進もうとした安治を、つばきが呼び止めた。声の調子は父の様子を案じていた。

安治は土間のつばきを見下ろした。

「なんでえ、そのつらは」

つばきは感じたままを口に出した。

「どこか身体の具合がおかしいとか、大きな心配事があるとか、なにか隠してないの、おとっつあん」

「ばか言うんじゃねえ」

つばきを撥《は》ね付けた物言いは、いつもの安治のものだった。

「思案書が出せた、めでてえ日に、みょうなことを言って、あやつけるんじゃねえ」

「ごめんなさい」

詫びながら大いに安堵した。いつも通りのおとっつあんだと、深く呑み込めたからだ。

安治が脱いだ冬足袋と、足を拭った手拭いとをたらいに浸けて、つばきは台所に向かった。そして釜で沸かしている湯をたらいに注ぎ、手早く手拭いと足袋を洗った。

台所の軒下には、棹が一本渡されていた。手拭いや布巾を干すための棹だ。安治の足袋と手拭いとを棹に干してから、つばきは茶の間へと向かった。

安治が指物《さしもの》職人に誂えさせた、長火鉢が据え置かれた茶の間である。

部屋の内ではみのぶと安治が談笑していた。開かれたふすまの手前で、つばきは立ち止まった。いま入るのが憚《はばか》られるような気配が、開け放たれた茶の間から漂い出ていた。

ふすまが開かれているだけに、余計にふたりの間に割って入るのが憚られた。

足音を忍ばせて台所に戻ったつばきは、籐《とう》で編まれた買い物籠を手に提げた。巾着を買い物籠に投げ入れると、足音を立てて茶の間に向かった。そしてふすまの前に立った。

「夕餉《ゆうげ》のうなぎに添えるものを、仲町で見つくろってくるから」

長火鉢の向こうにいる安治が、手を振ってつばきに目を合わせた。

「のろに合ったおわん物も頼むぜ」

言うなり安治は、またみのぶに目を戻した。背中を向けているみのぶは、つばきに振り返らず仕舞いだった。


ひと通りの買い物を済ませても、つばきは宿に帰る気にはなれなかった。

あのふたりが醸《かも》し出している睦《むつ》まじさを思うにつけ、まだ宿に帰るのは邪魔でしかないと思えたからだ。

つばきにはこれまで、何度かこころを大きく動かした相手がいた。所帯を構えたいとまで、思いを募らせたこともあった。

しかし、決める一歩が踏み出せず仕舞いで、どの想いも終わっていた。

茶の間から漂い出ていた、互いに相手に寄り添っていたいとの気配。

思えばつばきは、それを知らずにいた。

思いあぐねたつばきがお参りに向かっていたのは、深川閻魔堂だった。

すっかり晴れた西空から、つばきの背に夕陽が差していた。

四十五

閻魔堂に賽銭を投じたあと、つばきが願ったのは安治とみのぶの長命息災だった。

いつものつばきは、ことあるごとに富岡八幡宮にお参りをしてきた。そして社殿前に置かれた賽銭箱に四文銭二枚を投じた。願い事は口にせず、今日の息災御礼を唱えていた。

閻魔堂の境内を出たところで、不意に足が止まった。

いま済ませた閻魔堂へのお参りでは、安治が常に口にしていることから外れてしまったと、気づいたからだ。

「神社や寺で賽銭を投げて拝むのは、願いごとをするためじゃねえ」

しらふの安治は、常にこれを口にした。

「今日一日を息災に過ごせたことへの御礼を言うために、手を合わせるんでえ」

賽銭は願い事のためではない。御礼のために賽銭するのだと締め括っていた。

安治の言い分に深く得心していたがため、つばきは富岡八幡宮で日々のお礼参りを続けていた。

安治とみのぶの間には、娘といえども割って入れない部分がある……。

それを思い知ったがため、身体が勝手に閻魔堂に向かっていた。弐蔵にならこの切ない思い、哀《かな》しい感じを話せるかもと、こころの奥底で感じたのかもしれない。

しかし境内を出たところで、閻魔堂に願い事をしてしまったことに気づいた。

並木町から深川に越して以来、つばきは安治の言いつけを守ってきた。日々のお参りはお礼を唱えることだという、安治の考えに心底同意していたからだ。

なにを思い違いしたのか今日のつばきは、安治とみのぶの息災祈願を唱えていた。

お堂を振り返ったつばきは、深々とあたまを下げた。そして唱え直した。

「今日も一日、息災に過ごせてありがとうございます」と。

こうべを上げたときには、弐蔵を訪れるのはまたの折にと思い直した。

不意に訪ねても、賭場にいる限りは逢ってもらえるのは分かっていた。

なぜそう思えるのよと自問したとき、つばきは息が苦しくなった気がした。

弐蔵は自分を好いていてくれる。だからかならず逢ってくれるのだと呑み込めたからだ。

自分の都合だけを押し通してこなかったのかと、おのれを責めた。その先で……。

認めたくはなかったが、わたしも弐蔵さんを好いているのでは……と、わざと他人《ひと》ごとのように問いかけた。

が、突き当たりまでは問い詰めずに残した。いまはまだ、答えたくないと。

それより早く宿に帰り、おとっつあんに熱燗をつけたいと思う気へと逃げた。

下駄を鳴らして家路を急ぎつつ、押しのけたはずの弐蔵の姿を思い浮かべていた。

炊事場で母娘が同時に立ち働くのは、ずいぶん久しぶりだった。安治が三太郎と弐蔵の宿に籠《こ》もってからは朝餉も夕餉も、支度はつばきとみのぶが交代で務めていたからだ。

久々の夕餉支度である。安治がおみやに持参してきたうなぎは、みのぶが受け持った。

ていねいに調えられた蒲焼きである。炙《あぶ》り直して風味を損なう愚など、みのぶはおかさなかった。

分厚い鉄鍋に水を張り、鉄ぶたを裏返しにしてかぶせた。湯が沸いたところで、三枚の蒲焼きを竹皮に包んだまま鉄ぶたに載せた。

そして楢《なら》材のひつぶたをかぶせた。みのぶが半田の銅太郎から教わった、蒲焼きの蒸しあげ方である。

炊き上がったメシは少し間をおき、ほどよく冷ましてからどんぶりによそった。そして半田のたれをごはんにまぶし、蒸し上がったうなぎを載せた。

もう一度、たれをかけて出来上がりだ。仕上がったうなどんは、どんぶりから蒲焼きがはみ出していた。

吸い物もみのぶが仕上げた。肝吸いとはいかぬが、夕刻に担ぎ売りから買い求めたしじみである。

「おれっちのしじみは、今朝方そこの大横川で獲ったばかりでさあ」

米蔵に運び入れる米俵から、大横川に落ちた米粒を食っているしじみだ。

「たらふく、おまんま食ってるしじみだ。うめえのは請け合うぜ」

しじみ売りが自慢した、大粒の貝だ。みのぶは味噌汁ではなく、吸い物に仕立てていた。

メシの支度は母にまかせたつばきは、燗酒とあてとを受け持った。

主役のうなどんを邪魔せぬよう、あてはネギヌタ一品に留めた。

酒も料理も辛口が好みの安治だ。うなぎの甘辛さとは反対の、味噌を利かせたヌタを仕上げた。

酒は酒屋の勧めで、灘の辛口・龍野誉《たつのほま》れを用意していた。

三人で楽しむ久々の晩酌だ。酒が足りなくならぬよう、一升が収まる角樽をつばきは酒屋で借り受けていた。

熱燗が仕上がったところで、つばきはみのぶと一緒に膳についた。

熱燗徳利からは、灘酒の香りが立ち上っている。みのぶが膳に載せたどんぶりからは、蒲焼きの甘辛い香りが漂い出ていた。

辛口の酒と蒲焼き。

相性のよさの極みの香りが、同時に安治の膳から漂い上っていた。

相好を崩して喜ぶと思われたのに、安治はつばきを見て顔をしかめた。

「酒は引っ込めてくれ」

尖り気味の声が、つばきに突き刺さった。

「どうしたの、おとっつあん」

具合《ぐあい》でもわるいのかと、つばきの問いかけ声が安治を案じていた。

「蓬萊屋から答えを聞くまでは、酒断ちをすると決めたんでえ」

不機嫌さを隠さぬ物言いで、さらに続けた。

「ここに置かれたんじゃあ、せっかくのうなぎの邪魔になる」

さっさと引っ込めろと、ずいずいに尖った声をつばきに投げつけた。

「そんな言い方をしたんじゃあ、つばきが可哀想《かわいそう》じゃないの」

みのぶが安治を窘めた。母の言葉が、つばきの痛みを倍加させた。

「おっかさん、もう言わないで」

娘を思っての母の言葉だったはずだ。しかしつばきは母から憐《あわ》れまれたような気になったのだ。

「ごめんなさい、おとっつあんの気持ちも酌まずに、熱燗をつけたりして」

急ぎ徳利と猪口を丸盆に載せると、つばきは流し場へと運んだ。

「さめねえうちに、うなぎを食おうぜ」

「そうだわねえ」

流し場に流れてきた夫婦のやり取りを聞きながら、つばきは燗酒を角樽に戻した。

気持ちは哀しさが泡立ち、ざらついていた。しかし熱燗徳利の中身は手つかずの灘酒だ。いかほど胸に痛みを覚えていたとて、酒を流しに捨てるなど、だいこんを営んできたつばきにはできなかった。

「ごめんなさい……」

角樽に戻した酒に、つばきは詫びた。


安治にとっての酒断ちが固いものでないことは、みのぶにもつばきにも分かっていた。

が、灘酒を買い求めてきたのは、つばきだ。もしも安治が酒をと言い出したら、自分が矢面に立とうと決めていた。

案の定というべきか。

明け六ツ（午前六時）過ぎ。朝餉の支度を進めていたつばきに安治は詰め寄った。

みのぶは朝餉のしじみを買いに、宿から四町（約四百四十メートル）も離れた黒船橋たもとに出ていた。朝のしじみは、そこでしか売ってなかったのだ。

「あの酒の残りは、どこに仕舞ったんでえ」

呑んでもいないはずなのに、安治の物言いは酔っていた。吐く息も酒臭かった。

「あの酒の残りって……」

まさかと思いながらも、つばきは穏やかな物言いで問い返した。

「いったい、なんのこと？」

言いながら、つばきはへっつい脇の棚に目を走らせた。昨日の角樽は、棚の上に置かれたままだった。

しかし置き方がまったく違っていた。

ネズミはへっついから立ち上る松薪《まつまき》が燃えるときのにおいを嫌う。へっつい真上の棚は、ネズミ除《よ》けには格好の場所だった。

ところが角樽は斜めに転がされていた。

まさか昨夜の今朝で、あれだけの大口を叩いた安治ネズミが出ようとは、つばきもそこまでは思いつかなかった。

「あんな大口を叩いておきながら、おとっつあんはあれを呑んじゃったの！」

抑えきれない怒りに押されて、つばきは声を荒らげた。

「呑んだから、どうだてえんだ」

安治の目が据わっていた。つばきは身体をひるがえし、炊事場の外に出た。朝の光が大横川の川面に届いていた。

安治はまだ炊事場から動いてはいなかった。つばきが戻るのを待っているのだろう。

深呼吸を繰り返して、つばきは気を落ち着けた。そして思案を巡らせた。

角樽が横倒しなのは、一升が空になっているからだ。

いったい、いつ、おとっつあんは呑んだのかと、思い返した。

昨夜のつばきは眠りがひどく遅かった。

安治に燗酒を拒まれ、みのぶに憐れみをかけられたことの痛みが、胸の内でいつまでも消えなかったからだ。

滅多にないことだが、真夜中を過ぎてからかわやに立った。寝床に戻る前に、棚に載せた角樽を確かめた。

酒屋からの借り物である。万に一つも、ネズミに傷つけられてはいないかを確かめたかったのだ。

角樽も中身も、なんともなかった。

それがいまは横倒しだった。夜明け前の深い闇のなかで、安治は一升酒をあおっていたということなのか。

まったく、おとっつあんてひとは……。

胸の内のつぶやきは、もう怒ってはいなかった。あれだけのことを言っておきながら、寝静まった炊事場で、ロウソクの明かりを頼りに酒を探し回っていた……。

その姿を思い浮かべたつばきは、いかにも安治らしいと、目元がゆるみそうだった。

気を取り直したつばきは、天道を拝もうとして振り返った。しじみを買い求めたみのぶが、小鍋を手にして戻ってくるのが見えた。

「どうかしたのかい？」

眩《まぶ》しげな顔で東空を見ていたつばきに、機嫌のいい声で問いかけた。

「おとっつあんと……ちょっとだけ、あったものだから」

これを聞いただけで、みのぶは察した。

「お酒が足りないって、おまえに言ったんだろう？」

まるで悪気のない問い方で、顔には笑みすら浮かべていた。

「おっかさん、どうしてそれが分かるの？」

つばきは虚を衝《つ》かれた思いで強く問うた。

「あれは七ツ（午前四時）の見当だったけど、いきなりやっさんに揺り起こされたのよ」

酒を呑みたいというのが、起こしたわけだった。ひとたび言い出したら、呑むまで治まらない亭主の気性を熟知しているみのぶだ。

余計な諫めは口にせず、角樽とどんぶり、湯呑み、赤穂《あこう》の塩を持った小皿を部屋に運び入れた。

酒となれば、まめに動く安治だ。寝ていた自分の布団を半分に畳み、丸いちゃぶ台を出していた。

ロウソクはみのぶが流し場に持ち出していたがため、部屋は遠州行灯ひと張りの頼りない明るさだ。しかも夜明けまで一刻（二時間）の、もっとも闇が深い刻限だ。そんな暗いなかで、安治は角樽の酒をどんぶりですくった。

さすがにどんぶりには口をつけず、大型の湯呑みに移し、喉を鳴らして呑み始めた。

「さすがはつばきだ、飛び切りの灘酒をおごってやがるぜ」

未明の酒に、あてなど無用だ。安治は箸の先につけた赤穂の塩を舐めながら、たちまち湯呑みをカラにした。

呑み始めて半刻少々で、角樽もカラにした。

飲み終えたあとは布団を元に戻し、横になるなり、いびきをかき始めていた。

亭主のいびきには慣れているみのぶだが、この未明はとりわけ大いびきだった。

「とっても寝ていられないから、角樽を片付けたりしてから、黒船橋まで出向いたというのが、今朝のあらすじなのよ」

みのぶの物言いが明るい分だけ、つばきの気持ちは暗く、重たく沈んでいた。


どうにも気持ちのやるせなさが消せなかったつばきは、五ツ半（午前九時）になるのを待ちかねたように、行き先も告げずに宿を出た。

向かったのは閻魔堂の弐蔵の宿である。

「おはやいお越しで」

つばきが安治の娘だと分かっている張り番は、ただちに弐蔵の都合を確かめた。

「親分がお待ちでやす」

すぐさま戻ってきた張り番は、つばきを神棚の部屋に案内した。

つばきひとりの来訪と聞かされて、弐蔵は瞬時に支度を調えさせたらしい。長火鉢の正面には小型の手焙りと膳が設えられていた。

膳に載った茶請けは、並木町当時につばきが初めて口にした、三筋町榮久堂《みすじまちえいきゅうどう》の本練りようかんだ。

並木町の長屋暮らし時代、弐蔵（当時は伸助）は一度だけ手土産を持参したことがあった。安治が約束通りに、ツケを用意しているのが分かっていたからだ。

まだ幼かったつばきは、みのぶの言いつけでようかんを切り分けた。赤貧の長屋暮らしでは、到底ようかんなど口にできない。

妹ふたりには分厚く、自分には薄く切ったようかんを、つばきたち三人は土間で口に入れた。

「すっごく甘くておいしい」

喜ぶ妹たちを見詰めたあと、つばきは伸助に目を向けた。

「おいちゃん、ありがとう」

後にも先にも、つばきが伸助に礼を言ったのは、このとき一回限りである。

弐蔵を名乗って久しいいまでも、茶請けの品に榮久堂のようかんを欠かしたことはない。つばきが不意にあらわれたいま、本練りようかんの放つ黒艶は、一番の茶請けだった。

膳を見るなり、つばきは驚きの吐息を漏らして弐蔵を見た。

「これって、あの……?」

「おめえ好みの茶請けだろう」

余計なことは言わずとも、つばきも弐蔵も分かり合えていた。

添えられた黒文字で切り分けたひときれを賞味したつばきは、焙じ茶で甘さまで流した。

弐蔵の気遣いが嬉しかったのか、つばきの両目が潤んでいる。そんなつばきを見詰めて、弐蔵が口を開いた。

「なにかあったのか」

問われたつばきは座り直し、潤んだままの目を弐蔵に向けた。

「おとっつあんのことなんです……」

昨夜は燗酒を拒んだ安治。ところが今朝は未明から冷や酒をあおっていた。

昨夕からの顛末を、つばきは余さず弐蔵に聞かせた。黙って聞き取ったあと、弐蔵は長火鉢の向こうからつばきを見た。

「おめえはあれほど安治が好きだてえのに、まだあいつを分かっちゃあいねえな」

言われた意味が呑み込めず、つばきは問いたげな目で弐蔵を見詰めた。

「このたびの思案提出は、あいつには生涯で初めてのことだ」

三太郎を舎弟にし、提灯屋のひさもとまで巻き込んでの大勝負に臨んだのだと、弐蔵はゆっくり口調でつばきに聞かせた。

「あいつはここ一番だと肚を括ったときの極めの固さは、渡世人でも裸足《はだし》で逃げ出す」

弐蔵の物言いもまた、安治を慈しんでいる。その気持ちが嬉しくて、つばきはさらに耳を澄ませた。

「ところが気のおけない、おめえだのみのぶさんだのが相手なら、あいつはこども同然の甘え方が苦もなくできる」

全力で思案書提出を成し遂げたのだ。

「大勝負の勝ちを願い、酒断ちを言う気持ちは、おれにも分かる」

弐蔵はふうっと吐息を漏らして続けた。

「おめえが支度した酒だ。気負いもゆるみ、喉も渇いた未明どきに、酒断ちなどけろりと忘れて、女房に酒を言いつけられるのが、いかにもあいつだ」

弐蔵の目元がゆるんでいた。

「おめえが相手だからこそ、安治は安心して残りの酒はどこだと言えたんだろうよ」

弐蔵の物言いは、安治にもつばきにも優しい。相手を見詰めたまま、つばきは弐蔵の気持ちを噛みしめていた。

四十六

寛政元年から翌二年にかけては世相の激変に呼応するかのように、天気も尋常ではなくなっていた。元年六月のあとに、閏六月が挟まった。

九月十六日に発布された棄捐令。札差が青菜に塩となったのを見て、当初は江戸庶民も喝采した。しかし不景気風が吹き荒れ始めると、庶民は陰で老中松平定信《まつだいらさだのぶ》に怨嗟《えんさ》の声をぶつけた。

「閏月のある年は、滅多なことはしちゃあならねえのが、昔からの決まりじゃねえか」

不景気を背負ったまま、寛政二年を迎えた。前年六月の閏月のせいで、一月は寒と暖とが激しく入り交じることになった。

安治が蓬萊屋の思案募集を知った、一月初旬。富岡八幡宮の参詣帰り道で、安治は「早くも賽銭の効き目があった」と喜んだ。

あの日は上天気だったものの、まだ若い春だった。

ところが思案書を提出し、内輪でねぎらいのうなぎを食った二十九日は、春を思わせる陽気だった。季節の帳尻を合わせるかのように、昼過ぎからは夏かと勘違いしたくなるほどの、猛烈な雷雨となった。

二月一日は、春真っ盛りを思わせるような暖かな晴天となった。大島町の宿は、大横川に面している。

朝の庭に出たつばきは、対岸の桜の枝に見入った。

「おっかさん！」

つばきの甲高い声で、みのぶが流し場から飛び出してきた。

「どうしたの、そんな声を出して」

娘を窘めるみのぶに、つばきは右腕を突き出して対岸の桜を示した。

「まだ二月朔日《ついたち》なのに、もうつぼみが膨らんでるの」

つばきは遠目が利くが、みのぶは近頃、めっきり遠いものが見えにくくなっていた。

「あたしには、まるで見えないけど」

気乗りしないみのぶの手を取り、つばきは橋を渡って対岸に向かった。そして宿の正面の桜の下に立った。

「まあ、ほんとうだわ」

枝を見上げて、みのぶも納得した。

「おついたちに桜のつぼみが膨らんでいるなんて、今年は幸先《さいさき》がいいと思う……」

つばきは話す途中で口を閉じた。いま渡ってきた橋を、宿に向かって股引半纏姿の男が駆け上がって行ったのを見たからだ。

男は肩に黒塗りの挟箱《はさみ》（書状入れ）を担いでいた。

町飛脚に違いないが、うちに飛脚が届けてくるものなどないはずだ。

安治は今朝も富岡八幡宮にお参りに出ており、宿にはだれもいない。

「おっかさん、先に帰るから」

みのぶに言い残して、つばきは飛脚のあとを追った。下駄を鳴らして駆け戻るつばきを見て、飛脚が安堵の表情になった。

すでに宿に声を投げ入れており、留守ではないかと案じていたのだろう。

「安治棟梁の宿でやすね？」

「父ですが大工で、棟梁とは違います」

たとえ世辞でも安治は棟梁と呼ばれるのを嫌う。つばきも同じだ。父が腕のいい大工であることがこども時分から自慢だった。

「そうですかい」

飛脚は愛想のない応答で、あとを続けた。

「蓬莱屋さんから安治棟梁にと言われやしたんでね」

挟箱を下ろした飛脚は、一通の書状を取り出した。封書には「安治棟梁」と、宛名が書かれていた。

「おたくさんは、安治さんのお身内で？」

「娘です」

きっぱりと言い切ったら、飛脚は封書をつばきに手渡した。つばきは汚さぬよう、すぐさまたもとに収めた。

飛脚はもう一度挟箱を開き、帳面と矢立を取り出した。

「こちらに受け取りを書いてくだせえ」

飛脚が帳面と矢立をつばきに差し出したとき、安治とみのぶが連れ立って戻ってきた。

「なにごとでえ」

安治がいぶかしげな物言いで質した。

「蓬莱屋さんからの書状ですって」

手にしていたものをみのぶに持たせて、たもとに仕舞っていた書状を取り出し、安治に渡した。

「おたくさんが安治さんで？」

「おれだ」

返答を聞いた飛脚は、みのぶから帳面と矢立を受け取り、安治に差し出した。

「受け取りを書いてくだせえ」

安治は矢立から筆を取りだし、やすじとかな文字の署名をした。

「確かにお渡ししやしたぜ」

帳面などを仕舞った挟箱を担ぐと、素早い動きで橋を駆け上がった。

飛脚の足音が橋から消えたところで、安治は封書を開こうとした。

「待ってよ、おとっつあん」

つばきは安治の手を止めさせた。

「大事な報せかもしれないもの。なかに入ってからにして」

「それがいいわね」

みのぶも賛成したことで、安治も従った。

つばきが言った「大事な報せ」とは、提出した思案書の当落通知でないのは、三人とも承知していた。当落は報せではなく、蓬莱屋で示される段取りだったからだ。

しかし朔日の朝、わざわざ町飛脚を仕立て報せてくるのは、大事に決まっている。

安治は落ち着いた素振りを示したいらしい。が、玄関で脱いだ雪駄は、片方が裏返ったままで上がり框に片足上げていた。

啓蟄も過ぎていたが、居間にはまだ掘りごたつが出されていた。みのぶは足指の冷たさに、我慢できなかったのだ。

みのぶと安治が足を差し入れたところに、手早く調えた茶を、つばきが運んできた。

「どうぞ、一服を」

つばきが用意したのは、安治お気に入りの玄米茶だった。

ひと口すすってから、安治は半纏のたもとから書状を取り出した。

きちんとのり付けされた封書である。晴天の陽が差し込む明るい居間だったが、どこが開封口なのかに安治は往生した。

「おめえが開いてくれ」

向かい側のつばきに封書を手渡した。みのぶにも増して、安治は近頃、目の衰えが進んでいた。

立ち上がったつばきは自室の裁縫箱から、小柄《こづか》を取り出して戻ってきた。その小柄で、開封口をていねいに切り開いた。

書状を取り出したつばきは安治とみのぶに聞こえるように、声を大きめにして読み上げ始めた。

「謹啓　このたびはてまえども蓬莱屋代替わり一周年慶賀行事の……」

長いあいさつ文面のあと、本題が始まった。

「安治棟梁のご提案は、手代頭二名、番頭二名、当主および隠居にて慎重に吟味いたしました末、最終二案の一とさせていただきました」

書状をこたつの卓に置いたつばきは、身体の芯を震わせて声を上げた。

「なんてえ声を出しやがるんでえ」

つばきを窘める安治の声も躍っていた。

「まだ続きがあるんでしょうに」

みのぶが一番落ち着いていた。つばきも急ぎ封書を手にして、続きを読み上げ始めた。

「つきましては最終決定の発表を、来る二月三日・甲寅《きのえとら》、四ツ（午前十時）より蓬萊屋にて執り行います」

江戸でも名の通った薬種問屋という稼業柄、蓬萊屋は縁起を担ぐらしい。当初予定の期日を変更してまで、甲寅の日を選んでいた。

「なお本書状と同一のものを、今戸のひさもと一番筆、真之助殿にも送達いたします」

固い文章で閉じられていた。しかし安治一家には、極上の真綿にくるまれたも同然の書状だった。

「おとっつあんが富岡八幡宮にお参りに出ていたとき、おっかさんと川端の桜の枝を見に行ってたの」

まだ二月朔日なのに、枝には幾つものつぼみが膨らんでいた。

「うちの庭から、つぼみの膨らみがはっきりと見えたのよ」

つばきに目で問われたみのぶも、しっかりとうなずいた。

「枝の真下に立っても、膨らみはやっと分かったぐらいなのに」

対岸から分かったのは、なにかの吉兆だと思ったのだと、安治に聞かせた。

「おっかさんとつぼみに見入っていたとき、この吉報を運んできた飛脚さんが、橋を駆け上がって行ったのよ」

つぼみの一件を聞かせてから、つばきは安治を正面から見詰めた。

「やっぱりおとっつあんて、飛び切り腕のいい大工なのね！」

喜んだつばきは、卓の向こうの安治に手を伸ばした。ふたりの手のひらが卓の上で重なった。

みのぶの目を気にしたのか、安治は急いで自分の手を引っ込めた。

「よしねえ、まだ喜ぶのは早い」

わざとのような、ぶっきらぼうな物言いである。こども時分から、安治は娘たちがまとわりつくのを嫌った。

大工としての、安治流儀の見栄だった。

つばきは充分に承知していたが、今日だけは一緒に喜んでもらいたかった。父親が引っ込めたことで、つばきの手だけが卓に残っている。差し込む陽は畳と杉板の壁で弾き返されて、こたつの卓を明るくしていた。

つばきは取り残されたような、自分の右手を見ていた。

「よかったわね、やっさん」

「まあな……」

みのぶと安治が言葉を交わしていたが、ふたりとも卓は見ていなかった。

三人でこたつに足を突っ込んでいながら、つばきはひとり取り残されたような気分である。なんだか哀しいが、いまはお祝いで、縁起に障ることは御法度だ。

卓の手をそっと引っ込めると、こたつ掛けの内に差し入れた。

たどんの温もりが、つばきの右手を癒やすかのように包んでくれていた。

四十七

二月朔日の八ツ（午後二時）過ぎ。

春空のてっぺんから天道が、わずかに西に移り始めたころ。

「ごめんください」

お店者《たなもの》のていねいな物言いで、真之助が声を投げ入れた。

「やっぱり来たぜ」

父親が漏らした声にうなずいたつばきは、はあいと、澄み切った声で返事した。

蓬萊屋がひさもとの真之助にも町飛脚を出したと、安治は書状で知った。

「おそらく三太郎と連れ立って、真之助がここに出向いてくる」

そう判じた安治は、外出を控えていた。

急ぎ立ち上がったつばきは、玄関の戸を内から開いた。安治の読み通り、三太郎も一緒だった。

「おとっつあんがなかで……」

つばきが言いかけたとき、安治が玄関まで顔を出した。

「よく来てくれたぜ」

ふたりとも雪駄に足袋である。脱いだ履き物は銘々が揃えて上がった。

つばきが急ぎ用意した茶菓に手を出す前に、真之助が口を開いた。

「三太郎とてまえは旦那様の計らいで、お店から二町（約二百二十メートル）先の長屋で、共に暮らしております」

ここまで別々に過ごした歳月を取り戻すかのように、ふたり暮らしを満喫していた。

「どっちかが嫁さんをもらうまで、存分に兄弟で暮らせばいい」

安治が言ったことを、兄弟とも真顔で背筋を伸ばして受け止めていた。

「あとひとつ、蓬萊屋さんに思案書を差し出した数を、随右衛門さんから聞かされました」

ひさもとのあるじは、今回の看板思案がよほど気に入ったらしい。あちらこちらに手を回し、応募総数を聞き出していた。

「ひさもとのご当主が動いたのなら、間違いのねえ数だろうよ」

安治に見詰められた真之助は、小さくうなずいてから答えた。

「こどものいたずら絵のようなものまで含めて、じつに二百七十八件もあったそうです」

「まあ……」

安治の脇で聞き入っていたつばきが、その数の多さに声を漏らした。

「数を知ってからというもの、旦那様は一番の好物だった仲見世しま屋の、かりんとう断ちをされていたそうです」

応募の総数も、かりんとう断ちも、当主は蓬萊屋からの町飛脚便が届いた今日、初めて真之助に明かした。

「ここまで来られたのなら、あとは勝ちをもぎとりに突進するだけだと、大層に昂ぶった声で、てまえの背中を押してくれました」

真之助と三太郎は、こたつに入れていた足を抜いた。そして正座になって安治を見た。

「てまえと三太郎が巡り合えましたのも、ひさもとの当主が好物断ちまでする気になりましたのも、安治親方のおかげです」

こたつ掛けの外に出たふたりは、畳に両手をついて安治を見た。

「今後とも、ぜひにも佳きお付き合いを賜りますように」

ふたりが下げた顔が、こたつ掛けに触れていた。安治は突き出した手を振り、顔を上げさせた。

「言いてえことは分かったからよう。とにかく足をこたつに突っ込みねえ」

強く言われて、ふたりとも元の形に戻った。そんな兄弟を見ながら、安治が話し始めた。

「おれもおたくの旦那同様に、思案が通るまでは毎日のお参りと酒断ちを神様に約束したんだが」

安治の物言いが変わった。

「酒断ちは、まるで続かなかった」

きまり悪そうに白状してから、顔つきを引き締めた。

「今日の報せを受け取ったことで、おれはもう一度、明後日の発表までは酒を封ずるぜ」

桁違いの数の応募総数を知ったいまでは、なおさら酒を封ずると言い切った。

「おたくの旦那の言われた通りだ」

安治が背筋を伸ばした。

「ここまで来たら、あとは勝ちをもぎとりに突進するしかねえ」

縁起に障ることは一切しねえと、安治が声を張った。

「てまえも同じです」

「おれもです」

三人が確かな物言いで、決意を告げた。

二月三日、甲寅の朝六ツ半（午前七時）。今戸で仕立てた猪牙舟で、真之助と三太郎が大島町に出向いてきた。

永代橋の先で大川に注ぎ入れている大横川を、猪牙舟で奔ってきたのだ。大島橋のたもとで陸《おか》に上がったふたりは、橋を渡って安治の宿に顔を出した。

すっかり身支度を終えていた安治だが、まずはふたりを居間に上げた。そしてつばきが用意した玄米茶を三人で味わった。

朝餉は閻魔堂の弐蔵と一緒というのが、朔日に決まっていた。安治たち三人は、あの日連れ立って弐蔵に報せに向かっていた。

ゆっくり玄米茶をすすったあと、三人は大島橋たもとに舫われた猪牙舟に向かった。

ひさもと当主の言いつけで、今日は終日、一杯の大型猪牙舟が用意されていた。船頭も船宿で一番といわれる勝造《かつぞう》である。

「あいつは櫓も棹も達者だが、なにしろ名前がいい」

蓬莱屋から当選をもぎとるには、船頭の名前も大事な役を担っている……これが当主の言い分だった。

安治の宿から閻魔堂までは、堀割伝いに仙台堀の亀久橋たもとに向かう。

閻魔堂から蓬莱屋までは、堀を一筆書きに走る猪牙舟の水路を勝造は考え出していた。

船頭の名前も大役を担っている……。

真之助が当主から言われたことの重みを、弐蔵との朝餉で三人は思い知らされた。

「蓬莱屋が打ち出した看板思案を募るという趣向は、江戸の広目屋《ひろめや》（広告業）と大道具屋にも、深く突き刺さっている」

朝餉に弐蔵が支度をさせたのは、鰹節を混ぜたごはんを焼き上げた、醬油味の焼きおにぎりだった。賭場の貸元である弐蔵は、堅気衆以上に縁起を担ぐ。用意した焼きおにぎりは、閻魔堂最強の縁起物だった。

「あんたらの勝負相手は広目屋のあ、づ、ま屋と、大道具屋のべ、ん、け、い、だ」

弐蔵が明かした屋号を聞いて、三人は一様に深い驚き方を見せた。

大工の安治は普請仕事であづま屋、べんけいにつながる施主からの注文を、何度もこなしてきていた。

芸人三太郎には、あづま屋もべんけいも大事な得意先だ。なかでもあづま屋が後ろ盾になってくれれば、興行の大当たりは間違いなしだった。

真之助も三太郎と同じことを思っていた。棄捐令発布後、提灯看板の大口の誂えは大きく減っていた。

あづま屋やべんけいを敵に回したとなれば、ひさもとの商いにも障りかねない。

三人がそれぞれ思案顔を拵えて黙り込んだとき。

「ばかやろう」

抑えた声だが、弐蔵の一喝は三人の脳天に響き渡った。

「相手がだれだろうが、合戦前からそんな調子なら、すでに負け戦だ」

弐蔵は真之助を見据えた。

「ひさもとの商いぶりは、おれも昔からよく知っている。あすこは、おめえのような甘い肚の括り方はしねえ」

今日一日、猪牙舟を勝造船頭に任せたのも、固い肚の括りなればだと、弐蔵は続けた。

「あのひとはあづま屋もべんけいも思案を出していることは、すでに承知だろうよ」

勝負相手を承知のうえで、ひさもとは真っ向勝負を受けて立った。

「勝負の結果を勝造さんは、猪牙舟をかっ飛ばして今戸に報せる段取りだろうが」

「親分のお見立て通りです」

真之助が確かな物言いで返答したら、弐蔵はさらに深い事情を明かした。

「もしもあづま屋の思案を通してくれたら、江戸市中の読売（瓦版屋）の全店が、蓬萊屋が卸す薬種屋から薬を買うと、あちらの番頭に耳打ちしているそうだ」

弐蔵は光を強めた目を真之助に向けた。

「あのご当主なら、あづま屋の小賢《こざか》しい申し出も承知しておいでのはずだ」

弐蔵は三人を順に見たあと、もう一度真之助に目を戻した。

「江戸で一番のひさもとが、身代を賭しての勝負に臨んでいる」

しっかり肚を決めやがれ！

弐蔵に一喝された三人の背筋が、天井めがけてビシッと伸びていた。

四十八

安治たち三人が蓬萊屋に着いたのは、永代寺が四ツ（午前十時）の捨て鐘第一打を撞き始めた直後だった。

鐘と同時に蓬萊屋を訪れるようにと指示したのは、弐蔵である。

「あづま屋もべんけいも、四ツの手前からつらを揃えているのは間違いない」

弐蔵は成り行きを先読みしていた。

「あいつらが裏でつるんで、蓬萊屋に撒き餌《まえ》を振り撒いているのは、聞かせた通りだ」

弐蔵は耳を使い、子細を調べさせていた。

「蓬萊屋に甘い撒き餌まで散らしている。裏を返せば、それだけ安治の思案の凄さに畏れを覚えているからだ」

広目を請け負うあづま屋は、商売敵の弱点を探り尽くす耳の大きさが身上だ。

「当然おめえのことも調べただろうが」

弐蔵は安治を見詰めて話を先へと進めた。

「蓬萊屋の番頭あたりを抱き込み、おめえたちがどんな思案を差し出したのか、聞き出せる限りを唄わせたのは間違いない」

あづま屋の手口は、渡世人も顔負けのえげつなさだと、弐蔵は断じた。

「こっちには都合のいいことに、棟梁でもないおめえの名は、売れてはいない」

三太郎も芸人とはいえ、一枚看板ではない。

「名も知らない大工と芸人に、なぜひさもとほどの大店が力を貸すのか。そこをあづま屋は一番知りたがったはずだ」

弐蔵が使った耳は、ここまでしか聞き込みができていなかった。

「この先はおれの読みだが、あづま屋はおめえの思案の大筋を聞き込んだはずだ」

結果、凄さを知って舌を巻いた。

「蓬莱屋に撒き餌をちらつかせたのは、提灯思案を知ったあとだと、おれは睨んでいる」

弐蔵がこう判断した理由は明瞭だった。

「名もない大工と芸人に思案比べで負けたとあっては、同業者にもべんけいにも示しが付かなくなる」

あづま屋の威信に懸けても、この勝負には負けられない。

「勝ちを確かにするための費えなら、あづま屋は無尽蔵《むじんぞう》に用意するだろうよ」

棄捐令発布後のいまでも、あづま屋は室町の本両替に十万両超えの蓄えを預けていると、弐蔵は断じた。

「たとえ数千両の費えがかかったとしても、勝負に勝てばかならず取り戻せる」

弐蔵は安治と三太郎をじっくりと見詰めた。

「おめえたちが相手にしているあづま屋てえ広目屋は、御公儀の仕事も手伝っている」

ひとを使っておめえらの命を奪うことも、ためらいはしない……弐蔵の物言いには、裏稼業に生きる者ならではの凄みがあった。

黙って聞いていた安治が、ここで初めて口を開いた。

「あんたの言い分を聞いている限り、今日の勝負はすでについてるとしか聞こえねえ」

安治に食ってかかられても、弐蔵は顔色を動かさずに返答した。

「勝ったか負けたかは、蓬萊屋のおめえたちの迎え方で分かる」

「どういうことでえ」

安治は尖った声のまま突っこんだ。

「あづま屋の撒き餌を呑み込んでいたなら、四ツの鐘と同時に幕開きとなる」

当主、大旦那が広間の金屏風《びょうぶ》を背にしておめえたちを待っていると見当を口にした。

「思案の合格先は、すでに決まっているんだ。段取り通りに片付けるには、はなから当主と隠居が待っていて当然だ」

「ふざけやがって！」

安治は弐蔵に向かって罵《ののし》りを吐いた。相手の怒りを理解できている弐蔵は、宥《なだ》めるような目を安治に向けて、あとを続けた。

「ここまであづま屋の手が回っているのを承知で、もしも望みあるとすれば」

弐蔵はことさら厳しい顔つきになって、三人を順に見た。

「蓬萊屋の頭取番頭、伊左衛門《いざえもん》があの思案をどう判じたかだ」

伊左衛門は先代（隠居）に引き立てられて、いまの頭取番頭に就いていた。まだ三十路前の四代目には、ときに厳しいことも告げながら、商いの舵取りを担っていた。

おのれの欲ではなく、蓬萊屋が世間から信頼されることに重きをおく姿勢には、配下の奉公人たちも篤《あつ》い信頼を寄せていた。

「伊左衛門がおめえたちの思案を買っていてくれれば、見込みも望みもある」

四ツの捨て鐘が撞かれ始めたあとで、蓬萊屋を訪れるようにと、弐蔵は三人に太い釘を刺して送り出していた。


三人が案内されたのは、三十畳の広間である。広間のふすまは開かれており、正面には五双の金屛風が立てられていた。が、当主も大旦那も頭取番頭の姿もなかった。

広間に入る手前で、案内役の手代が事情説明を始めた。

「ただいま四ツが撞かれているさなかですが、あいにくまだ当主などの吟味評定が続いておりますもので」

始まりが遅れますことをご承知おきくださいと告げて、手代は三人を広間内へと案内した。

金屛風を正面に見る座には、分厚い座布団が三枚、用意されていた。

すでにあづま屋とべんけいは、二名ずつが座についていた。それぞれ番頭と、手代頭らしき若い者のふたり連れだ。

安治たちが入室してきても、あづま屋もべんけいも、顔を向けようともしなかった。案内役の蓬萊屋手代も、先客との顔つなぎもせず、いきなり席順に言い及んだ。

「こちらに安治さまがお座りください」

安治の座を一番内側に示した。座布団二枚の隔たりを空けた右隣には、あづま屋番頭陽太郎《ようたろう》が座していた。が、隣に安治の気配を感じていながらも、あづま屋は顔を向けなかった。

安治の左隣に三太郎、一番外側に真之助を手代は座らせた。

安治が最初にあぐら組みで座り、三太郎と真之助が正座で続いた。三人が座したのを見定めて、女中が銘々の前に茶菓と煙草盆とを運んできた。

「ありがとさん」

普請場での物言いと同じ口調で、そして大声で安治は女中に礼を言った。

脇に座しているあづま屋の番頭は、わざと大きなため息をつき、金屛風を見たまま顔をしかめた。

安治の物言いに対して、である。

安治は知らぬ顔で、菓子皿を見詰めた。

普請場では朝の四ツと午後の八ツ（午後二時）には、施主の奉公人が茶菓を供した。

二度の休みの茶菓を始末したら、てきめん職人の働きぶりは鈍く、雑になった。それを承知している施主は、日ごとの茶菓には念入りに気を配った。

職人は大声で礼を言い、施主の気遣いに応えるようにと、棟梁から言われていた。

安治の前に供されたのは、餡《あん》がたっぷり詰まったもなかと、湯気の立っている焙じ茶だ。煎茶のような見た目の上品さはない。しかし職人には甘い菓子と、熱々の焙じ茶が一番の茶菓だった。

この気遣いもまた、職人の気持ちを承知している頭取番頭さんの指図にちげえねえ。

弐蔵の言ったことを思い返しつつ、安治はその気遣いに大声で応えたのだ。

しかし……。

蓬萊屋の来客からは、女中はこんな物言いをされたことがないのだろう。戸惑い顔でうなずき、安治の前から離れた。

「場違いな客のもてなしには、女中さんも気の毒ですね」

あづま屋の手代が聞こえよがしを言い、上役の番頭の機嫌をとろうとした。

安治のみならず、三太郎はもちろん、端に座した真之助にも、この声は聞こえた。

気の短い安治が何かをしでかすのではと、三太郎は気を張った顔を右に向けた。

安治はまるで気にも留めていないという顔で、湯呑みを手に持った。熱々を示す強い湯気が、威勢よく立ち上っている。

口をつけた安治は、ずずずっと、わざと無作法な大きな音を立ててすすった。

「うめえ焙じ茶だ」

湯呑みを手にしたまま、三太郎を見て大声で告げた。

「さすがはこれだけの大店の頭取さんだ、職人をよく分かっておいでだ」

もう一服、さらに大きな音ですすってから、湯呑みを戻した。

甘い物は苦手な安治だ。菓子皿のもなかには手を伸ばさず、帯から煙草入れを外した。太い火皿のキセルと、刻み煙草の詰まった煙草入れを膝元に置いた。

真之助と三太郎は茶菓には手もつけず、安治の振舞いを見詰めていた。

あづま屋の番頭も同じだった。金屏風を見詰めているふりを続けてはいたが、横目では安治の振舞いを逃さずに見ていた。

刻み煙草に盆の種火で火をつけた安治は、満足げな顔で上を向いて煙を吐き出した。

この所作を見た三太郎は、安治がなにをしようとしているのかを察した。

職人の得意技を、脇のあづま屋に見せつける気なのだと、先読みできたのだ。

まさに安治はそれを始めていた。

安治が右手に持ったキセルの火皿には、吸い殻が残っていた。キセルを持ったまま、左の手のひらに向けた。

プッッ！

絶妙な加減で吸い口を吹くと、火皿の吸い殻が手のひらに逆向きに落ちた。吸い殻の底が上向きになって落ちていた。

燃え尽きる前の火がまだ残っており、赤く見えている。安治は右手だけで器用に煙草を詰めると、左手の吸い殻の火に押しつけた。

新たな一服が始まった。

知らぬ顔を続けていたあづま屋の番頭だったが、いまは両目を見開き、安治の刻み煙草綱渡りに見入っていた。

二服目を吸い終わったところで、安治は吸い殻を灰吹きに叩き落とした。

安治の独演一幕が終わっても、まだ蓬萊屋の当主・隠居・頭取番頭は姿を見せないままだった。

四十九

四ツ（午前十時）の鐘が撞かれ終わったところで、徳太郎が尖った目を伊左衛門に向けた。

「あんたも永代寺が四ツを撞き終えたのは、しっかり聞いただろう」

「もちろん聞いております」

両手を膝に載せた伊左衛門は、蓬萊屋四代目の目を見詰め返した。

まだ三十路前の若き四代目である。商いの舵取り役・頭取番頭をあんた呼ばわりできるのも、未熟さゆえの言動といえた。

「あづま屋さんのありがたい申し出を、今朝もまたあんたが拒み始めて、かれこれ半刻（一時間）が過ぎた」

「左様ですな」

伊左衛門は静かな声で応じた。その物言いが徳太郎の癇《かん》に障ったらしい。

「その落ち着き払った物言いは、あんたが蓬萊屋のあるじの如くに聞こえるぞ」

激昂《げっこう》した徳太郎は、口から唾を飛ばしながら伊左衛門を責めた。当主の脇にいる徳兵衛は、息子を窘めもせず黙したままだった。

隠居は口出しをしないとの、わきまえとも思えない。むしろ逆で、黙していることで当主を支えているかに見えた。

「半刻が過ぎても、そこまで頑固に、あづま屋さんの申し出を拒むからには」

言葉を止めた徳太郎は、さらに両目の尖りを強めて、伊左衛門を睨み付けた。

「あんたには、うちの商いを潤《うるお》してくれる、頓服の腹案があるんだろうな」

あれば言ってみろと言わぬばかりに、伊左衛門に詰め寄った。

「旦那様が申された頓服など、てまえは持ち合わせておりませんし、蓬萊屋の商いには無用であると考えております」

背筋を張って伊左衛門は答えた。その返答ぶりが、さらにまた癇に障ったらしい。

「頓服などないはともかく」

徳太郎は発する声の大きさを、抑えられなくなっていた。

「無用だなどと、ぬけぬけと言い放つとは、あんた、それでもうちの頭取番頭なのか！」

徳太郎は伊左衛門に右腕を突き出した。

「てまえは頭取番頭の責めを負っていればこそ、頓服など無用と申し上げたのです」

丹田に力を込めた伊左衛門は、ことさら落ち着いた物言いで話を続けた。


あづま屋が蓬萊屋に提示した撒き餌は、弐蔵の耳が聞き込んだ以上のものだった。あづま屋の二番番頭・陽太郎は前々日に、みずから蓬萊屋を訪れていた。

あづま屋で裏仕事を一手に仕切る陽太郎は、今年で二十九歳。蓬萊屋の徳太郎と同い年だった。

しかもあづま屋嫡男で、やがては身代を受け継ぐ男だ。徳太郎はすでに代替わりを終えていたが、陽太郎も同じ身の上である。

初対面でも互いに通じ合うものがあった。

「てまえどもの思案を選んでいただければ、蓬萊屋さんには断じて損はさせません」

相手が誤解しようのない、はっきりとした物言いで、陽太郎は撒き餌を散らした。

あづま屋の得意先は、奉公人百人以上の大店が、関八州内には三百六十店あった。

「蓬萊屋さんが新たに調合された薬種はすべて、てまえどもが得意先に摺り物で触れ回ります」

触れの摺り物作りも、すべてあづま屋が破格の安値で請け合いますと約束した。

そのうえ、さらに……。

「歴代の御公儀若年寄様とあづま屋とは、強い結びつきがございます。長崎経由で輸入するバタビアや清国《しん》からの薬剤も、他の薬種問屋に先駆けて江戸まで廻漕させられます」

陽太郎は相手の目を見詰めて、強い口調で念押しをした。

「てまえどもとお付き合いくださりますれば、断じてご損はかけません」と。

陽太郎が店を出るなり、徳太郎は徳兵衛と伊左衛門に声をかけた。

「至急に談判したいことがあります」

当主の居室に顔を揃えたふたりを前にして、たった今示された話を披露した。

「うちにはなによりのお申し出です」

徳太郎はすっかり陽太郎の申し出を受けいれる気になっていた。

聞き終えた徳兵衛は、息子に賛成した。しかし伊左衛門は、はっきりと拒んだ。

「看板思案においては、あづま屋さんは安治さんには大きく劣っています」

断じた伊左衛門に、徳太郎は尖った物言いで斬りかかった。

「思案の絵も見ていないあんたに、なぜそんなことが言えるんだ」

「ひさもとさんの絵をご覧になった折の、大旦那様の尋常ならざる仰天を目の当たりにさせていただいたがゆえです」

あの驚きこそ看板を目にしたときの、見物客の驚きですと、伊左衛門はきっぱりと言い切った。

徳太郎は顔を赤くしながらも、あとの口は閉じた。

あづま屋が示した案は、店先にからくり人形の舞台を作るという案だった。

からくり人形一切の造作は、歌舞伎舞台も手がけるべんけいの受け持ちだった。

「見た目には派手でしょうが、からくり人形はいっときのことです」

評判はいっときだが、費えは舞台のある限りかかることになる。支払先はすべて、あづま屋である。

「あづま屋さんと費えなどのことで喧嘩別れをしたがため、身代が傾いたというお店が、何十とございます」

合格者を選ぶには、なにとぞ思案勝負に徹してくださいと、伊左衛門は願った。

「まあまあ、伊左衛門さん。いまは堅いことを言わず、明後日まで熟慮しなされ」

徳兵衛が取りなして、結論先送りで、その場はお開きとなった。

当日を迎えた今朝は、五ツ半（午前九時）の手前から、談判が始まった。

伊左衛門は断固として、一昨日よりもさらに強い口調で、あづま屋を拒んでいた。


「旦那様に逆らうようですが、頓服の効き目はいっときに限られます。飲み続けたりしたら、薬は毒に変わります」

毒と薬の分かれ目は、量と服用時期のふたつだと伊左衛門は言い切った。

「てまえは十一から、こちらで丁稚《でっち》奉公を始めました。そして大旦那様に頭取番頭に取り立てていただきました」

蓬莱屋には生涯を尽くしても尽くしきれない大恩がありますと、徳太郎を見詰め返して静かに思いを明かした。

「大恩あればこそ、てまえはこの身体を張ってでも、あづま屋さんを拒みます」

伊左衛門の徳太郎を見詰める眼光が、強い光を帯びた。

「とは申しましても、蓬萊屋ご当主は四代目です。てまえの言い分をご承知いただけませぬなら、この場でお暇《いとま》を頂戴いたします」

「分かった」

徳太郎は即座に言い切った。両目の白目が赤く血走って見えた。

「あづま屋さんの代わりはないが、頭取番頭なら、幾らでもなり手はいる」

この場で暇を出すと、徳太郎は宣告した。

「うけたまわりました」

伊左衛門は徳太郎・徳兵衛の両方に、畳に手を突いてこうべを垂れた。

「長い間、ありがとうございました」

伊左衛門が暇乞いを告げたとき、当主居室のふすまが乱暴に開かれた。そして何十人もの奉公人が居室になだれ込んできた。

「なんだ、おまえたちは」

徳太郎が最前列に座した二番番頭の棟兵衛《とうべえ》を睨み付けた。あづま屋からの撒き餌を徳太郎につないだのが棟兵衛だった。

「わたしの部屋に断りもなく入り込むとは、無作法にもほどがあるぞ」

徳太郎の厳しい叱責を、徳兵衛もうなずきながら聞いていた。

「無作法を承知で申し上げますが、てまえを含めまして手代も丁稚小僧も全員が、頭取番頭様に付き従いまして、本日限りでお暇を頂戴いたします」

あづま屋の思案を通したあとの蓬萊屋とは、もはやご縁がございませんと、棟兵衛はきっぱりと告げた。

これを聞いても、徳太郎はただ荒い息遣いを続けるだけだった。

が、さすがに徳兵衛は看過《かんか》できなかったのだろう。棟兵衛に目を向けて口を開いた。

「おまえたちは、だれの思案を推す気でおるのだ」

問われた棟兵衛は、伊左衛門の脇にまで進み出た。そして返答を始めた。

「大工の安治さまの提灯思案にございます」

徳兵衛の目を見て答えると、なだれ込んできた奉公人全員が、一斉に無言でうなずいた。

ここに至っても徳太郎はまだ非を認めるでもなく、荒い息を続けることで虚勢を張っていた。

もはやここまでと断じた徳兵衛は、歳とも思えぬ敏捷さを見せた。

奉公人にさらなる雑言を口にしようとする当主を、徳兵衛は厳しい眼光で射貫き黙らせた。そのあとで伊左衛門を従えて立ち上がった。

「おまえたちは暫時、この場で待っていなさい」

いきり立っていた奉公人が瞬時に鎮まった。大旦那ならではの威厳である。徳兵衛に見詰められた二番番頭は、両手を膝に載せてこうべを垂れた。

部屋を出た徳兵衛は伊左衛門を従えて自室に入った。慌てて奥づき女中がふすまの外からうかがいを投げ入れてきた。

「用があれば、わしから声をかける」

部屋には近づくなと、徳兵衛の声が命じていた。

みずから座布団を取り出すと、伊左衛門に勧めた。伊左衛門は遠慮せずに使い、徳兵衛と向かい合わせに座した。

徳兵衛は静かな声で話し始めた。

「安治さまの思案で、おまえも承知だな」

「かけらの異存もございません」

迷いなく答えた伊左衛門との間合いを、尻をずらして徳兵衛から詰めた。

「このたびのことは、隠居しておきながら脇からいらぬ口を挟んできたわしに、すべての非がある」

全幅の信頼を寄せてきた伊左衛門と、いまはふたりだけである。徳兵衛の言葉に偽りなどなかつた。

「今後とも、四代目に尽くしてくだされ」

言い終えると両手で伊左衛門の手を握った。

しわの寄った徳兵衛の手の甲こそ、伊左衛門が仕えてきた党首そのものである。

「うけたまわりましてございます」

安堵した徳兵衛から涙がこぼれ落ちた。

五十

三度目の茶の代わりが用意された湯呑みに安治が口をつけようとしたとき。

「まことにお待たせ申し上げました」

古参手代が口上を口にした。

「当主、隠居、頭取番頭が参ります」

言い終わるのを待って、最初に徳太郎が入ってきた。後に徳兵衛、伊左衛門と続いた。

長らく待たされていた面々が、入ってきた三人に目を向けた。蓬萊屋当主たちは、それぞれ表情が異なっていた。

徳太郎は息をも詰めているかのように、口を固く結び合わせていた。

徳兵衛は気負いなく座った。

しんがりの伊左衛門は、柔和な表情を保っていた。つい今し方、徳太郎に暇乞いを申し出たときとは、まるで別人の穏やかさだった。

隠居が上座（金屛風に向かって左端）、徳太郎が正面、伊左衛門が下座に着いた。

あづま屋の番頭陽太郎は徳太郎と目を合わせる前に、上体を動かして安治を見た。

勝負はすでについているとばかりに、憐れみとあざけりを宿した目の色だった。

安治は陽太郎の目を受け止めようともせず、徳太郎を見ていた。

三太郎も真之助も、静かな表情で徳太郎を見詰めていた。

広間に座した面々から見詰められている徳太郎は、丹田に力を込めて向き合っていた。口を開く前には、膝に載せた両手に力を込めて気合いを内に溜めた。

そんな徳太郎にあづま屋陽太郎は、なれなれしさを含んだ目を向けていた。

「蓬萊屋先代および頭取番頭、そしててまえを加えました三人にて、慎重なる吟味を加えました結果、看板思案は」

徳太郎はここで息継ぎをして、言葉を区切った。勝ちは分かっていると決めていた陽太郎も、さすがに顔つきを引き締めて、徳太郎のあとの言葉を待った。

徳太郎はあづま屋には一瞥もくれず、安治を見てあとの言葉を発した。

「安治棟梁、三太郎師匠、ひさもと殿からご提出いただきました思案を採用させていただきます」

徳太郎に続き、徳兵衛と伊左衛門が安治に目を向けた。頭取番頭の目には、安治の受賞を称える光が宿された。

あづま屋陽太郎は目の前の徳太郎に、目もくれずに立ち上がろうとした。

正座が思いのほか長引いたがため、足にしびれが生じていたらしい。身体がぐらりと、横に揺れた。

同時に立ち上がったべんけいの番頭が、思わず手を伸ばして陽太郎を支えようとした。

「余計なお世話だ！」

尖った声で、その手を乱暴に振り払った。そして座布団を蹴飛ばして、広間から出て行った。

べんけいは金屏風を背にした三人に一礼をくれてから、陽太郎のあとを追った。

あづま屋とべんけいの振舞いを、徳太郎は膝に両手を載せたまま見続けていた。

陽太郎が座布団を蹴飛ばしたところで、蓬萊屋の身代を足蹴にされたと感じたのだろう。

怒りを宿した両目で、広間を出て行く陽太郎の背中を睨み付けていた。

広間に落ち着きが戻ったところで、徳太郎は再び安治に目を向けた。

「まことに見事な思案でした。蓬萊屋当主といたしまして、深く御礼申し上げます」

膝に手を載せた座り姿のまま、浅い辞儀をした。

「あっしらの思案を買ってくだすった蓬萊屋さんには、こっちこそ、御礼至極でさ」

安治の答礼に合わせて、三太郎と真之助が座したまま深い辞儀をした。

「今後の看板普請の子細は、伊左衛門にすべてを委《ゆだ》ねています」

安治を見詰める徳太郎の両目には、相手を敬い、信頼しているという光がうかがえた。

座布団を蹴飛ばして出て行った陽太郎を見たことで、徳太郎もおのれの了見違いに思い当たったようだ。

「なにとぞ伊左衛門と蓬莱屋に、力をお貸しください」

一段深く徳太郎がこうべを垂れて、看板思案が動き始めた。


看板普請は名実ともに、安治初の棟梁仕事となった。

「幸いなことに、いまの時季は雨に普請の邪魔されることが少ねえんでさ」

長年の経験から出る言葉には重みがある。提灯作りを請け負う真之助も深くうなずいた。

「提灯を吊り下げる柱と付属物の普請は、二十日あれば充分でさ」

木材の手配は、木場でできる。

「大店の木柾《もくまさ》さんとは、なげえ付き合いでやすんでね。あちらの番頭さんも、あれこれ融通をきかせてくれやす」

手元で使う大工は三人と決めていた。

「腕利きの大工が三人いれば、なんの心配もありやせん」

三人の目星は、すでに安治はつけていた。

「提灯を吊り下げる柱には、地べたから四丈（約十二メートル）の高さが欠かせやせん」

「四丈とは、ずいぶん高い柱ですな」

思案書には、正確な柱の高さは書かれていなかった。伊左衛門は思案顔になった。

「野分の暴風に煽られると、四丈は高すぎる気がしますが……」

案じ顔の伊左衛門に、安治はきっぱりとした声で返答を始めた。

「柱は差し渡し一尺（直径三十センチ）の、熊野《くまの》杉を使いやす」

柱をしっかり立てるために、地べたから一間半（約二・七メートル）の穴を掘ると明かした。

「火の見やぐらを建てるときでも地べたを掘るのは、せいぜい一間でさ」

一間半の穴を掘り、熊野杉の柱を植えれば、どんな暴風でもびくともしないと、安治は強い口調で請け合った。

「提灯看板だけじゃねえ。吊り下げた柱も、かならず名物になりやす」

安治は木柾の番頭と、すでに熊野杉の段取りを話し合っていた。

「穴掘りと、柱を立てるとき、それに仕上がった提灯を吊り下げるときは、鳶《とび》の手を借りやす」

鳶の手配りも、すでに目星をつけていた。

感心したという顔の伊左衛門に、安治は目元を引き締めて話を続けた。

「看板は、蓬莱屋さんの命でさ」

仕上げを確かなものとするのは当然。一番の大事は、長く保てることだと告げた。

「提灯はひさもとが、のれんにかけても長持ちするものを拵えるでしょう」

安治が言うと、真之助が伊左衛門を見た。

「安治棟梁は、提灯の上に屋根を設けてくださると聞いています」

「その通りでさ」

安治は即座に応えた。それを聞いてから、真之助はあとを続けた。

「番傘をパラパラと音を立てて叩く程度の雨なら、屋根さえあれば明かりは入れられます」

蓬莱屋の提灯が、雨風の強さの見当になればいいですと、真之助は続けた。これを聞いて、伊左衛門は膝を打った。

「見事な思案です」と。

蓬莱屋が巨大提灯を吊り下げている限り、雨も風も心配無用と報せる……。

「思案書には、そんな思案は書かれていなかったが、それはなぜですかな」

伊左衛門は安治に質した。

「木柾さんから、熊野杉の確かな見積もりを聞かされてなかったからでさ」

真之助から「提灯が雨風の強さの見当になります」と言われたのは、思案書を差し出したあとのことだった。

妙案至極と判じるなり、安治は木柾の番頭と本気の談判に臨んだのだ。

「あっしもひさもとも、マムシの元絵を仕上げる三太郎も、てめえの命をかけて看板普請に臨みやす」

仲町に巨大看板の蓬莱屋ありと、江戸中で大評判が巻き起こるように……。

安治は伊左衛門を見詰めて、この願いを口にした。

「江戸名所図会に描かれるような看板を、かならず仕上げやす」

「てまえも三太郎も、棟梁と同じです」

真之助の言葉に、三太郎も力を込めて深くうなずいた。

「しっかりと、うけたまわりました」

伊左衛門は三人を見ながら答えた。

「てまえどもの看板が、もしも江戸名所図会に取り上げられるならば、蓬萊屋には身に余る誉れとなります」

伊左衛門は膝をきつく揃えて居住まいを正した。

「これほどの看板思案、いかほど言葉を重ねても、御礼の気持ちには届きません」

伊左衛門は目の前の三人を、感謝の想いを込めて順に見た。そのあとで、安治に目を戻した。

「すべてを棟梁にお任せします」

いままでになかった口調で、伊左衛門はきっぱりと言い切った。

「この先のてまえの仕事は、ふたつです」

ひとつは予定の期日に仕上がるように、棟梁との談判を怠らぬこと。

「いまひとつは蓬萊屋当主とてまえとの間で、費えの談判を怠らぬことです」

普請には追加の入費がつきものだ。筋の通った追加入費は、四の五の言わずに引き受けますと、伊左衛門は胸を張った。

「ぜひとも江戸中の評判となる看板を、仕上げてください」

仲町に蓬萊屋ありを、江戸中に広めてくださいと言い、伊左衛門は三人を見詰めた。

「がってんでさ」

安治は気負いのない静かな物言いで、伊左衛門に応えた。

その静かな返答を了として、伊左衛門は安治を見詰めてうなずいた。

看板思案の発進を祝うかのように、永代寺が正午の鐘を撞き始めた。

五十一

永代寺が正午の鐘を撞き始めたとき、つばきはみのぶを誘って玄関前に出た。そして安治の帰りを待ち始めた。

「四ツ（午前十時）から看板思案の答えが始まる」

遅くても正午には帰ってくると、安治は言い置いて宿を出ていた。

通っても通らなくてもとは、安治は言わなかった。

「答えが出る前から、落ちることなんざ言ってたまるか」

安治の気性を知り尽くしている、つばきである。

「永代寺さんのお昼の鐘が鳴ったら、玄関前に出て待ってるから」

威勢を込めた声で返事して、父親を送り出していた。

しかし正午の鐘が撞かれ終わっても、安治が戻ってくる気配はなかった。四半刻（三十分）が過ぎたとき、みのぶは待つのに倦《う》んだらしい。

「お茶の支度を調えておくから」

言い置いて、みのぶは内に入った。

つばきも動いた。が、みのぶとは逆で、大島橋のたもとに向かっていた。

仲町から戻ってくるには、大島橋を渡ってくる一本道だ。下を流れる大横川は大川にも、深川中に張り巡らされた大小無数の堀割にもつながっている。
荷物運びの大型はしけを通すために、大横川に架《か》かる橋は、どれも真ん中が大きく盛り上がってい
た。
大島橋とて同じである。高く盛り上がった真ん中は、橋の向こう側が見えなかった。
つばきはそれを承知で、橋の手前で待っていた。安治の履き物は雪駄だ。尻金はついていたが、橋
板を踏んでも小さい音しか立たない。
結果、いきなり橋の真ん中に、安治が顕《あらわ》れることになるのだ。つばきはその瞬間を、橋の手前で
待っていた。
そうは言いながらも、耳は澄ましていた。橋の向こう側を上る雪駄の音を、聞き逃さぬためだった。
大島橋は南北両方のたもとに、柳の老木が植えられていた。待つのが長すぎたのだ。
立っているのがつらくなったつばきは、柳の古木に寄りかかった。そして垂れ下がった枝の葉を、
一枚ずつ数え始めた。
ただ数えているのではない。柳の葉で、辻占《つじうら》を始めていた。
「通った……通った……」
安治の気性を強く受け継いだつばきだ。通らないとは口にせず、一枚を飛ばして通ったと読み上げ
続けた。
三本目の枝のなかほどまで数えたとき、かすかながら雪駄の足音が聞こえた。こんな時分に大島橋
を渡ってくる者など、安治のほかにいるはずがない。
枝から手を放したつばきは、橋のたもとに進み出た。橋の向こうから、少しずつ安治の姿が顕れて

いた。真ん中に立った安治を見た刹那、つばきは当たりを全身で感じた。

つばきを見詰めながら、安治は一歩ずつ足元を確かめるようにして橋を降りてきた。

橋を降り切った安治が地べたを踏んだとき、つばきは両腕を開いて駆け寄った。

安治がなにも言っていないのに、つばきは父親に抱きついた。

「おめでとう、おとっつあん！」

安治に抱きついた。本来なら、みのぶが先だろう。しかし今日だけは、そんな順番など脇にどけて、思いに押されるまま飛びついた。

いまのつばきには、無用な遠慮はなかった。先を譲ろうにも、みのぶは待つのに倦んで宿の内に引っ込んでいたからだ。

「この仕事だけは、おれが仕切る」

橋のたもとから宿の玄関に向かいながら、安治は看板普請の段取りを話した。

玄関を目の前にした場所で、つばきは足を止めた。そして安治の正面に立った。

日焼け顔は、いままで以上に精悍《せいかん》さが際立って見えた。

生涯初の棟梁仕事なのだ。顔つきが引き締まって見えるのも当然だった。

安治が横を向いたとき、幾筋かの白髪を目にしてしまった。いつまでもやんちゃな男と思っていたのに、白髪が……。

一瞬、胸が詰まった。が、間をおかず気を取り直して声を弾ませた。

「おとっつあん、本当におめでとう」

抑えた物言いに、つばきの思いがぎゅうぎゅうに詰まっていた。

「おとっつあんも、名棟梁の仲間入りね」

つばきの両目が大きく膨らみ、湧きあがってきた大粒の涙が地べたに落ちた。


安治は伊左衛門との間で、着工後二十日間で仕上げるとの約定を交わした。

「雨降りなどで仕事休みとなれば、休んだ日にちだけ加える」

この一文を加えたのは、基礎作事を請け負う鳶職からの強い申し出があったからだ。

「差し渡し一尺、高さが四丈半もある熊野杉を穴に埋めるんでさ」

地べたから上に四丈、一間半の深さに埋めるには、三日仕事となる。雨降りでは、穴への確かな埋め込みはできないと、鳶のかしらから強い申し入れがあった。

鳶の判断を受け入れた安治は、伊左衛門との約定に一行を加えていた。

提灯作りを請け負った真之助は、職人たちを引き連れて富岡八幡宮に祈願参詣をした。

今戸にも神社は多数あったが、蓬莱屋は富岡八幡宮の氏子だったがためである。

「十五日目には火入れができるように、こころを一にして、励んでください」

あたまを下げる真之助に、職人たちは身体の芯から出る言葉で「やります」と答えた。

三太郎は真之助の脇に座して、元絵が数十倍に拡大されて描かれるさまを見詰めていた。

蓬莱屋前の作事現場には、大工仕事を進めるための仮小屋が普請された。

「まるで富岡八幡宮本祭の神酒《みき》所だ」

にわかに造作された小屋を、周辺の面々は神酒所にたとえた。

本祭の半月前から、富岡八幡宮表参道の各所には、神酒所が造作された。板の間敷きで、すだれで囲われた神酒所には、各町の肝煎衆《きもいりしゅう》が常駐した。

四斗樽が正面に飾られており、立ち寄る住人には御神酒が振る舞われた。

蓬萊屋の小屋に、四斗樽はなかった。作事に携わる職人に、酒は禁物だった。

その代わりに安治は黒船橋の損料屋から、銅製の茶釜を借り受けた。そしていつなんどきでも茶が供せる支度を調えた。

大工仕事には、休みどきの茶菓を供するのが大事である。これを怠ると覿面《てきめん》、大工の働きがわるくなった。

「普請が続く二十日間、おめえは茶菓の支度を受け持ってくれ」

安治から頼まれたつばきは、もちろん二つ返事で引き受けた。

父親が請け負った、生涯初の棟梁仕事である。どんな手伝いでもする心構えでいた。

四ツと八ツ（午後二時）に供する菓子は、やぐら下の和菓子屋岡満津に頼んだ。

「費えに限りはつけません」

岡満津のあるじに、つばきは最初にこれを告げた。

「毎日、四ツと八ツを楽しみにしてもらえるお菓子を用意してください」

数は毎回、十人分を注文した。

安治の下で働く大工は三人だが、蓬萊屋の店先を掃除する小僧が三人いた。

大工仕事で出るゴミを片付けてもらうためにも、小僧の手伝いは欠かせない。

「さすが、おめえだ。頼んでよかったぜ」

小僧への気配りを、安治は正味で喜んだ。だいこんでのつばきの人使いの妙が、作事現場でも大いに活かされていた。

正午の大工三人の昼飯は。

「だいこんに頼んで、日替わりのお弁当を用意したいけど、いいですか?」

「まったくおめえの知恵には、あたまが下がるぜ」

安治の許しを得て、大工三人には弁当が供された。

永代寺が撞く四ツ、正午、八ツの鐘が近くなるにつれて、大工の働きぶりには威勢が加わっていた。

鳶たちの穴掘り、そして熊野杉の据え付け作事が始まると、みのぶも手伝いに入った。

この期間中はだいこんは弁当を止《や》めにした。その代わり、にぎり飯と手づかみで口に入れられるおかずを十六人分も用意した。

大工三人に鳶五人。二人前ずつ口にできる勘定だ。

みのぶは宿から持参した鍋で、昼飯に添える味噌汁を調えた。

「棟梁のおかみさんとお嬢にまで、あっしらの昼飯を支度してもらえるとは……」

鳶も大工も、心底喜びながら、休みの茶菓と昼飯を味わった。

まさに棟梁・安治の力である。

提灯看板を吊り下げる柱は、十七日目の八ツ前に仕上がった。

西空に移り始めた天道の陽を浴びて、熊野杉は焦げ茶色の皮肌を誇らしげに見せていた。

五十二

寛政二年二月二十二日、暮れ六ツ（午後六時）前。

蓬莱屋の店先には周辺八町の町鳶《まちとび》八組の鳶衆が勢揃いしていた。

一組につき組頭と鳶とが十人ずつ。都合八十人の鳶が茶色の祝儀半纏に薄ねずみ色の股引、紅色鼻緒の祝儀装束だ。

組頭の半纏には祝儀用といえども、両肩から袖口までは赤筋が通っている。正月でも祭りでもないこの日に、赤筋が八人も揃うのは並のことではなかった。

達者だった昼間の陽も、二月下旬の暮れ六ツ前ともなれば、威勢は失せていた。

しかし老いた夕陽と、組頭鳶が羽織った半纏の赤筋は、互いに色味を補い合っている。昼間以上に、いまの赤筋が組頭の年季のほどを際立たせていた。

永代寺が撞く六ツの鐘で、特大提灯に火が入る趣向らしい。大看板のこけら落としに招かれた得意先当主二十人と、八十人の鳶とが、熊野杉柱の近くに集められた。

ほどなく陽は沈む刻限で、早春の薄闇が町を包み始めていた。その薄闇を蹴散らすかのように、五基のかがり火に蓬莱屋手代の手で一斉に火が灯された。

この日の催しのためにひさもとが用意した、直ちに火が回る特製のかがり火だ。明かりは大きいが、ひと粒の火の粉も飛ばぬ仕掛けのされた赤松である。

「うおおっ」

「すげえじゃねえか」

蓬莱屋の店先を遠巻きにした何百人もの見物人から、感嘆の歓声が漏れた。が、これは趣向を凝らしに凝らしたこけら落とし催しの、幕開きに過ぎなかった。

五基のかがり火が同時に明かりを灯すなり、小僧と雑役夫が手分けして、招待客二十人に湯呑みを配り始めた。これまたひさもとが手配りしてこの日に間に合わせた、黒塗りの中型湯呑みだ。

「祝・大看板　寛政二年二月二十二日」

二並びの今日の日付が、小筆の文字で白抜きに焼かれていた。小さな文字でも黒地のなかの白抜きは目立つこと請け合いだ。

蓬莱屋の文字は、さらに一回り小さく描かれていた。

二十人に湯呑みが行き渡ったあとは、女中五人が銅の大型急須で、茶を注いで回った。

薬種問屋が吟味した、駿河《するが》の茶葉である。注いで回る頃合いを見計らい、ほどよい熱さの湯で茶は仕上げられていた。

招待客はいずれも茶にはうるさい面々だ。

蓬莱屋は茶葉の吟味はもちろん、沸かす水にもこだわっていた。

埋め立て地深川は、どこの井戸水も塩味が強い。洗い物など暮らしの用水には使えたが、煮炊きはできなかった。

飲み水は水売りから買い求めた。一荷（約四十六リットル）で百八十文の水をどの家でも、三日を目処に飲料水として使った。

蓬莱屋でも奉公人には、この水が飲み水だ。しかし水売りは御城近くの一石橋《いっこくばし》から堀に落ちる、神田川の水道余水を水船に汲んできただけだ。

海水のような塩水ではないが、ただの川水だ。三日を過ぎると水はにおいを生じた。

今日の招待客にあえて茶を供したのは、蓬莱屋の見栄ゆえだった。

等々力《とどろき》渓谷で汲み入れた清水を、美味い茶を供するために運び込んでいた。

清水でいれた茶を供するのは、深川では最上級のもてなしのひとつだった。

湯呑みは招待客への引き出物だ。かがり火に照らし出された湯呑みを愛《め》でてから、茶に口をつけた。

客はいずれ劣らぬ、大店の当主たちだ。清水でたてた茶も、呑み慣れているだろう。

「美味い茶だ」と、感嘆の声を漏らした者はいなかった。が、暮れ六ツ間近な往来で、しかもかがり火を浴びながら味わう茶である。

客同士が見交わしたどの目も、蓬莱屋の趣向のよさには感心の色を浮かべていた。

客が茶を呑み終えたとき。

ゴオオーーンと、永代寺が暮れ六ツの捨て鐘を撞き始めた。三打の捨て鐘のあと、六ツの本鐘が始まるのだ。

往来のあちこちで、ざわめきが生じた。いよいよ大提灯への火入れが始まるからだ。

腹掛け股引に濃紺の半纏を羽織った職人が、隣に立つ仲間に大声で話しかけ始めた。

「せっかく暗くなってきたてえのに、かがり火が邪魔でしゃあねえやね」

男が言う通りだ。提灯に火が入ろうとしていたが、赤々と燃えているかがり火の強い明かりは、邪魔でしかなかった。

「これだけの趣向を思いついた蓬莱屋だ。提灯の火入れには、とっておきのタネが用意されているはずさ」

周りの見物人たちが、その通りだとばかりに大きくうなずいた。

特大提灯は蛇腹を畳んで、地べたに置かれていた。離れた場所からでは分からなかったが、提灯の底（燭台）には特大の針（ロウソク立て）二基が、据え付けられていた。

蛇腹は畳まれており、燭台が剝き出しである。他所では見たこともない太さの針が、かがり火の明かりを浴びて屹立《きつりつ》していた。

この先どうなるのかと、ざわめきがひときわ大きくなったとき、肩衣《かたぎぬ》をつけた当主と隠居がそれぞれ、ロウソクを抱えて蓬萊屋から出てきた。

これまた巨大なロウソクで、抱え持つ隠居の顔が隠れるほどの大きさだった。

正装のふたりは燭台の前まで進み、針にロウソクを刺した。そのあと両人とも、招待客に目を合わせた。

客に深い辞儀をしたあと、当主・蓬萊屋徳太郎があいさつを始めた。

「本夕はてまえども蓬萊屋の新規看板披露にご来駕《らいが》たまわりましたこと、衷心より厚く御礼申し上げます」

型通りの謝辞を述べてから、特大提灯の仕様を聞かせた。

提灯の明かりには一貫目ロウソク二本を使用する。点火後、一刻半（三時間）は明かりが保たれる。

提灯の明かりは東は千田新田《せんだしんでん》（深川十万坪）の火の見やぐら、西は永代橋東詰の番小屋からでも目にすることができる。

提灯に火入れをするのは、火が灯されている間の微風・晴天が見込まれるときに限る。

「てまえどもの提灯は、富岡八幡宮周辺の空見を兼ねております」

提灯が灯されている限り、夜空は穏やかであること請け合いだと、徳太郎は声を張った。

「提灯の火入れは、毎晩暮れ六ツの捨て鐘第一打と同時でございます」

毎晩の一貫目ロウソク二本は、深川の安泰を祈願して火を点《とも》す。

「ロウソクはすべて富岡八幡宮にて、安泰祈願を執り行っております」

徳太郎は声を張り気味で話を続けた。が、届いていたのは招待客二十人と、鳶衆の前に横並びになった組頭八人までだ。

声の届き方は限られていたが、今夕は徳太郎には一世一代の晴れ舞台だ。気負いと思いとが重なりあって、口上は長々と続いた。

いつまでも終わらない口上に焦れて、見物人たちのざわめきは大きさを増した。なにを話しているのか、見当がつかなかったからだ。

半纏姿の男が、口に両手をあてて声を張り上げた。

「いくら薬種問屋てえんでも、あんまりなげえ能書きだと、効き目が薄れるぜ」

徳太郎よりも通りのいい声だ。招待客や鳶衆にまで、男のヤジは届いた。

当主の長い口上に倦んでいた客や鳶のなかには、絶妙のヤジに目元をゆるめる者もいた。

徳太郎ひとり、場の気配が読めていなかった。ヤジが飛んでも、まだ続けようとした。

並んで立っていた徳兵衛が、当主の口上の切れ間で口を挟んだ。

「あれこれ思いは尽きませんが」

脇から口を挟まれた徳太郎は、客の前をも構わずに口をへの字に結んだ。そんな息子に一瞥をくれて、徳兵衛はあとを続けた。

「提灯の火入れを促すように夕闇も深みを増して参りました」

徳兵衛の言い分で、招待客の目の光が強くなった。いよいよ火入れだと察したらしい。

徳兵衛の言い分も、客の期待に応えた。

「ただいまより、火入れを執り行います」

催し一番の盛り上がりを当主は隠居に、かっ攫《さら》われたのだ。徳太郎は仏頂面を隠そうともしなかった。

しかし客も鳶の組頭も、徳太郎ではなく徳兵衛に目を移していた。手前で念入りに打ち合わせてきた段取り通り、組頭八人は徳太郎と徳兵衛の前に並んだ。

徳太郎の目配せで冬木町《ふゆきちょう》のかしら、小久保亭勝太郎《こくぼていかつたろう》が木遣《きや》りの一声を発した。

「えいやああ〜〜〜」

小久保亭を追って、残り七人が木遣りを歌い出した。落成式典の縁起木遣りだ。

のど自慢の勝太郎がたっぷり韻を響かせて歌い終わった。祝儀木遣りは響きのいい短さを大事にしていた。

三太郎と真之助に、炎を立ち上らせている小枝が渡された。これで一貫目ロウソクに点火するのだ。

催し最大の盛り上がりである火付けは、三太郎と真之助兄弟に委ねられていた。

髷を調えて、揃いの黒紋付き袴という身なりである。かがり火が照らし出した今夕の両人は、区別のつかない瓜二つの双子だった。

小枝を握った兄弟は徳太郎と徳兵衛に一礼してから、一貫目ロウソクから突き出している芯に火をつけた。

その刹那、かがり火の脇に控えていた蓬萊屋の手代たちが敏捷に動いた。息を合わせて桶を手に持ち、燃え盛る赤松の薪に水をぶっかけた。

ぶじゅっ。

短い音を発してかがり火が瞬時に消えた。濃くなった闇を、一貫目ロウソク二本が蹴散らした。

柱に寄ってきた鳶衆が、声を発しながら麻の細綱を引き始めた。

柱の上部には雨避《あまよ》けの屋根が取り付けられており、滑車が吊り下げられていた。麻綱は滑車に通されている。鳶たちが綱を引くと、提灯の吊り金具が引き揚げられ始めた。

畳まれていた蛇腹が伸びて、提灯をすっぽりと覆った。その刹那。

「うおおっ」

見物人のみならず、招待客や鳶のかしら衆も驚きの声を発した。

三太郎が仕上げたマムシを、真之助が命がけで拡大描きしたマムシである。

いまにも見物人たちに飛びかからぬばかりに、マムシは怒りを発していた。

じわりじわりと提灯が吊り上げられて行く。

「棟梁のおかげです」

巨大提灯を見上げて、三太郎と真之助が衷心からの御礼を胸の内でつぶやいていた。

五十三

提灯火入れの夕。安治たち一族は表参道の東側、大路を挟んで蓬萊屋の向かい側二階に集まっていた。

真正面から提灯を見たいとの安治の要望に、蓬萊屋が応えたのだ。

蓬萊屋に薬草や医療資材を納入する廻漕問屋よもぎ屋の蔵である。

蓬萊屋の口利きで、看板落成の今夜は蔵の二階を借り受けることができていた。

よもぎ屋の蔵は土蔵ではなく、木造の二階屋だ。往来に面した二階には引き戸の窓が設けられていた。

蓬萊屋の様子を常に見ているための窓だ。そんな造りとしているほどに、よもぎ屋にとって蓬萊屋は一番の得意先だった。

「そうでしたか……」

安治と引き合わされたよもぎ屋の番頭は、心底の驚き声を漏らした。蓬萊屋の巨大看板が仕上がっていくさまを、番頭は毎日、二階から見ていた。

明かりが入る前から、途方もない看板ができると気にかけていた。あと三日で仕上がりとなった日に、蓬萊屋の手代が安治と番頭を引き合わせたのだ。

「あの普請を差配された棟梁にならば、てまえどもからお願いしたいほどです」

安治一族が巨大提灯の火入れを見るなら、なんら遠慮は無用ですと快諾した。

当日は七ツ半（午後五時）から安治たちは二階に集った。番頭の計らいで二階は整理されており、窓の手前には杉の縁台が三台も用意されていた。

最前列には安治、みのぶ、つばきが座った。二列目はさくら、連れ合いの医者、小野堂舟、そして長男鉄兵が。三列目はかえで、町飛脚の亭主藤三郎、そして娘のみくが座った。

落成式が執り行われている間は、全員が縁台に腰をおろしていた。

棟梁を深く敬っているよもぎ屋は、細部にまで配慮が行き届いていた。

二列目、三列目と窓から離れるにつれて、縁台は三寸（約九センチ）ずつ高く設置されていた。後ろの者にも、窓の外が見えるようにとの配慮だ。

蓬莱屋徳太郎の口上は、大路の反対側までは、きちんとは届かなかった。

「あのひと、なにを言ってるの？」

声が聞こえず、焦れた鉄兵はさくらに問うた。が、問われたさくらにも聞こえていない。返事に詰まっていたら、つばきが振り返って鉄兵を見た。

「棟梁のおかげで、素晴らしい看板ができたって、集まっているひとに教えているのよ」

「とうりょうって、だれなの？」

さらに鉄兵が問うと、三列目に腰掛けているみくが割って入った。

「安治じいじのことよ」

ほとんど安治とは、話したことのない鉄兵である。じいじのことだと言われた鉄兵は、驚き顔になった。

「じいじって、えらいんだね」

鉄兵から言われたみくは、深くうなずいた。

みくの父親藤三郎は町飛脚で、いわば職人である。同じ職人を生業とし、大工仕事の腕は特級である安治に、藤三郎は常から敬いを抱いていた。

母親かえでも娘の前では、常に安治を褒めていた。

祖父を大事に言う両親に育てられたみくである。蓬萊屋徳太郎が安治を称える口上を聞いて、まだ小さな胸の内で晴れがましさを感じていた。

安治の後ろに座っている鉄兵も、いまでは焦れず、口上を聞き取ろうと努めていた。

式次第が進み、いよいよ火入れとなった。縁台に座っていた全員が立ち上がり、窓際で群れとなっていた。

「おめえたちは、おれの脇にきねえ」

鉄兵とみくを自分の脇に立たせた安治は、みのぶの肩に手を載せていた。

こどもたちに場を譲り、つばきは安治の真後ろに移っていた。

通りの向こうで特大の提灯が滑車と綱に引かれていた。

一気には引き揚げられない。じわりじわりと、花道で見得を切る團十郎《だんじゅうろう》のごとくの所作で昇っていた。

みのぶの肩に置かれた安治の右手は、まるで女房を慈しむかに見えた。

つばきは父親の手を見て、喜びと寂しさとが同時に湧きあがってきた。

おとっつあんにはやっぱり、おっかさんが一番なのね……と。

安治の我がままの大半を、つばきは文句もいわずに受け入れてきた。

安治を大事に思ってきたからだ。

しかし安治は、ここ一番の晴れ舞台に臨むときは、みのぶの肩に手を載せていた。

無茶を続けてきた安治だが、行き着く先はみのぶだったのだ。

共白髪に近い両親が、ともにこころを固結びにしていた。

そんな相手が、わたしにも……。

つばきは息を詰めて、目の前の安治の手を見詰めていた。

提灯が昇りきったら、見物人から大喝采が湧き起こった。

よもぎ屋の二階も同じだった。

「やりましたね、棟梁」

真っ先に声を発したのは藤三郎だった。

「あっしも仲間内で、でけえ顔ができやす」

おめでとうごぜえやすと、藤三郎は深々とこうべを垂れた。

小野堂舟が敬いを込めた目で安治を見たのは、いまが初めてだった。

「素晴らしい大仕事です」

言葉は短いが、小野堂舟の思いは安治にも伝わっていた。無言のまま、安治は小野堂舟に笑いかけた。

安治が小野堂舟に笑顔を見せたのも、思えばいまが初めてだった。

さくらとかえでは安治ではなく、みのぶとつばきに寄っていた。四人とも黙したまま、潤んだ目を見交わしていた。

こんなときには言葉は無用だと、銘々の顔が告げていた。

「うおおおっ！」

ひときわ大きな声が、大提灯の周囲で生じた。二階にいたのでは分からなかったが、いきなり強めの風が吹き始めていた。

風に乗って、提灯が揺れている。マムシがゆらゆらと揺れたことで、凄みは二階で見ていた者にも伝わった。

マムシとまともに目を合わせた鉄兵は、窓際で身体が固まっていた。

「それにしても、凄い提灯だねえ」

みのぶが感心している脇で、安治は提灯の屋根のあたりを凝視していた。

「滑車の縫い付けがあめえ」

安治は、大工ならではの声を発した。

「提灯を下ろしたあとで、滑車の縫い付けを確かめねえと、先が危ねえ」

すぐにも提灯に向かおうとする安治を、つばきは懸命に押し止めた。

「見物客が、まだあんなにいるのよ」

つばきは蓬莱屋前を指さした。

いまのつばきのひとことで、安治も落ち着きを取り戻した。

「今夜はお目見えだけで、五ツ（午後八時）には提灯を下ろす段取りだ」

五ツで提灯を下ろしたあと、柱から確かめると、安治は言い直した。

「風が出ているんなら、明日にしたら」

つばきが言うと、さくらもかえでも賛成した。が、安治は引かなかった。

「滑車の吊しになにか起きたら、提灯が落っこちるんでえ」

まずは縫い付けを確かめる。修理が必要なら、それは明日の仕事でいいと安治は断じた。

「分かりました」

折れたつばきだったが、案じ顔はいささかも変わってはいなかった。

「おとっつあんが確かめ終わるまで、柱の下で待ってるから」

「好きにしねえ」

ぶっきらぼうな返事だが、安治を思うつばきの気持ちは通じていた。

「よんどころねえ事情がありやすんで」

夜勤当番で五ツ半（午後九時）には飛脚宿に詰めなければならないと明かして、藤三郎は五ツの前に二階から降りた。

かえでとみくも、藤三郎に従った。

「わたしはご一緒させてもらいます」

小野堂舟は安治に付き合うと告げた。口にはださなかったが、風のある夜の仕事だ。医者がそばにいれば役に立つと、小野堂舟は考えたようだ。

鉄兵も喜んだ。安治の仕事ぶりが目の当たりにできるからだ。

安治と一緒に、みのぶ・つばき・さくら・小野堂舟・鉄兵が五ツの鐘を待っていた。

安治たち一行が柱の下に向かったのは、五ツを四半刻（三十分）も過ぎたころだった。

提灯が下ろされたあとも、柱から離れない見物人がいたからだ。

安治が柱の下に立ったときには、風は治まりつつあった。

「よかった、風が治まり気味になったから」

つばきが言い終わらぬうちに、安治は柱のてっぺん近くにまで上った。

「すごいね、じいじ」

安治の柱のぼりの技を、鉄兵は尊敬の目で見ていた。とはいえ周囲は暗い。

鉄兵は両目を凝らして安治を見上げていた。

五ツを大きく過ぎた表参道に、灯火はなかった。大提灯の思案を安治が思いついたわけのひとつが、この暗さだったのだ。

屋根に手が届いたあと、安治は提灯吊り下げの鉤《かぎ》に手をかけた。縫い付け具合を確かめようとして、鉤を思いっきり引っ張った。

安治が案じていた通りだった。

屋根と鉤との縫い付けが甘かったのだ。

提灯を下ろすまでは持ち堪《こた》えていたのだが、すでに限界だった。

強く引かれたことで、縫い付けが外れた。

「うわっ」

短い声を漏らして、安治は地べたにあたまから落ちた。

柱を立てるために、周囲の地べたは堅い三和土に仕上げていた。

安治は抜けた鉤を持ったまま、三和土の上で果てていた。

五十四

脈がないのを確かめた小野堂舟は、羽織っていた十徳を脱ぎ、息の絶えた安治にかぶせた。

安治の脇にしゃがみ込んだつばきは暗がりのなかで、おとっつあんと呼びかける声すら出せずにいた。

そんなつばきに並んでしゃがんだみのぶは、脈の絶えた安治の手を握っていた。

安治が大好きなつばきである。

父親の変事に直面したなら半狂乱で「医者を医者を」と、大騒ぎしたに違いない。

ところがいまは身動きもできず、声すら出せずにしゃがみ込んでいた。

医者の小野堂舟が、安治の絶命を判じていたからだ。

たとえそうであっても、つばきの気性なら小野堂舟の見当など振り払い、別の医者を求めて明かりの落ちた町を走り回っただろう。

それをせず、呆《ほう》けて腑《ふ》抜けたかのように、ただしゃがみ込んでいた。

柱の上部から落ちたときの安治の顔が、つばきの脳裏には焼き付いていた。明かりのないなか、見えるはずもないのに、つばきは確かに安治を見ていた。

提灯の仕上がりに満足至極。

これからも夜を照らし続けてと願う。

このふたつの思いが折り重なったような、いままで一度も見たことのなかった安治の顔を、つばきは確かに見ていた。

みのぶを想うでもなく、つばきでもさくらでもかえでを想うでもない。仕上げた仕事の行く末安泰を願い、思い残すことなどなしで、晴れ晴れ黄泉《よみ》の彼方へと旅立ったのだ。

想えば柱のてっぺんから地べたにぶつかるまでの、わずか一瞬の出来事だ。言葉まで失い、安治の脇にしゃがんでいながら、つばきは安治を想っていた。おとっつあんて最期《さいご》の最期まで、やりたいことをやり通したのねと、胸の内でしみじみと、父親を思いながらこぼした。


町木戸が閉じられる四ツ（午後十時）まで、四半刻（三十分）ほどに迫っていた。すっかり人通りも途絶えた表参道に、五人の男が酔った大声を交わしながら近寄ってきた。

五人とも仲町の鳶宿・吉野亭《よしのてい》の火消し人足である。なかのひとり、慶三郎《けいざぶろう》が柱の下で途方にくれた様子の一行を目に留めた。

五人とも非番で、酒は入っていた。が、火消しは正体を失うまで呑むことはしない。それどころか、様子のおかしい者を見極める眼力にはいまも曇りはなかった。

遠目にも十徳をかぶせられている安治と、周りに集まっている人影の異様さが、慶三郎に突き刺さった。

夜更けの富岡八幡宮表参道である。慶三郎は声を立てずに駆け寄った。

ひとの気配を感じながらも、つばきもみのぶもしゃがんだまま、寄ってきた慶三郎を振り返ろうともしなかった。

平常心でいたのは医者の小野堂舟だけだった。

十徳は安治にかぶせてはいても、小野堂舟が医者だと慶三郎は察していた。

小野堂舟は柱の上部を指さした。

「あれより落ちて、そのまま息絶えられた」

「なにが起きたんでえ、先生」

即死だと告げられた慶三郎に、仲間の四人が寄ってきた。

「柱のてっぺんから下に落ちて、そのままほとけになったてえんだ」

「なんてえこった」

仲間のひとりが抑えた声を発した。

「今夜、お披露目をしたばっかりの大提灯じゃねえかよ」

「縁起でもねえ死に方だぜ」

火消しが発したこころない言い草が、つばきの身体に突き刺さった。いきなり立ち上がったつばきの顔は、まさに般若《はんにゃ》だった。

「おとっつあんが命がけで仕上げた看板です」

つばきは暴言を吐いた火消しに詰め寄った。

「縁起でもないなんて、知りもしないで、ひどいことを言わないでよ！」

火消しに摑みかからぬばかりである。小野堂舟がつばきと火消しの間に割って入った。

「つばきさんじゃねえか」

凄まじい形相になってはいても、慶三郎にはつばきだと分かった。

つばきが仕切っていた当時のだいこんには、ほぼ毎日、昼飯の店として出向いていた。

「仲間がうかつなことを言っちまって、勘弁してくだせえ」

慶三郎は詫びたあと、目で仲間を諫めた。

男ぶりを売るのが、町火消しだ。暴言を吐いた男はつばきの前で、深々とあたまを下げて詫びた。

そのあとで十徳をかぶせられた安治の亡骸《なきがら》に合掌した。慶三郎たちも続いた。

「あっしらに手伝いを言いつけてくだせえ」

口にした慶三郎につばきは目を合わせた。

「閻魔堂の弐蔵親分に、ここで起きたことを伝えてください」

「がってんだ」

応えた慶三郎は仲間に指図を与えた。

「おれは閻魔堂に向かう。おめえたちは自身番小屋と、吉野亭のかしらに報せて、あとの指図を受けてくれ」

火消しの動きは敏捷である。五人全員が、たちまち四方に散った。

つばきたちは安治の亡骸から離れなかった。

弐蔵は安治よりも年上だ。しかも貸元の座に長く座っており、外に出たときは歩くよりも駕籠《かご》や舟を使うことが多かった。

身体がなまっているはずなのに、弐蔵は閻魔堂から看板下まで駆けてきた。

弐蔵の身を案じたのだろう。指図もされないのに、若い者三人が伴走してきた。

自身番小屋の番太郎よりも、弐蔵は早く駆けつけていた。まだ横たわったままの安治に合掌してから、つばきに話しかけた。

「まずは蓬莱屋に報せることだ」

渡世人という稼業柄、尋常ならざる事態には場慣れしている弐蔵である。

「おめえはおれと一緒に、いまから叩き起こす蓬莱屋に顔を出しねえ」

おっつけ出張ってくる自身番の番太郎と町鳶とのやり取りは、すべて小野堂舟に委ねることにした。

みのぶはまだ放心状態を引きずっていた。

「あんたらに任せるぜ」

弐蔵は小野堂舟一家に、これからの手伝いとして若い者ふたりをつけた。

蓬莱屋は安治の横死にも気づかず、雨戸を閉じて寝静まっていた。

「叩き起こせ」

弐蔵の静かな物言いの指図で、若い者が分厚い杉板の雨戸を叩いた。

こぶしで十発叩いたとき、小僧が内から眠そうな声で応じた。

「店はとっくに閉まっていますので、ご用は明日の朝にお願いします」

こんな夜更けに叩き起こした相手への腹立ちが、小僧の声にはありありと出ていた。

「おたくの看板のことで、死人《しびと》が出たんだ。ぐずぐず言ってねえで、この戸を開けねえ」

渡世人は場に応じて、物言いを使い分けた。いまは相手を怖がらせるときだ。

寝入りばなだったところを、低い声で凄まれたのだ。小僧は慌てて潜り戸を内に開き、外に出てきた。

若い者に代わり、弐蔵が小僧の前に立った。

「提灯吊り下げの鉤が外れて、安治が柱のてっぺんから落ちた」

奥を叩き起こしてきなさいと、凄みを抑えて指図した。

言われた小僧はしつけができていた。柱の根元まで駆け寄り、弐蔵が口にしたことを確かめようとした。

十徳をかぶせられた安治が、まだ横たわったままである。

横死した死骸を間近で見たのが、小僧は初めてだったらしい。

うっと息を呑んで棒立ちになっていたとき、自身番小屋の番太郎と鳶ふたりが駆けつけてきた。

小僧は急ぎ潜り戸前に戻り、内に飛び込んだ。弐蔵たちはその場に残し、潜り戸も内から心張り棒をかけていた。


つばきと弐蔵の応対に出てきたのは蓬萊屋当主、徳太郎ひとりだった。

弐蔵から子細を聞く所作は、小僧以上に横着、横柄さを剝き出しにしていた。

聞き終えてから、徳太郎はつばきと弐蔵の素性を質した。

「安治の長女、つばきです」

最初に名乗ったとき、徳太郎はきちんと聞き届けていなかったらしい。

「あの棟梁に、お嬢がいたとは知りませんでしたなあ」

安治の転落を悼むでもなく、つばきへの対応も義理でしかないのが伝わってきた。

「棟梁のお嬢は分かりましたが、おたくさんもお身内の方ですか」

雨戸を叩いた若い者と弐蔵の様子を、小僧から聞き取っていたに違いない。

弐蔵に問いかけた物言いは、まさしく相手を値踏みするかの口調だった。

「おれのことはどうでもいい」

弐蔵は徳太郎の問いかけを撥ねつけた。

「おたくの看板思案に、命がけで向き合っていた安治とは、浅草並木町からの長い付き合いだ」

徳太郎に向けられた弐蔵の両目は、まごうことなく貸元の眼光を宿していた。

「おれだのつばきさんだのの素性を、あれこれと問い質す前に」

弐蔵は意図して眼光を鋭くさせた。

「まずは安治を悼む言葉を聞かせてもらえねえか」

弐蔵は賭場の貸元であることを、物言いと眼光で徳太郎に分からせようとしていた。

が、そこは蓬萊屋の当主である。

「応分の謝金を受け取るのであれば、棟梁が命がけで看板思案に向き合っていたのは、当然のことでしょう」

徳太郎は表情も変えずに言い放ち、さらにあとを続けた。

「悼みを言ってほしいのは、わたしの方です」

言われたつばきは顔色が青ざめた。が、口は閉じたままだった。

「大金を投じて仕上げた看板から、こともあろうにお披露目当日、死人が出たのです」

徳太郎はおのれの言葉に、言うにつけて煽られているようだ。ロウソクの明かりを浴びた顔色も、怒りゆえか白く見えた。

「看板の根元に落ちて死ぬとは、なんという縁起のわるいことか」

白い顔を、徳太郎は弐蔵に向けた。

「明日にもお祓《はら》いをしますが、正直なことを言えば、その費えは棟梁に負っていただきたいぐらいです」

ここまで言われて、つばきがぶち切れた。

「こんな不人情な相手とも知らず、おとっつあんは落ちるときも、看板の行く末安泰を願っていたんです」

座した膝をずらして、つばきは徳太郎との間合いを詰めた。

「お祓いに幾らほしいんですか。いまこの場で、はっきりと言いなさいよ」

つばきはまた、あの般若になっていた。

「よしねえ、つばき」

弐蔵はつばきを呼び捨てにして止めた。

「安治の願い通りに、看板は仕上がったんだ。蓬莱屋相手にいさかいを起こしたら、安治は向こうに行く道を見失うぜ」

つばきを見据えて諌めた弐蔵は、もう一度徳太郎と向き合った。

「あんたも蓬莱屋の暖簾《のれん》を背負っているご当主だ。奉公人やら世間さまの手前を考えて、情のあるところを見せねえな」

徳太郎は座したまま、尻を後ろにずらした。

「このうえ筋違いを言い続けるなら、おれが相手だぜ」

静かな脅しだったが、ロウソクの炎は青みを帯びて大きく揺れていた。

終章

安治の葬儀は大島町の円徳寺《えんとくじ》で、少人数でのしめやかな弔いとなった。

住持のほかには寺男と小僧という、きわめて小さな所帯だ。が、生前の安治は、この寺の住職とうまがあっていた。

住持も安治も身分より好き勝手に生きられることを大事にしていた。

安治は配下に十人の大工職人を抱えられるだけの、秀でた技量を有していた。

「手下を抱えたら、そいつらを食わせていかなきゃあならねえ」

受けたくない普請でも、配下を養うためには断れなくなる……。

「そんな思いをする棟梁なんぞ、まっぴらだ」

大島町に暮らし始めて間もないころ、安治は円徳寺の住持相手に、これを明かした。

「なんと、拙僧《せっそう》とまるで同じことを……」

聞かされた住持は心底感嘆し、正味の物言いに変わった。

朝に夕に、思うがままにご本尊と向き合っていたい。阿弥陀如来《あみだにょらい》と向き合っていられることこそ、僧侶を目指した根本だった。

「寺男と小僧ひとりなら、いまの手持ちでどうにでもなります」

好きなだけご本尊と向き合っていられるこの暮らしが至福であると、住持は本心で語った。

以来、安治は気が向くままに寺を訪れて、住持との本音の雑談を楽しんでいた。

「あの貧乏寺なら、安治らしくていい」

弐蔵も賛成した。葬儀の段取りはすべて、弐蔵配下の者が調えた。

葬儀に招くのは、近親者と弐蔵以外、三太郎と真之助のみとした。

安治の急逝が明らかになると、せっかくの看板の縁起に障りかねない。それは安治が一番望まないことなのだ。

それともうひとつ、円徳寺の境内は狭いし、本堂も猫のひたいほどしかない。

大人数の葬儀は無理だった。

とはいえ住持は心底、安治の横死を悼んでくれていた。

読経は念入りで心情がこもっていた。身体をくっつけあって座した参列者は、住持の読経に涙した。

こどもですら読経をこころで受け止め、正座を通した。

読経後の説話にも、住持が安治の死を悼んでいる思いが満ちていた。

「いまの安治殿は暗き道を、ひとりで進んでいます」

道を照らしてくれるのは、仏壇に点す毎日の明かりですと、住持は続けた。

「安治殿に一番哀しいことは、忘れられることです。みなさんが日々、亡き人を思って語り合ってくださるのが、一番の供養です」

想いのこもった説話が、参列者に新たな涙を誘う、情のこもった葬儀だった。

葬儀から一カ月が過ぎた三月下旬。つばきは大川端の小岩に座っていた。ようやく、ひとりで外に出る気になっていた。

江戸城の方角に、三月の夕陽が傾き始めていた。柔らかな陽を顔に浴びながら、つばきは安治が横死した夜のことを思い返した。

あのとき、弐蔵はおのれの歳も考えず、閻魔堂から蓬莱屋までを全力で走り抜いてきた。戸が固く閉ざされた蓬莱屋の店先で、弐蔵は荒い息を整え始めた。後ろについて伴走してきた配下の若い者三人は、弐蔵以上に荒い息遣いを繰り返していた。

つばきは弐蔵たちが駆けつけても、うつ伏せで横たわり、顔も見えない安治のそばから動こうとはしなかった。

小野堂舟が弐蔵に近寄った。

「安治はどこだ」

かすれ声で質す弐蔵を、小野堂舟が引率してきた。つばきは身体をずらしたが、弐蔵を見ようとはしなかった。

つばきが動いたことで、安治の脇にしゃがんだ弐蔵は、十徳をめくった。安治は、背中を向けていた。

若い者を振り返った弐蔵が、あごをしゃくってそばに呼び寄せた。

伴走してきた若い者のひとりは、二十匁ロウソクを使う龕灯《がんどう》を手にして走っていた。

荒事慣れしている弐蔵の配下だ、夜更けた明かりなしの現場に向かうに際して、備えに抜かりはなかった。

たもとから懐炉灰を取り出し、火付けのわらしべを押しつけた。燃え立ったわらしべの炎で、龕灯が点された。

もうひとりの若い者と小野堂舟の手で、安治の身体が仰向《あおむ》けにされた。

明かりをまともに浴びた安治の顔は、驚くほど傷ついていない。地べたにぶつかる直前、手でかばったのかもしれない。

暗がりのなかでうつ伏せだった安治の顔を、みのぶもつばきも初めて目にできた。

抑えつけていた悲しみが、一気に噴き上がってきたのだろう。みのぶは右手で安治の顔を撫でた。

「まだ温かだよ」

つばきを見て話しかけていたが、まるでひとりごとだった。

言葉を失ったつばきに、弐蔵が蓬莱屋に行くようにと促した。

小僧のつなぎで向き合った蓬莱屋徳太郎は、露骨な迷惑顔を弐蔵とつばきに向けた。

相手に言いたいだけ言わせたあと、弐蔵は静かな言葉で締め括った。

蓬莱屋から出たあと、弐蔵は葬儀屋へのつなぎを若い者に言いつけた。

「安治の横死が世間に知れたら、あいつが命がけで仕上げた看板の評判に障る。夜中のうちに遺体を葬儀屋に運び入れて、通夜も葬儀屋で執り行わせろ」

平野町《ひらのちょう》の白鬚《しらひげ》なら、この手の仕切りには慣れている。

「すべて任せると、おれがそう言っていると、親爺に伝えろ」

指図されたひとりは、直ちに平野町へと駆けだした。龕灯当番は弐蔵とその場に残り、自身番小屋の番太郎との談判に立ち会った。

医者の小野堂舟がいたことで、安治の横死検分は滑らかに運んだ。

焼き場の手配も白鬚がすべてこなした。

一連の流れのなかで、つばきが口出ししたのは円徳寺での葬儀だけだった。

多くの手配りを、弐蔵はつばきにもみのぶにも相談せず、てきぱきと指図して進めた。

「本当に伸助さんは、やっさんのことを大事に思ってくれていたんだねえ……」

しみじみつぶやいたみのぶの言い分に、つばきも心底同意していた。

弐蔵がいなければ、到底乗り切ることのできない、安治の急な葬儀だった。

「おとっつあんて、亡くなりかたまで、安治流を貫き通したのね」

初七日の場でさくらが口にしたことに、みのぶもつばきもかえでも、深々とうなずきながら、泣き笑いの顔になっていた。


思い返しを閉じたつばきの胸には、弐蔵のことが深く刻みつけられていた。

初七日の場でさくらが言った通り、安治は死に方まで自己流だった。

周りに迷惑を及ぼしかねないからと、自己のなりふりを抑制することはなかった。

今回のこと……安治の急死から葬儀終了までの弐蔵の動きは、安治とは正反対だった。

安治と、遺された家族のことを第一義に考えて、すべての指図・判断を下していた。

その弐蔵の配慮があったればこそ、蓬萊屋の看板はいまも見物人が絶えずにいた。

もしも安治の横死が、それも火入れをした当日の横死が世間に知られていたらと思うだけで、つばきは胸に痛みを覚えた。

仕上りだけを考えて、夜の闇の中、柱のてっぺんまで上った父。

その父の思い、誉れを傷つけまいと最優先に考えて、段取りを進めた弐蔵。

まったく正反対の男ふたりが、つばきの脳裏に陣取っていた。

伸助（弐蔵）は、つばきがこども時分から嫌いに嫌い抜いてきた男のはずだったが……。

いまのつばきは、はっきりと分かっていた。

両親、ふたりの妹のだれよりも、晴れにつけ土砂降りにつけ、陰から正味で案じてくれていたのは、弐蔵だったのだと。

いや、つばきも弐蔵を想うことは、再三あった。そんな自分が承知できず、今日までおのれを黙らせ続けてきていた。

安治の横死に直面するなり、弐蔵はすべてを脇にどかせた。そして安治の名と腕の評判とを汚さぬように気遣い、強面《こわもて》は仕舞い込んで蓬莱屋との談判に臨み通した。

安治こそ心底の大事。それを貫き通した弐蔵を目の当たりにしたつばきは、重たいこころの鎧《よろい》を脱ぎ捨てるしかないところにまで追い込まれてしまっていた。

めちゃくちゃで、自分勝手で、やりたいことだけをやり通した安治。

世間では、安治のような生き方をする者は、嫌われることが多いだろう。

それを承知で、つばきは思う。

おとっつあん、大好きと。

いまも夕陽を浴びながら、胸の内で大声で叫んでいた。

おとっつあん、戻ってきて……。

繰り返し胸の内で言っていたら、両目から涙が溢れ出た。

幸い、夕暮れ時の大川端には人影がまばらである。人目を気にして、涙を拭うこともなかった。

人目はなくてもカラスは多数、夕空を飛んでいた。つばきの涙を察したのか、頭上を飛び去るとき、数羽のカラスが鳴き声を発した。

そのカラスを見上げて、つばきは声に出してつぶやいた。

「おとっつあん、わたしには……」

弐蔵がいると言いたかったが、名前は口にできぬうちにカラスの群れが飛び去っていた。

初出
「小説宝石」二〇一六年四月号～二〇二一年七月号

山本一力（やまもと・いちりき）

1948年高知県生まれ。1997年『蒼龍』で第77回オール讀物新人賞を受賞してデビュー。2002年『あかね空』で第126回直木賞を受賞。「損料屋喜八郎始末控え」「ジョン・マン」シリーズなどのほか、この物語にも登場するつばきが営む一膳飯屋「だいこん」の浅草時代を『だいこん』、深川時代を『つばき』で描き、人気シリーズとなる。本作は「だいこん」シリーズ三作目となる。

花《はな》だいこん

2023年３月30日　初版１刷発行

著　者　山本一力《やまもといちりき》
発行者　三宅貴久
発行所　株式会社 光文社
〒112-8011　東京都文京区音羽1-16-6
電話　編 集 部　03-5395-8254
書籍販売部　03-5395-8116
業 務 部　03-5395-8125
URL　光 文 社　https://www.kobunsha.com/

組　版　萩原印刷
印刷所　萩原印刷
製本所　ナショナル製本

落丁・乱丁本は業務部へご連絡くだされば、お取り替えいたします。

ISBN978-4-334-91520-9